春风习习

肖江生 著

湖南师范大学出版社
·长沙·

目　录

引　子

　　巍峨的罗霄山脉层层叠叠，山峦起伏，像大海一样广袤无垠，树木翠绿，百花争艳，鸟语花香。随着二十一世纪初期一场风起云涌的普惠金融服务的到来，使城里人才有机会识得蕴藏在大山之中的"宝贝"庐山真面目，也使农民有机会将这些宝贝变成真正的真金白银，让千千万万农民守着宝贝讨饭吃的尴尬局面一去不复返，从此过上了不是神仙胜似神仙的日子。

　　普惠金融，简言之就是能有效、全方位地为社会所有阶层和群体提供服务的金融体系。目前的金融体系并没有为社会所有的人群提供有效的服务，建立普惠金融体系的主要任务就是为无法享受传统金融机构服务低端客户甚至是贫困人口提供机会，也就是通过小额信贷（或微型金融）的发展，促使金融体系完善。

　　二〇〇六年，诺贝尔和平奖得主、孟加拉乡村银行总裁尤努斯教授说：信贷权是人权。就是说，每个人都应该有获得金融服务机会的权利。只有每个人拥有金融服务的机会，才能让每个人有机会参与经济的发展，才能实现社会的共同富裕，建立和谐社会与和谐世界。从中国的情况来看，就是让所有劳动者付出同等劳动得到同等的回报，彻底结束农民种田、植果树、搞山货亏本，只好走南闯北打工讨生计的局面。

　　樟洲村地处深山老林，一直秉承老祖宗靠山吃山的遗训过日子。那里的民众对大山十分敬畏，知山性，懂鸟语，过着自给自足的逍遥日子。不知从什么时候开始，外敌入侵，军阀混战，民众的生活秩序被打乱了，连生命都没有了保障，根本谈不上经营山林的话题了。

直到一九二七年中国共产党来到了罗霄山脉的井冈山建立了革命根据地，让那里的民众看到了中国的前途。一九四九年，新中国成立，人民当家做了主人。

田谷清，现年四十五岁，一米七的个头，国字脸，身体微瘦，腰板硬朗。他离乡在外摸爬滚打近二十年，打过工、当过老板，从事过多种职业，目前经营一家液化气站，在圈里小有名气，还是县城液化气行业协会的副会长。田谷清热衷各种公益活动，在一次抗洪抢险中，因抢救一位落难老乡，被倒塌房屋滚下的木棍砸伤了右腿，落下一个二级残疾，现在走路还有点微跛。

一天，他风尘仆仆从外面回来，还没落座就满脸堆笑对妻子月儿说："亲爱的！经过我这几次的外出考察，决定回乡创业，你选一个日子把我们目前经营的液化气站盘出去。"

月儿惊异地望着田谷清良久，似笑非笑地说："你什么时候开始也学会开玩笑了？好不容易从穷山沟出来，刚过上几天好日子，又要返回原处去受苦吗？"

"亲爱的！你听我讲咯，一是随着城市天然气的引入与普及，感觉液化气生意越来越难做了；二是随着振兴乡村建设的推进，国家政策对'三农'经济的倾斜，我发现农村广阔天地大有作为，是我们该转型谋发展的时候了。特别是随着互联网的发展，电商的异军突起，更拉近了农村与城市以及人与人之间的距离。农产品可直接挂到网上买卖，虽然是偏僻地方的农民朋友，也可通过互联网买回自己所需要的东西……"田谷清越说越来劲。

田谷清吃饱喝足了，他越想越高兴，决定去跟好友商议回乡创业之事。

如今党的普惠金融政策，利用银行渗透经济领域的优势，由银行扶持帮助农民发展特色产业，尤其是农村信用社（农村商业银行）对农民的经济状况和经营特点非常了解，有利于打破地方特色产品长期处于封闭状态，解决种养殖业的肠梗阻，就能搞活农村经济。

田谷清走访了几处风景优美的山林，勾画了今后的产业设想。紫阳高照，他相信自己的设想一定会变成现实。

一、出水芙蓉，锋芒显露

好山有好水，罗霄山脉的山水育出了精干标致的女子，她们能歌善舞，能说会道，且能吃苦耐劳。

罗霄山脉是天然的氧吧，据权威机构测定罗霄山脉的空气质量居亚洲第一。这里还有很多温泉，人们经常在温泉里泡澡。空气好、环境美，这地方自然就成了人杰地灵的风水宝地。

樟洲村有一处山沟，山上的清泉汩汩流下来，浇灌着一片荷塘。一到夏季，荷叶田田，荷花盛开，清香迷人。荷塘周边的杨柳，在微风轻拂下，婀娜多姿，还有不时从池塘传来蛙鸣声，从树梢传来蝉鸣叫……

就在荷塘边住着一户姓胡的人家，也正是在荷花盛开的季节，胡家诞下一个千金，起名"胡香妹"，小名"芙蓉"。

时间过得真快，一晃三十六年过去了，小"芙蓉"变成了大龄女。高挑的个儿，一头乌黑亮丽的头发，典型的瓜子脸，高鼻梁，身材凸凹有致，标准的美人儿，可就是个人问题没有得到解决，迟迟不愿结婚。

她为什么不结婚呢？只有她自己知道。不过，有一个现象，她喜欢读书，喜欢到什么程度？她一天可以只吃一餐饭，盯着书本不眨眼，能读两天两晚不睡觉。

有时望着窗外的荷塘景色，不免诗兴大发，"绿柳垂绦绕池塘，夏荷盛开吐芬芳。多情彩蝶花间舞，自在娇蛙叶底藏。微风拂过阵阵香，赏心悦目绿纱裳。蝶舞蛙鸣皆诗韵，鲜花朵朵总朝阳"。她还沉浸在她的诗情画意中。

她父母晓得女儿的习惯，只要手里捧着书，她不读完就不会理会其他事。时间长了也就见怪不怪，由着她去。可她的嫂嫂就有意见了，看不惯，认为农村女孩要做家务事。只顾读书有什么用？再说女子大了要嫁人，不能老是待在家里。有好几拨上门提亲的，也给她介绍了好几个男人，不是她看不上别人就是别人看不上她。问她要嫁个什么样的男人？她摸着脑壳想了半天才说了句"能说得上话的男人"。

这就让人摸不着头脑了，怎样才算说得上话呢？难道两夫妻天天东拉西扯有饭吃吗？

当她父母为她年龄大了还不结婚着急时，她总是笑嘻嘻地说："请二老放心，当我遇到了能说得上话的男人，一定把自己嫁了，并通过自己的双手勤劳致富，建一栋好房子给你俩养老。"

二老无可奈何地摇摇头。真应了那句"崽大不由爹娘"的老话，只好顺其自然了。

当嫂嫂的不干了，提出分家要独立过日子。胡家只有一儿一女，分家就失去了面子。倒是胡香妹觉得这样也好，天天在一起板着脸过日子实在不是滋味。做家务嫂嫂从不沾边，全由父母包了。让他们独立过日子还减轻了父母的劳累，何乐而不为呢？至于面子它又值几个钱喽，整天吵吵闹闹不是更没面子吗？于是，她力劝父母答应分家，并提出只留两间房，其他的八间全部给哥哥嫂嫂。家里的东西除了必要的劳动工具外，全部给他们。

晚上，她抱着母亲在被窝里一本正经地说："国家有好政策来了，我们农民很快就能发家致富。党和国家特别关心贫困地区的老百姓，制定了好政策，其中就有利用普惠金融的方式帮助农民推销农副产品。嫂嫂不读书、不看报，不晓得这些好事。"

胡香妹尽量用父母听得懂的话，讲奔赴小康的希望，讲着讲着心里美滋滋的。

胡香妹还有个哄父母的高招，就是把复杂的事情简单化。就讲她嫂嫂要求分家的事情，弄得她哥哥十分为难。一个儿子怎能与父母分家呢？他像一根轴心不能让父母伤心，不能得罪老婆，剩下就只有怄气的份了。并非是多了个妹妹，分家的目的就是催着胡香妹早点嫁人。

嫂嫂的心思，胡香妹心知肚明。只好劝父母，她肯定能嫁个疼她爱她的好男人，一定要让二老安度好晚年。其实别看分家是小事，在农村，把面子看得很重，有的人家为分家还闹出了人命呢。

"女儿是父母的小棉袄。"什么意思？就是说女儿对父母很贴心，父母对女儿的任何话语都深信不疑。

发财，凡正常人都想。通过自己的双手发家致富更有面子，胡香妹把自己今后的想法说出来，复杂事情简单化，彻底扭转了父母死要面子活受罪的传统观念，接受了分家的事实。

樟洲村有个远近闻名的养牛能手，名叫田树林，五十五岁啦，腰不驼、眼不花，身手敏捷，会点武术。老人养了六头小黄牛，用一个小竹筒，内放几粒小石子挂在小黄牛的脖子上作为"铃铛"，放养在一片山林里。有两头母牛，一年产一胎崽。老头古怪，养了一群鸡，训练小鸡跟着小牛走，专吃小牛身上的牛鳖。因为牛身上最容易生长吸血的牛鳖，尤其是牛肚子下面，牛鳖像岩檐上欲滴的水珠，把牛后部胯下肚皮挂满了。小鸡喜欢吃牛鳖，长得又快，肉质特别鲜嫩。按田老头的话说，吃了他养的鸡，女人到了五十岁还可以生双胞胎，男人到了八十岁还有生育能力。

别人听了不相信，这不重要，反正田树林老头有绝对的把握。他自己和老伴就有体会，两人从不吵嘴，更没有打过架，他认为就是保持恩爱的常青树，俗称"不倒翁"起的作用。

一个月前，田老头去了趟省城玩了十几天，他师兄邀请了他多次，盛情难却。他提了四只鸡送给师兄，把师兄全家人吃得惊呆了。问他的鸡是怎么养出来的？肉嫩味美，他们从来没有吃过这么美味的鸡肉呢。

师兄的儿子许志强在省政府部门工作，听田老头说山里还有好多好吃又环保又绿色的食品，因为信息闭塞、道路不畅通等原因，好东西卖不出去，导致没有人愿意生产，当地的年轻人都外出打工谋生计去了。

许志强给田树林老头讲了乡村振兴新政策和精准扶贫新途径。像春风、似雨露，使田老头似乎年轻了十岁。他经历了三年自然灾害挨饿受冻的岁月，看到不少人饿死了。他想了很久很多，认为党的精准扶贫政策一定会让中国人民都过上好日子的。

许志强还讲到了电商、客户终端等新名词，他一时半会弄不明白。但有一点他听明白了，今后老百姓生产的农副产品，可以通过电商和银行平台实现网上销售，足不出户就可以销货收款，款项直接打到自己的银行账户上。这点他放心了，农村有信用社，听许志强说以后都会改制成农村商业银行。田老头晓得社会上有不诚信的行为，可银行从来不失信，很正规，民众百分之百的信任，只要有银行帮着农民，一切就像芝麻开花节节高。

那天阳光明媚，田老头去了镇上的农村信用社，伏在窗口旁咨询一位长得蛮标致的女工作人员："请问客户终端是什么意思？"那位披着长发的女子望了老头一眼说："您还不老嘛，在手机上点一下就知道咯。"

田老头心中不爽，虽然有一句话他听了不反感，说自己不老，但我来问你，你不解释也就罢了，怎能要我自己去点手机呢？

"您还有什么事吗？"年轻女子见胡老头还趴在窗口旁，就问了一句。这时年轻女子对面的一个戴眼镜的姑娘笑嘻嘻地说："云姐，你听说了吗？张村一个六十一岁的老头与一个十九岁的胖傻女子生了一个孩子，真是大千世界无奇不有呀。礼拜天有空吗？一起去看看。"

戴眼镜姑娘说的这个新闻在信用社的营业厅顿时引起一片哗然，窗内窗外的人像蜜蜂一样"嗡嗡"地发表着各自的看法和评论。

这时，信用社的主任陈海良大概是听到营业厅里好不热闹，从办公室走了出来。

"陈主任，你得闲，给这位老先生讲解客户终端的事情好吗？"

"你这个云诸葛，怎么说我得闲呢，我在办公室听到这里的喧哗声，出来看看到底发生了什么事情。"

"这位老先生来询问客户终端的事情，你是领导，水平高能力强，给人家解释解释吧。"

那位陈主任热情地把田老头请进了办公室，一边倒茶一边笑着问：

"您是哪个村的？"

"我是樟洲村的，想了解一下客户终端到底是什么意思？"

陈主任满脸堆笑，口若悬河似地介绍了客户终端的概念、意义、操作流程等，一些专业术语听得田老头云里雾里想打瞌睡。陈主任瞧了出来，笑着说："大爷，这么跟您说吧，今后你们生产的农副产品都可以通过我们的这个终端销售出去。您可以先在我们这里办张惠民卡，销售的货款直接打到您的卡上面，您要用钱时在银行的任何一个网点或是ATM机上都可以取现金。"

田老头这才听懂了，满意而归。此时他的心里乐开了花，他信任银行，这样干事心里才有底。

晚上，田老头躺在床上翻来覆去睡不着。他想起白天农村信用社戴眼镜姑娘说的那个事，觉得很好奇。田老头张村有个师兄，好几年没有交往了，年龄也该六十岁了吧。六十一岁生了娃会不会是我师兄呢？他决定去看一看。

张村距樟洲村二十来里地，那里有三十多棵银杏树，据说树龄有近百年历史了。田老头的师兄姓张名朱仔，是个老实人，师父很喜欢他，传授了一些独门拳术给他。在一起学武时张师兄与田老头的关系也比较好。

田老头在张村的一个竹林小木屋中找到了张师兄，一进门就见他在忙乎什么。

"师兄，在忙什么？"田老头提着一块猪肉、两瓶好酒笑眯眯地问道。

"你不要问了，崽已经生了，就是一个胖小子嘛，眼睛和鼻子跟常人一个样。我就感到奇怪，别人生崽平平静静，我生个崽咋就有那么多人关心喽，整天问东问西的，我就不能生崽吗？"张师兄显然没有弄清是田老头，才说出了这么一番发牢骚的话语。

"宝贝爷，人家送肉来了呢。"只听一个女子的声音在提醒张老头。屋里光线很暗，田老头没看见女子在什么地方。

"乖乖，谁还送肉给你吃呀，不要乱说话。"

"师兄，我是田树林。"田老头走近张老头的身边又笑着说，"几年不见，我的声音也听不出来了呀？我给你带来了一块猪肉和两瓶好酒。"

"啊哟，是田师弟呦，快请屋里坐。"

一对师兄弟好久不见，两双手紧紧握在一起不愿松开。

"哇哇"几声，孩子哭了。

"乖乖，你给孩子喂奶，我要与师弟说说话。"

这时，田老头才看清女子坐在用一块黑布遮住的地方。

张老头还是紧紧地握着田老头的手，仿佛不握紧，生怕日思夜想的师弟跑了似的。在他的印象里，田师弟是个大好人。好到什么程度呢？宁可自己不用钱，只要师兄弟们有个大事小情他都是倾其所有。他本人也受过师弟的多次帮助。那时张老头的母亲经常生病，家里很困难，是师弟不遗余力地帮助着他。

田老头助人从不求回报，有时你还钱给他时他记都不记得，甚至反问一句："你借过我的钱吗？"

当两人坐在一条板凳上时，"哗啦"一声板凳的一只脚断了，两个老家伙同时倒在了地上，两人的手依然握得紧紧的。

只听女人笑了，银铃般的笑声表明女子很年轻。

"乖乖，我俩老头子摔在了地上是凳子坏了，值得好笑吗？"

"我见你俩像两只鸡，摔在了地上还……"

张老头摇了摇头，换了个话题。"难得师弟来看我，我去弄几个菜，咱哥俩好好喝几杯。"张老头站起来，去了厨房。

只见张老头有条不紊地在洗菜洗碗，从一个罐子里拿出一个猪肚子，在砧板上切成肚丝。

"师兄，你还有这样的本事呀！难怪……"

"师弟呀，师傅传授的刀功我天天在练，所以就像庖丁解牛一样游刃有余。"

张朱仔的厨艺十分了得，不到一个小时就炒出了几盘好菜来。他还煮了一碗鱼头瘦肉汤，用一个缺了口子的大碗盛着让正在哺乳期的小女子享用。

两个老伙计，一见如故，一边品尝"美味佳肴"，一边畅谈别后的情况。

"师弟啊，你是我最佩服最敬重的人，目前，子孙满堂吧？"

"是喽，孙子孙女一大堆，整天吵吵闹闹，我们老两口为图个清静，早就单独过了，不管儿孙的事了，儿孙自有儿孙福呦。"

"我呀，前妻没有生育，横竖说是我的问题，扯了二十多年的皮，她活得不耐烦，归仙了。从此后，我就不敢再续弦。嗨，想不到七十一岁了还……"张老头停住没有继续往下说。

两个老头还回忆起了其他一些难以忘怀的往事，尤其对当年一起学武术时的一些趣事，越谈越开心。

"宝贝爷，你来抱孩子，我要去拉屎，快一点。"女子喊得急，张老头放下筷子忙着接住了孩子。

田老头这下看清了女子，很胖，个子很矮，大概只有一米四五的样子。她用手提着裤子，跑出了屋外，还不时地放着响屁。

她，难道就是信用社戴眼镜姑娘说的那个胖傻女人吗？

"师弟，我这个老婆是个胖傻女，她说的话你别见怪。"

"这个我晓得，不会计较。"

田老头也就证实了，师兄这下名声大了。难怪自己刚进他家门，他就发牢骚喽。

想了想，这样下去不行。天天门庭若市，车水马龙地接受人采访参观，师兄怎能不生气啰，得想一个办法，给他和胖傻女人解围。

"宝贝爷，我还要吃半碗饭。"胖傻女人回到屋里，就向张老头发指示，顺手接过孩子，坐在那里等着饭吃。张老头把饭盛来，又见几个男女进来了。

"张大爷，恭喜您老来得子，我是……"

"你们省省吧，像逢圩赶集一样，你来我往，这算哪门子事嘛。"

只听来人说："您老别误会，我们啊，就是来看看您……"

张老头有点不耐烦似笑非笑说道："得了吧，我还不知道你们来的目的。我告诉你们咯，我和我的爱人是通过两只狼结缘的，当时她在山上找野果子吃，让两只饿极了的狼包围了，是我救下了她，就这样认识了。其他的呀，我无可奉告。"

这拨人还没应付完，又来了两拨人，把本来就十分狭小的房屋挤得水泄不通。

你一句，他一句，大家不停地提问，张老头对答如流。想不到他还有这样的口才。

"宝贝爷，我要尿尿。"听到女人在叫，张老头又跑去抱着孩子。那些围观的人有的发出了嗤嗤的笑声。

看到师兄每天被这种无聊的事情缠身，田老头觉得自己有责任和义务来帮助他走出当前的这种困境。于是田老头凑近张老头的耳朵轻声地说："我有个急事要去处理，过一段时间再来看你。"便与他挥手告别。

胡香妹在一座山顶上读书，这里不仅阳光明媚，而且十分宁静，是个读书的好地方。山顶上有一块巨石，"石立山群"，像个钓鱼台。胡香妹思索了近十年，她想当一回姜太公，开始钓鱼了。她认定了一条大鱼，这条鱼一定能给她带来很多好处，她的那个意中人就在不远处等着她，这是她心中的秘密。

她对女人找丈夫有自己的见解，那么多女人吃亏上当，就是没有选准丈夫造成的。

她从懂事时候起，就确定了一个远大目标，一定要做一个有作为的女子，嫁一个有建树的好丈夫。随着年龄的增长，看到很多同龄的儿时伙伴都草率地嫁人且大都生活得不幸福。尤其是有了子女以后，似乎吃亏更多的是女人。于是，胡香妹更不想随便地把自己嫁了。

她不是不想男人，制造人的上苍，同样给她安装了情感神经。有时想男人想得睡不得觉时，她只能从书本上找找自我安慰的方法。读书，也是稀释想男人的措施之一。

春天来了，她带着饼干去"钓鱼台"上读书。百花争艳，芳香怡人，也是人生的一大享受。

她凭什么能钓到大鱼？凭知识，凭姿色，凭货真价实。

与哥嫂分家后，胡香妹也养起了黄牛。每年养十几头小黄牛，长大了就让父亲牵到八十多里外的集镇卖掉，维持日常的温饱生活。当小黄牛没有卖到好价钱时，父亲容易生闷气，她往往用无非多养一头牛而已的话语开导父亲。她说只要身体好，不怕赚不到钱，她养牛还积累了很多经验。

胡香妹所讲的大鱼是她要找的男人。她博览群书，从多角度衡量那个男人身上具备的优势和潜力。她在美好的未来中陶醉着，用"任凭风浪起，稳坐钓鱼船"的古话来形容她怡然自得过着的小日子再贴切不过了。

田谷清处理好城里的液化气店后，带着家眷又回到了老家——樟洲村，他想在农村广阔天地干一番大的事业。他第一步的构想是通过"公司＋农户"的形式，带领家乡的父老乡亲脱贫致富。如今正遇上了一个好时代，有党的好政策，还有银行具体帮助操作，千载难逢的好机遇。罗霄山脉的山那么多，像唐朝的美女，高贵壮实，只要把民众的劳动积极性调动起来，解决脱贫致富的问题就指日可待。

早几年，有一个地方的老人，一年总有十几个不是喝农药就是上吊甚至跳河自杀，这种现象持续了好几年。人们传得沸沸扬扬，各种说法都有。有说破坏了风水的，有说被儿女逼迫的，有说老人长寿儿女就短寿，等等。

田谷清在城里做生意时就听说了这个事情，他认为不管什么说法，老人晚年生活堪忧，这是不争的事实，不然，为什么要自杀呢？好不容易把儿女拉扯大，不讲该享享清福吧，也不至于用自杀的方式结束生命嘛。

人终有一死，但要死得有尊严。最好的死法是：双眼微闭，脸带微笑地去见阎王。这不是办不到的事，老年人饱经人世沧桑，经历了太多的人和事，只要在弥留之际，满足其一些基本的心愿，如有人陪伴着说说话，吃一样想吃的食品。最终心满意足了，死的时候就高兴，脸上就有笑容。

天时、地利、人和，这六个字是中国的老祖宗总结出来放之四海而皆准的道理。田谷清反复揣摩着，认为目前这六个字正逢其时，他站在山顶眺望层层叠叠的秀丽山峰，不由自主地唱出了"该出手时就出手"的歌词，而且反复唱了几遍，豪情万丈准备干一番事业。

这天，田树林正在山上放牛，突然听到一阵山呼海啸般的骚动，他纵身一跳，奔进了一片林海。凭他的经验是豹子在捕捉小黄牛吃，而且是一群豹子。他同时晓得是黄牛在产崽，豹子最喜欢吃刚生下的小牛崽。而公牛在保护小牛崽，才出现了你死我活的打斗场景。

小黄牛，是罗霄山脉的特有品种，它们只能长到一百多公斤，像山羊一样在悬崖绝壁上行走自如，一般情况下豹子是很难吃到成年了的小黄牛。

田老头站在一块巨石上见到五只豹子和五头小黄牛正在打斗。说时迟那时快，只见田老头手中拿着一根木棒舞得呼呼作响，左敲右击，很快就把五只豹子赶跑了。五头小黄牛立刻跑去生小牛的母牛身边并围成了一个圈，保护着母牛顺利把小牛崽生下来。

森林法则——适者生存。保护生态平衡，田老头领悟很深。他不想伤害动物，因此只是手舞木棒将豹子赶跑而已。他也曾多次劝过一些猎人不要捕捉野生动物。比如，你把穿山甲捕光了，就会导致蚂蚁和白蚁泛滥成灾，它们除了把山上的树木吃光以外，也会把老百姓的家具破坏得千疮百孔。

近年来，胡香妹从电视、广播、书报上获得最多的信息是"中国梦""精准扶贫""普惠金融""大众创新""万众创业"等，她觉得大显身手的机会来了。

近段时间，胡香妹集中心思把她思考了十几年的设想写在了纸上面——这是她想成为女强人的基本构想。

田谷清回到家乡，马不停蹄地招兵买马，召集志同道合者，这不第一个就找到了他的堂叔——养牛能手田树林，通过他把留守在家的老人动员起来，成立养殖合作社，先把养殖小黄牛事业搞起来，树立标杆，影响一片。

田谷清最近在思考一个问题，机遇来了，要把事业做大做强，第一是要凝聚人才，人才就是前途。对这点，他看准了一批人才，可以边干边把他们吸引过来，同时田树林还给他推荐了师兄张朱仔。第二是要有启动资金，没钱寸步难行。这点，他从田树林那里了解到，许志强曾告诉过田树林，银行已经出台了项目扶持政策，只要把项目定准，国家会大力扶持的。他决定请田树林陪同，再次去趟省城，更多地了解"三农"扶持政策，也好取得政府的帮扶。

田树林老头对张师兄的处境牵肠挂肚，他这么大年纪了，让人观猴子一样地天天去骚扰，对他的身心健康伤害很大。就会像慢性毒药，到时遇到什么刺激，一命呜呼就见了阎王。他死了，胖傻女人和孩子怎么办？再说，师父传授给他的独门拳术不能让他带到棺材里去。于是，田老头决定，在陪田谷清去省城之前先去趟张师兄家把他一家子人接到樟洲村安置好，如此他才心安。于是，他跟田谷清商定在樟洲村租房给张朱仔安定下来。

田老头借着夜色悄悄来到张家门口，又听到小孩在哭泣，胖傻女人在"啊啰啊啰"地哄着孩子。

田老头敲了几下门，大声叫着张师兄开门。只听张师兄快到门口了还在嘟哝着："我好像听到了田师弟的叫门声，你们这么吵把我的听觉都搞混了。"

张老头打开门一看，果然是田师弟，忙问："吃饭了吗？"

"吃了。"进入门内田树林又说，"我这时候来，是接你和你媳妇还有孩子去我那里，住的房子已经找好了，免得老在这里受到外界的骚扰。"

"大恩不言谢。每天像耍猴一样，不仅把我的正常生活弄得一团糟，就连我的思维都被打乱了。我跟你说，对当前的形势我有些想法，早就想和你商量商量。是时候了，我也该出点力了。"

"好，好，太好了。你要带的东西多吗？"

"我除了人以外一无所有。"

"有人就有一切。"

张老头简单收拾行装，带着胖傻女人和孩子，跟随田老头来到了樟洲村里一栋独立的房子里。

"宝贝爷，我们又到了啥地方？"

"你啊，只管吃饱饭带好孩子就行，其他事不要问。"

田老头给张师兄买足了吃喝用的东西，放在了地下室。

次日，田老头陪着张师兄来到田谷清家，三个人一见如故，相互谈得很开心，决定大干一场。田谷清说他要去省里请有关专家来规划设计一番，回来再合计。

胡香妹听他的堂哥讲，他家老房子经田树林介绍，由从城里回乡创业的田谷清租下来给一对老配少的夫妇居住，这对夫妇住进去以后，从不把大门打开。因此她感到非常的奇怪。老配少，还生了个孩子。她觉得不可思议，于是乎，想去探个究竟。

堂哥的这栋老屋她原来经常去，只是后来堂哥建了一栋六层楼高的新房，这栋楼就闲在这里，自然也就很少来了。一天晚上，她翻墙进入了那个院子。

院子不大，里面有三棵大树，几乎把整个院子都遮住了。正屋的门紧闭着，她用耳朵贴在窗口上，只听到一个女子的声音："宝贝爷，睡觉啰。"

"你先睡吧，我抽口烟。"

胡香妹听男人的声音，已经年龄很大了，而女人的声音听起来顶多也就20来岁。这更刺激了她的好奇心。田谷清怎么对这对老配少夫妻感兴趣呢？那晚胡香妹没有去打扰这对老夫少妻。

回到家，胡香妹几乎一整晚没有睡意，想尽了法子才在天快亮的时候入睡了。直到吃中午饭的时候才醒来，吃过饭又背着书包去了山上。

今天，她无心看书，左思右想后，决定白天去探个究竟。为什么？她的主要目的是要搞清田谷清他们意欲何为。

一对老少配的夫妻值得田谷清他们这么关注吗？他的目的是什么？这两点一定要弄清楚。

下得山来，顺道去小卖店买了孩子吃的奶粉、苹果和香蕉，还买了几斤猪肉，一并提着敲响了那扇神秘的大门。

足足敲了十来分钟，老男人才来开门，问："你找谁？"

"找您，我是田树林田老师的学生，给您送些食品来了。"

"田师弟没有交代可以接受别人的东西，谢谢你，请回吧。"他说完就准备关门。

胡香妹见状，冲进院子里笑着说："您是我老师尊贵的客人，我作为晚辈送点猪肉和奶粉表表心意不行吗？"

"这样吧，等你老师回来再说，你的心意我们领了。"

"这就怪了，晚辈向您表表心意还要人批准吗？"胡香妹边说边往里屋走。

老人硬是不肯让她进去。

"大伯，您把简单的事情复杂化了。我是个晚辈，给您老婆、孩子送点吃的，这不是人之常情吗？"

"现如今还有常情吗？"

"怎么没有？我又不是坏人，是您师弟的学生，是个实实在在的好人。您就那么不相信人吗？照您这样看来，还真是没有常情了。"

张朱仔一听，晓得眼前的这个女子是个读书人，也就缓和了刚才激动的情绪。

"大伯，我提的东西很沉，让我放下再说话好吗？"

张朱仔不做声，胡香妹提着东西去了内室。

"好妹妹，你生了个大人才呢。"胡香妹怕老男人又赶她走，就把东西放在了里屋的女人身旁。

"是嘞，我儿子多乖，他听得懂我的话嘞。"

答非所问，这个女子是不是有问题？

"我送点奶粉给孩子吃，补充补充营养。"

那女子在茶几上拿了块半截像太阳一样造型的棒棒糖自个儿吃起来。

这时，老男人进来了，胖傻女人冲着他说："宝贝爷，人家送了一大堆东西给我们，你应该高兴才对呀？"

老男人不回答，十分严肃地说："你的心意我们领了，田师弟交代过，要我不要接触陌生人，你请回吧。"

胡香妹有点尴尬，只好起身往外走，老男人跟着把大门关上。胡香妹绕到窗口旁。

"乖乖，以后来了人，你不要乱说话，一定要记住。"

"我又不是哑巴。"

"你要说话就对我说嘛。"

热脸贴上冷屁股，伤了胡香妹的自尊心，她坐在山顶"钓鱼台"上生闷气。老男人那句"如今还有常情吗"总在她耳边萦绕着。这个老男人饱经人世沧桑，看样子有一肚子苦水。

那么，田谷清他们把这对老夫少妻接到这里来，必然有他的用意，这事一定要弄清楚。

为使张朱仔能够接纳她，她再次投其所好。听人家说生了孩子的女人要多吃鱼，才有充足的奶水，她便买了几条活鱼去。另外，还买了一包五颜六色的棒棒糖，看那胖傻女人的样子就好这一口。她认为只有关心老男人的女人和孩子，她才能进入他家的门。

又敲了很久的门，老男人才出来开门。"请问你找谁？"

"我叫胡香妹，来您这两次了。今天送几条活鱼来，让孩子有充足的奶水吃。"

"胡姑娘，谢谢你的关心！田师弟给我们准备了充足的食品，请你不要再送东西了。"

"活鱼必须让女人多吃，对孩子的智力发育有好处。"

"这我略知一二，只是……"

"大伯，我有一些想法，向您请教。"

"等田师弟回来再说吧。"

"好，我把鱼送到厨房就走。"

胖傻女人见到那些棒棒糖，兴奋得不得了，"嘿嘿""嘿嘿"地笑个不停。

临出门时，老男人还说了句："太谢谢了！"

这次见面非但没轰她走，相反，还显得客客气气，至少对她没有反感。目的达到了。

田谷清一行在省城，由田树林师兄的儿子许志强带着他，去有关部门咨询政策，请求支持。得到的答复是，项目很好，要取得国家支持，得先进行可行性论证，再申请政府立项。

　　许志强告诉田谷清，他们的一些设想很好，对农村的老年人是一大福音。搞好了，就为各地解决老年人晚年生活问题提供了可以借鉴的模式，也为社会做了了不起的贡献。田谷清听了备受鼓舞，他向省里的相关部门介绍了他的设想。就这样，不知不觉地在省里呆了二十多天。

　　胡香妹试探了老男人对自己的态度，再从这几天发生的事情来看，这个老男人恐怕是她"钓大鱼"的一座桥梁。他有很厉害的拳脚功夫，思维敏捷，是个藏在深山人未识的高人，难怪田谷清他们那么器重他。他听进去了她的一些想法，只是碍于种种顾虑不想与她单独讨论罢了。好，这是个突破口。胡香妹思考了几天几夜，决定装病。

　　那天，阳光明媚，风和日丽，湛蓝的天空云彩朵朵，一时间让人赏心悦目。胡香妹这次买了两条淡红色的鲤鱼、两个猪脚和两包棒棒糖。一路提着往老男人的家里走，到了门口，胡香妹敲了敲门，不一会，老男人就出来开了门。她喘着粗气说："大伯，鲤鱼很难有这么大个头的，猪脚又发奶，我顺道给您买来了。"她边说边走进内屋。当她把棒棒糖放在胖傻女人身旁时，双手抱着头，摇摇晃晃地倒在了地上。

　　"宝贝爷，快来快来，她死了。"

　　老男人闪进屋，蹲在胡香妹的身旁，把了把胡香妹的脉搏，对胖傻女人说："别乱说，好好的人怎么死了，她没死，好好的。"

　　"她倒在地上不动，我以为她死了。我告诉你她是好人，你得把她治好，听到了吗？"

　　张朱仔在胡香妹的人中穴、眉额上以及后脖颈推拿按摩了一会，她才慢慢苏醒。

　　"胡姑娘，你经常有这个毛病吗？"

　　"没有呀，只是最近老是觉得心里闷得慌。我心里的一些好的创业想法一直憋在心里没法说出来，更没法实现，想想就憋得慌。现如今党中央提倡普惠金融政策，号召精准扶贫，我们这里苦得太久了，也该行动起来了。"

"你有好想法为什么不对你田老师说呢？他可是高人，更是干大事的人嘞。"

"请问大伯贵姓？"

"免贵姓张，贱名朱仔。"

"张大伯，田老师认为我年轻，不想和我谈嘞。"

只看见胖傻女人手里拿着一大把棒棒糖，边吃边笑得屋梁上都掉灰尘。

"乖乖，吃你的糖吧，不要这么大声笑，我和胡姑娘有事要谈。"

于是乎，胡香妹把她的想法一五一十地说了出来，张老头听得津津有味。他关心时政，天天听收音机，对当今国内国际的事了解不少。

张老头年轻时被人称为书呆子，只要有书读，他可以一天不吃饭。他读过不少历史书，体味历史是面镜子，几十年的生活经历也亲身见证了中国发生的巨大变化：由穷到富，由富到强。当今的"中国梦"——中华民族伟大复兴之路振奋人心，尤其是精准扶贫、大众创业、万众创新、普惠金融等具体举措更是鼓舞人心。

张朱仔认为这是一次大的机遇，他的好多想法，只要脚踏实地地去干，就能创造一个个奇迹来。他和田师弟商谈了一部分，得到了师弟的首肯和赞赏，连说英雄所见略同。他自己有很多想法，因为没有发挥的平台，更没有知己交流，确确实实有憋得发闷发慌的感受。因此，他让胡香妹倾吐出来，听了确有相见恨晚的感受。

"胡姑娘，你的思想、眼光、胸怀、志向已达到了很高的境界。恕我直言，你说田师弟视你年轻，不愿听你的倾诉，我表示质疑。我了解田师弟，他是个有胸怀的人，满腹经纶，是一个藏在深山人未识的高人，他怎会轻视你呢？"

胡香妹试探出来了，果不出她所料，眼前这位长者确实是块金子，是位将才，是她的贵人。

从此后，胡香妹天天去串门谈理想、谈事业，并顺便带点东西，当然，棒棒糖是每次不落的。

她觉得是火候了。一天，突然话题一转，请大伯帮忙，让她加入田谷清和田老师一起办大事的行列。

张朱仔想了很久，这个女子不平常，她的胸怀和眼光别具一格。

"胡姑娘，农村老年人的晚年生活问题，按你的思路如果实现了，你就是载入史册的女能人。如果让你主持，需要哪些条件？"

"只要有您和田老师的指导，我就能办好。"

张朱仔点点头，笑着说："我俩谈了那么久，我也弄明白了你内心的意思。你想跟着我们办大事，我答应你。"

胡香妹赶紧跪在地上给张朱仔磕头，连声叫着"师父"。

"好姐姐，你给宝贝爷磕什么头啰？"胖傻女人拍着巴掌哈哈大笑，把嘴里的棒棒糖笑得掉在地上。

张朱仔这次没有说胖傻女人什么，也反映了他态度的转变。宽容是一个人的美德，胖傻女人也是女人，她想表达什么就让她说好了。没有她，张朱仔只怕是要断后了。

"师父，我还有个不情之请。"

"你说。"

"你看，我都这么一把年纪了，连个对象都没有，跟我同龄的有的已经是奶奶了，这事，您得帮我。"

"哦，行，我帮你张罗张罗。"

张朱仔收了这个美女徒弟满心甚是欢喜，便详细询问了胡香妹家里的情况。胡香妹告诉师父，家有父母、哥嫂，与哥嫂分家后同父母一起生活，家住村前荷塘冲，家门前有很大一片荷塘，自己出生在荷花盛开的季节，所以家里人给她起了一个小名叫"芙蓉"，希望她像出水芙蓉，亭亭玉立。

"呵呵！芙蓉？人如其名，好！那我以后也叫你芙蓉吧。"

"好哇！师父这样叫我的小名，显得更亲切些。"

"宝贝爷，我尿急了。"胖傻女人着急地喊道。

"芙蓉，你帮忙抱一下孩子。"话音刚落，他就抱着胖傻女人去了屋外。

小孩认生，大哭不止。很快，张老头抱着胖傻女人回来了。也怪，胖傻女人"啊喽啊喽"几句，小孩就笑了。

田谷清一行回到樟洲村已是晚上九点多钟了。他们这次带回了几样城里的特色食品。

一回到家，田树林就迫不及待地来到张朱仔的住处。坐在桌前，两个老头有说不完的话……

"师兄啊，我这次陪田谷清去省城收获颇丰，大干的时机成熟了。"

"是嘞，中国的老百姓就要过上幸福生活啦。尤其是老人，有人想出了切实可行的解决方案，几乎与你的想法同出一辙。"

"不可能吧？我构想了几十年，除了跟你讲了个大概，没有跟别人说过呀。"

田树林望着师兄，只见他红光满面，像个中年人。他点点头，心中有底了。

"师兄，按省里领导的说法，我们当前的设想只要成功了，给中央着手解决农村老年人老有所养问题就提供了可以借鉴的模式和经验，是一件功德无量的事情。"

"要办大事，人才是关键。"

"谈到人才问题，我想与你探讨探讨。人才不是全才，要用人家的长处。俗话讲：金无足赤，人无完人。其实谁都有缺点，我们不能做手电筒只照别人不照自己，只有这样才能发挥人才的长处，也才能凝聚人才。"

"师弟，我最近收了一个徒弟，她对你敬慕已久，很想加入到我们的事业队伍来。"于是张朱仔将近来他与胡香妹交往的事情一五一十地对师弟讲了。

只听胖傻女人"嘿嘿"笑过之后，说了句"胡姑娘是个好女人"。

田老头望了胖傻女人一眼，见她脸上油光发亮尽是肉，脸色红嘟嘟的，看来师兄对胖傻女人照顾不错。

"师兄，我现在最关心的事，就是尽快启动养殖小黄牛和鸡的项目。"

于是，田树林把田谷清请来，与张朱仔一起仔细商讨了启动养殖小黄牛和鸡的方案。田树林说可由一个他已看中的中年人来管理，然后把中年人的情况大概描述了一下。其中讲到中年人有个长得丑的老婆时，加重了语气，她尽管长得丑，但很有学问，对管理好团队有独特的招式。她丈夫英俊潇洒却被管得服服帖帖。夫妻俩养鹅，不多养，只养六十只，平常用出售鹅蛋的方式来满足生活的基本需求，剩余的大把时间全部用来读书。田谷清听到这里很是好奇，说到管理，他相信堂叔田树林的眼光，那个丑女人肯定有过人之处。

治人术，是人世间最复杂的学问。民国时期有个叫李宗吾的学者，写了一本书叫《厚黑学》，按他自己的说法是一项发明。田谷清读过这本书，他认为是一本讽刺书，一些利令智昏的人，在人生中的一些表演过程罢了。但有几个方面，李宗吾先生还是很有功力的。心狠脸皮厚的定义还是很准确。张朱仔说自己也经历过，有人想学到他掌握的独门拳技，什么办法都使用过，但自己就是不为所动。他为什么不愿收徒弟？就是看不惯一些人雁过拔毛，贪得无厌，极端自私，以自我为中心的嘴脸。如果让这些人掌握了厉害的拳技，那不是助纣为虐吗？他宁愿把这些拳技带进棺材里去，宁可过着清贫的生活，也不传授给那些没有道德没有良心的人。同样，田树林老人也没有带徒弟，相信他有同感。心狠脸皮厚的人的结果是，利可能得到了，但对社会风气如同在排毒烟，熏得很多人的身体健康没有保障。

"宝贝爷，鸡都要睡觉了嘞。"三个人一起聊了很久，把胖傻女人都弄烦了。她这话提醒了大家，于是相互道别，各自回家去了。

胡香妹去了山顶"钓鱼台"，想起了师父对她的教诲：业精于勤，普惠众生，更不准利用他教的本事去谋取私利。

胡香妹从小就对自私自利的人很反感，从读初中开始就立志做一个能为大多数人谋利益的女强人。她把自己的志向一五一十地讲了，并表示一生谨遵师训。为了证明自己没有说谎，她把自身的设想谈得很仔细。她说了一个观点，只要有个平台，她的构想很容易办到，还说"帮助了别人实际上也是帮了自己"。张老头就是听了她有板有眼的方案以后才决定传授她本事的。

说话容易办事难，唯有在实践中扎实干，就是有错，也刺激了克服困难的智慧。除此之外，还要靠团队创造的一个好平台。只要田老师和师父愿意做自己事业的中流砥柱，她的构想一定能够变成现实。在她看来，老年人不是朽木，而是宝贝。日本和德国退休的老人，全世界争着要。为什么？因为他们积累了丰富的干事经验，能给社会以低成本创造丰厚的财富。中国的老人，在种植业、养殖业、饮食业和工艺品制作上接受了老祖宗传授高超的技艺，只是没有发挥的平台，才使他们晚年失去了尊严，这是最大的浪费。

胡香妹滔滔不绝地阐述她的构想和设计的理论依据，激活了张老头封闭的思维，同时，他也弄清了这个姑娘的心思。经过十来天的观察和总结，他认可了这个姑娘的具体想法。于是，他做出决定，促成她的心愿。如果通过她的努力，能够发挥老年人的作用，改变老年人的生活状况，那就是一件了不起的事情。而且有银行的帮助，胡香妹构想的事就更容易做成。

张老头凭着对社会几十年的观察研究，这个女子的构想像点燃的星火，大有燎原之势。是的，以自己为例，经过了多少磨难，才达到今天这个程度。别的老人不也一样吗？为什么不帮助老人发挥余热，反而催促早死呢？这不是愚蠢的人才干的事吗？

种植，这里有那么多山，既然能长杂树和茅草，难道就不能长出有用的农作物吗？而日出而作、日落而息的农耕种植不正是老人们的强项吗？只要把他们的积极性发挥出来了，可以说遍地是黄金了。养殖业更是老人们的拿手戏，养什么都有令人叫绝的方法。这样的事年轻人是搞不出来的。胡香妹这个女人很精明，她选择了好时机，还用数据量化出来，张老头不得不佩服。

为解决老年人的问题，田老弟想了几十年，自己也想了几十年，如今有条件了，机遇也来了，不抓住它，就叫空想主义者。张老头梳理了一下思路，自己在研究怎样发挥人才作用上已经几十年了。胡香妹有想法有抱负，借势利用她的心愿，可以刺激她的潜能，加快解决老年人问题。这叫借势法，运用好了就能收到意想不到的效果。

田师弟也是为解决老年人问题，借丑妇来实现自己的心愿，与他借势胡香妹解决老年人的问题有异曲同工之妙。按照张老头的研究，每个人都有心愿，只是大与小的区别。满足人的心愿，是用活人才的重要举措之一。胡香妹的心愿应该算是大的，当然她的构想，按照田师弟的说法对人类是个贡献。这叫以大对大，像作对联一样讲究平平仄仄。

借势法，操作上有很多种。张老头认为前提是要做对大多数人有利的事情，就可以打破一些条条框框，先要干起来。机不可失，时不再来。中央有好政策，银行、电商来帮助，如果还干不成事，说明干事的人没有本事。

想着他们的计划就要付诸行动啦，憧憬未来，幸福满满！

二、春意盎然，紫阳高照

樟洲村的山，春天来了就大不一样。落叶乔木似乎要去相亲，重新穿上新装，精神焕发，意气昂扬，很多树枝条花蕾绽放，像是准备迎接新郎新娘。一些冬眠的动物，纷纷从洞穴中爬出来，见到万物复苏，草香花艳，就欢呼跳跃，一切的美好开始了。

田树林老头五点就起床了，在院子里打了几套拳，虎虎生风。老伴服侍他吃过早饭，就去了光石村。

在一个独立山头，有一栋木板房，住了一对夫妻，男的姓陈名超光，女的姓江名黑猗。夫妇俩正值青春年少期，夫妻俩都有睡懒觉的习惯，有时候要到太阳晒在肚子上才起床，除非有紧急特殊的事情要做。

田老头把陈家的门用力敲了几下，半天才见陈超光出来开门。

"师父，这么早呀？"

田老头用手指了指天上的太阳，陈超光咧嘴笑了，晃了晃头，请师父进屋。

江黑猗听到敲门声，知道是师父来了，她赶紧去厨房炒菜。她晓得，师父无事不登三宝殿。老头脾气古怪，没有要紧的事，不喜欢串门，也不欢迎别人去找他。

厨房里响起了锅碗瓢盆的声音，一阵芳香扑鼻的菜味袭来。

"黑子，菜炒好了吗？"

"来了！"江黑猗喜气洋洋地端来花生米、猪肉、草鱼块，笑嘻嘻地连喊："师父万岁万万岁。您来了，我家有财发咯。"

她喊师父"万岁万万岁"，是发自肺腑之言，因为她的命是师父救的。

那是十五年前的一天，满天的黑云像大山一样把太阳遮住了，二十一岁的江黑猗被一个二婚男人骂了粗话，羞得她拿根麻绳去山林的一棵大树上吊自杀。当时舌头已伸出来了，幸得田老头相救。

江黑猗长得像黑猩猩的模样，只读了初中，因家里穷没有上高中。她是读书的料，成绩名列前茅。她想读书，父母无奈地告诉她，家里穷得叮当响，吃饭还成问题，哪还有钱供她读书啰？无奈，她冷静地想了想，决定安心在家养小黄牛，用出售小黄牛换来的钱买来各种书籍，在家自学。几年时间，她读了很多方面的书，包括小说、政治、经济、农林水牧等读物。

她尤其喜欢读古今中外的小说，那些作家们把男女主人公的爱情描写得淋漓尽致，有些细节能触到少女的心灵。她也很渴望爱情，接受了五十多次相亲，却都很短暂，那些男人见了她像见了厉鬼一样跑了。就这样，熬到二十一岁那年，只有一个离过婚、头上有癣块的中年男人愿意娶她。

一天，她与那个男人去散步，走到一片茅草地，那男人抱住她，手像蛇一样摸她的敏感区。

她感到惊愕，书上不是先谈爱吗？不是要经过思想交流碰出火花，互爱才能对接吗？怎么这么粗鲁，这不是连低级动物都不如吗？那还要得！于是，她反抗，弄得那男人火了，骂道："你长得比黑猩猩还丑，哪个男人敢接近你？"

那男人似点燃的鞭炮接着说："我抱住你，等于收废品。"

江黑猗听到这些粗言乱语，如万箭穿心，泪水似涌泉一样，"啊哟啊哟"地跑进了树林。

她命不该绝，田树林老头去赶集路过那片林子。不是进树林找一种药材，他还不会进林子呢，正巧遇见她上吊。

再说陈超光，父母给了他好身材、好相貌，十七八岁就有很多漂亮的女孩似众星捧月一样跟着他，他像猫偷鱼一样吃甜了嘴，整天混在女人堆里，无所事事，更别提成家立业了。直到二十九岁那年，他与一个妖艳的有夫之妇鬼混在一起，被那个女人的丈夫请人把他弄到荒郊野外打得遍体鳞伤，只剩下最后一口气。也是阎王老子不收他，让田树林老头遇上了，费了老大的功夫才把他救活。

一朝被蛇咬，十年怕井绳。陈超光拜田老头为师，发誓再不染指女人，全身心跟着师父学本事。

江黑猗让男人羞辱了一回，差点上了黄泉路。田老头救了她，让她安心读书，修身养性。

一天，阳光明媚。江黑猗爬上一棵很高的树上看书，看到陈超光在研究什么。他一个人在阳台上，一蹲就是几个小时，有时候自个儿笑得捂肚弯腰，仿佛捡到钻石那样欢快惬意。

一连几天，陈超光时而紧皱眉头，时而拍掌大笑。

江黑猗感到纳闷："难道那个男人患了神经病？"

"师父，我看到一个男人在阳台上研究什么，时而叹气，时而大笑不止，这是什么情况？"

田老头把陈超光的情况告诉她，说他在研究小黄牛多产崽的问题。

"这个我也有兴趣啊，让我参与研究吧。"

"黑子呀，我早对你讲了，大难不死的人，必有后福。你冰雪聪慧，悟性强，还是研究你的治人术。今后条件成熟了，去干大事，干对千千万万老百姓有益的大事。"

"敬爱的师父，我已有研究，正想去做实验嘞。陈超光对研究小黄牛多产崽有兴趣，今后总要让他发挥作用吧。"

田老头想想也对，就同意她和陈超光一起去参与研究。田老头带着江黑猗去了陈超光的独立房间，作了介绍，怕陈超光轻视她，就严肃地说："光仔，这位姑娘姓江名黑猗，是一位奇女子，她对你研究小黄牛多产崽有兴趣，你与她好好合作。"

陈超光望了一眼江黑猗，听师父这样介绍她，只是点点头。他如今心如止水，对长得有着闭月羞花之貌的女子也好，对长得丑八怪模样的女子也罢，在心理上激不起浪花。

只是听师父说她有惊人的研究成果，兴趣蛮大。

长话短说，男女在一起搞研究，日久生情。田老头见他俩似一对鸳鸯，就促成他们百年好合。江黑猗把陈超光管得服服帖帖，不敢调皮。

田老头望着这对恩爱夫妻笑眯眯地说："你俩该出山了，条件成熟了。五年后，中国没有贫困人口，十几亿人都会过上小康生活。"

陈超光听师父这么一说，兴奋不已："我老婆早就讲了，说您老人家最近会来我家，大干一场的时候到了，我俩在等着您的召唤。"

"这叫英雄所见略同。"

"一句话，您老人家指东，我们绝不奔西。"江黑猗说道，"我家光子的研究成果，源源不断出来了。他说要我生崽，我说，先干事，后生崽。师父，我没说错吧？"

田老头点点头，脸上堆满笑容。他望着这对宝贝，心中就舒畅。也联想很多，俗话说藏龙卧虎，有人理解的角度不同，认为有夸大其词的嫌疑，吃不饱，穿不暖，还有龙和虎吗？

田老头查阅了很多资料，认为用藏龙卧虎的词汇讲中国人的潜质恰如其分。在中国近现代史上，尽管落后挨打，受尽了列强的欺负侮辱，但去了外国的中国人，有的获了诺贝尔奖，有的掌握了前沿高科技，有的在国外创造了巨大的财富，在国家有难的时候捐款捐物。如爱国华侨陈嘉庚先生，在国内时不就是名不见经传的人物吗？

安定的环境，是中国人大显身手的有利条件。如今，中国是世界经济总量排第二的国家，是美国最大的债权国，国防力量日益强大，已发射了多颗卫星在天上。仅天气预报，就非常准确，知道什么时候刮风，什么时候下雨。如果有个别不怀好意的人躲在阴暗的角落里想对中国发射导弹，天上的卫星也能随时看到，中国人再也不怕被别人欺负了。

只用了短短几十年的拼搏努力，中国就让世界震惊，充分佐证藏龙卧虎的词汇表达正确。国家强盛了，是龙虎们干出来的。

田老头潜心研究，干事要有平台，要有高智商的管理人才。否则，办事千辛万苦，坏事轻而易举，古今中外的教训太深刻了。因此，田老头安排江黑猗潜心研究治人术，是听了这个丑姑娘有独立见解的管理方式方法。她说："教育，包括强化教育，是管理人最有效的措施。唯有注重教育，才是疏通愚昧落后的灵丹妙药。读书明事理，指的就是这个意思。"

田老头把陪同田谷清去省城咨询的事讲得眉飞色舞，以规模化养殖小黄牛和山鸡为突破口，把老年人的问题先解决。

师徒谈了整整三天，等省里通过了可行性报告，由银行跟踪项目贷款，电商帮助销售产品，就可以全面启动了。

田老头还告诉夫妇俩一个好消息，他已同田谷清商量好了成立专业养殖合作社，同时还把一个有绝招的师傅请过来了，说他对中央的政策吃得很透，对中国的经济形势非常看好。他说这次是个大机遇，不能错过。还说精准扶贫、大众创业、万众创新，人人享受普惠金融服务，是动真格的，有相关配套措施。

江黑猗笑嘻嘻地说："是的，我也反复认真研究过，这确实是个大机遇。"

"师父，只要我老婆认准的事，就保准能成功。这是我经过多年检验得出的经验。"陈超光恰到好处地拍了一下老婆的马屁。

"不要王婆卖瓜，自吹自夸，做好准备吧，干成了事，才是真家伙。"江黑猗心中早有底，师父想好的事，绝对错不了。

田老头满脸挂笑地回家去了，要讲的话，已讲清楚了。

田谷清躺在床上思谋了很久，觉得要把事业搞起来后，就需通过培训教育的形式，培养一批敢于讲真话的人，对一些错误的行为进行矫正。

这是办好事情的重要一点。试想，一盘散沙，小农经济意识，就是金山银山也会被吃垮，也得不到银行的支持。农民必须团结起来，走规模化种植和养殖之路，用股份制形式把劳动者捆绑在一起，共同致富，才能把贫困帽子抛到九霄云外去。

干事需要有真才实学的人才，要尊重人才。人尽其才，各人有各人的长处，你发挥人家的长处，不是你好我好大家都好吗？不必拘泥于人家过去的缺点，以陈超光为例，如果看死了他，也就没有小黄牛多产崽等方面的研究成果了。

胡香妹把师父传授的本事已学到手，信心满满。她也研究了师父很久，他老人家对人和事的看法有独到的见解，令她佩服得五体投地。只是她有些急，机会的把握很关键。俗话说"机不可失，失不再来"。最近，她想出了一个办法。于是，她买了三袋棒棒糖、两只活鸡、一条草鱼和一些水果，去了师父住的地方。

"师父呀，我儿时的一个好朋友办了一个豆腐加工厂，多次请我去帮忙。我来请示您，去还是不去？"

"嘿嘿，要去，你早就该去了。农副产品深加工，是加快农民致富的好办法。但是，要规模生产，解决销售问题。如今有电商参与，银行帮助，山里人靠山吃山，用多种山果制作成豆腐，很多人还不晓得呢？纯绿色产品，有潜力嘞。"

胡香妹听了汗颜，好厉害的师父，头一招就戳穿了她的阴谋。她本想来套师父的口气，看田老头什么时候动手！师父用一句"要去，你早就该去了"的话，拆她的花招。随即讲述了农副产品深加工的方向。意思再明白不过了，翻译过来就是：你安心等吧，让你发挥作用的时候为期不远了。

但是，她又提出一个实质性的问题："师父，我年龄不小了，您要为我做主啊！"

胖傻女人突然哈哈大笑起来说："宝贝爷，女人的事你不晓得吧？你请教我，就好玩。"

"把糖拿稳，掉在地上吃到肚子里会生虫子嘞。笑话，我怎么不懂女人？"

张老头喝了口茶，慢条斯理而又十分严肃地说："芙蓉呀，先成事，后成家。你的心愿实现才有价值，今后要注重修身养性，浮躁容易坏事。"

聪明的胡香妹再不敢说话了，师父已讲得明明白白。但她从师父的表述中捕获一个重要信息，干大事即将拉开序幕。

她推测正确，田谷清和田树林又来到了张老头的住地，三人商讨成立专业合作社事宜。

田谷清首先开口说道："我们要开始办事了。昨天，我去了县政府，听县长讲，省里有关部门已经就我们的事情写好了可行性报告，县里也已与农村信用社（农商银行）协商好了支持我们发展的相关事宜，还给我们定名'樟洲联合合作社'。"

"好啊！有党的好政策，有银行的帮助，让我们一起来开创事业的新纪元吧。"

三人兴奋地商谈了三天三夜，把步骤细节都安排得有条有理，先把小黄牛、山鸡养起来，由田谷清担任樟洲联合合作社总经理，田树林、张朱仔任副总经理，同时任命江黑猗为养殖分社社长，集聚一百二十八个村的山林，全面把养殖小黄牛、山鸡项目启动起来。按股份制形式，凝聚村民，捆绑在一起，以人人都是股东的形式开始干事业。

"还有一个项目可以同时启动，还是靠山吃山的一项快速见效的方法。"张朱仔说道。

田老头望着张老头，讲了这么久，从来没有谈到还有个见效快的项目，难道张师兄谈事有保留的习惯吗？

"见效快的项目，是什么呀？我没有想到啊！"田老头一边品着茶一边试探道。

"是我那徒弟胡香妹提出来的。"张老头手捧茶杯，慢条斯理地说："师弟啊，她可是个难得的才女嘞，对你很崇拜，把你研究透了，晓得你是藏在深山人未识的瑰宝，她在等待出山大干一场嘞。"

田老头听后很吃惊，还不晓得有人在研究自己，而且研究透了，是真的吗？

"师弟呀！此女真的了不得。你把我接到这里来，她第一个就来找我，讲了她的心愿。"

"她喜欢读书，这我早晓得，只是不晓得她的城府。"

张老头哈哈大笑，只听胖傻女人跟着他笑得更响，笑得房梁上的灰尘像突发浓雾一样在房里飘荡。

田老头也笑了，是的，城府。胡香妹很厉害嘞，能推测张师兄来这里的目的，真的可以称奇女啊。

"胡香妹发现一个项目，用山上的野果制作成豆腐，纯绿色产品。只要有银行支持，联合电商，把好产品销到全国全世界去，确实是一条见效快的捷径。"

田谷清听了张老头的介绍，频频点头，认为这确实是个好点子。

大家商议，决定把胡香妹请来，让她去主持这方面的工作。

说曹操，曹操就到。胡香妹正好提了几袋东西，笑容满面地进来了。

"芙蓉，你来得正好。我们正好在谈论你，来来来，请你把山果豆腐项目的设想，以及做法讲讲吧。"

田老头望了胡香妹一眼，也许是他望女人最认真的一次，感觉中立即得出一个结论，此女不简单。

胡香妹也是第一次近距离与合作社老总们在一起，或多或少有些紧张。她喝了半杯茶，刚泡的茶，很烫。为的是壮胆，她还是喝了几口，尽量把话讲得有力度。

她把早已思谋好的设想步骤、操作模式讲得很有煽动性。从三人的表情上看，她觉察到他们已认可了她的阐述。

当胡香妹说完了，田谷清拍手称快，三人一致同意由胡香妹去主持山果豆腐加工项目，合作社由张朱仔分管，有什么困难，及时上报合作社领导层帮助解决。

张老头笑眯眯地对胡香妹说："芙蓉呀，大胆去干实事吧，你的心愿，为师心里有底。我们信任你，给你一个支点，你会撬动地球。"

在物欲横流的时代里，还有什么比信任更值钱的呢？胡香妹此时百感交集，思绪如沸腾的开水，温度越升越高。她如和尚修行一样，苦苦等待出山的最佳时机。今天，终于等到了，能得到合作社老总们的首肯更是高兴。

她反复研究了普惠金融服务的内核，利用银行懂经济、懂金融的专业水平，来弥补老百姓在金融领域的迷茫。这是一着高棋，一着棋走活了，全盘皆赢。

合作社领导按照步骤，把江黑猗夫妇招来，把责任、任务、目的讲得清清楚楚、明明白白，江黑猗夫妇领命去运作。

田谷清陪着省、市、县、银行的领导，观看了以樟洲村为核心的地形地貌，现场办公，决定全面启动养殖小黄牛、山鸡和制作山果豆腐项目。

胡香妹以只争朝夕的姿态，一天只睡五个小时，组建山果豆腐工厂。胡香妹以她的工作激情，感召和影响了一大批人，加上农民的勤劳，做事的积极性空前高涨。

第一批山果豆腐出来，运去各大超市，利用超市有大型荧屏的优势，滚动播出山果豆腐纯天然原材料的介绍，让消费者非常感兴趣，引得人们竞相购买这种纯天然对人体有好处的豆腐。曾有一段时期，食品污染把民众弄得人心惶惶。民以食为天，哪天能少了食品呢？怕死是人的本能，渴望对人体安全有保障的食品，是人的主要需求。

人们排队购买山果豆腐，对商场来说，是求之不得之事。山果豆腐能产生这种效果，银行和电商起了作用，是他们请来摄影师，把山果豆腐制作的真实情况利用电视荧屏告知消费者。说句不忌讳的话，一般老百姓就不晓得产品宣传的作用，这是小农经济生产模式对广告引领消费不屑一顾的原因所致。

首战告捷。生产者只负责生产，电商负责销售，资金回笼由银行帮助打理。这样极大地激发了规模化生产的积极性，劳动者付出了同等的劳动得到了同等的回报。工厂的财务部，每天把崭新的人民币发放给劳动者。劳动者拿到哗啦作响的钱，脸上笑得像绽放的花朵。

人世间无奇不有，光怪陆离。有一个人，他站在财务部不远处，见到堆得像小山包的钱，全身发痒，似猴子一样抓耳挠腮。几天下来，观察好了，做好了充分的准备，决定动手。此人的一切举动都被张老头察觉到了，他决定好好地惩罚一下这个人。

不到两个月，山果豆腐工厂获得利润十万八千八百六十八元。吉利的数字，发、发、大发的预兆。胡香妹兴奋不已地赶来报告师父，汇报时那姿势俨然一位将军得胜归朝时那种傲慢。

只听张老头严肃地说："芙蓉嘞，开局很好，但要冷静。人世间各种人都有，一旦有思想混乱的人，干出了影响大多数人好心情的事，就对事业有损伤。士可鼓，不可泄。人心齐，才能泰山移。"

胡香妹听后有点吃惊，她的心情突然不佳。原来只是在心里想了又想，俗话说得好，说话容易办事难，困扰了很多人。万万想不到，有银行和电商帮助，解决了销售和资金回笼的问题，把劳动者的积极性一下子调动起来了。这使她想起了一个既复杂又简单的问题，只要把一件事理顺了，就一通百通。像渠道一样，堵塞了就不通，疏通了水才能奔流。用山果制作豆腐，已有很长的历史了，这么好的食品，由于个体经营，属于小农经济，才导致藏在深山人未识。如今，有这么好的政策，已搞起来了，难道还有人倒行逆施，敢于与大多数人作对吗？

她想不通，穷了这么久，祖辈人传下话，"穷则思变"，刚开始变，就出状况，有这样的人吗？好不容易把大家组织起来，用天天发工资的办法刺激，民众脸上才有笑容。照这样走下去，紧接着发力发展养殖业，用股份制加多劳多得的模式，大家才能富裕起来嘛。如果还想极端自私，相信会受到众人的反对。师父讲到"士可鼓，不可泄"，是至理名言。

只听张老头摇摇头又说："芙蓉呀，你不要多想了，把茅厕封住，就不会臭了。"

"师父，您下指示吧，要我怎样做？"

"到时，你扮红脸，做好转化工作；我唱黑脸，惩罚一下这个极端自私的人。"

十一月二十三日晚，北风呼啸，寒气逼人，狗也不出来乱窜。一道黑影似鬼一样闪到豆腐工厂财务部，三五下打开保险柜，把两沓钱丢进挂在脖子上的袋子里，晃到屋外一棵树下，身手之快如闪电。

一根麻绳套在黑影的脖子上，以迅雷不及掩耳之势让其悬空在树枝上。随后，一束强烈的灯光照在黑影的脸上。

胡香妹站在树下，似笑非笑地问："你有什么事想不通呀？吊什么颈啰，世间这么美好，死了划不来嘞！"

"不要与他废话，他想钱想疯了，让他尝尝上吊的滋味也好。"张老头从另一棵树下闪出来。

绳子勒得那人双脚乱蹬，大喊："救命呀，救命！"

"救了你的命，伤害了很多人的心，老天爷早就要收你下油锅呢。"

胡香妹见那人很难受，舌头都快要伸出来了，就请求道："师父，放他一马吧。我看他被吊得快断气了。"

张老头把绳子放下来，那人倒在地上，喘了一会粗气，几分钟才平息下来。

"胡厂长，他偷了工厂的钱，你看如何处置吧。"

那人用头在地上边磕边说："胡厂长，我是麻古村人，有个八十多岁的老父亲，一个月前摔断了腿，要钱去医院治疗，我才起了贼心。我也是没得办法，请胡厂长放过我吧。"

"你知道这些钱能解决多少人的问题吗？孝道能用这种损人利己的方法吗？真正是为你父亲治病，你找胡厂长借，再用你的勤劳所得还，不是更能体现你的孝道吗？"

胡香妹接过师父的话说："是呀，我们的豆腐工厂启动了，今后还会有好多赚钱的机会。你盗钱的行为，会把人心搞乱。看你年纪不小吧？有困难求人，不丢人嘛，干嘛非要去偷呢？"

"胡厂长的教育我一定记得。其他不多讲，我今后会用实际行动回报的。"

"看在胡厂长的面子上，给你一次改正错误的机会。"张老头说后，朝胡香妹点点头，就走了。

胡香妹轻柔地问："你叫什么名字？"

"我姓李，叫顾清。"

胡香妹请李顾清去了办公室，给他倒了一杯白开水，润润嗓子。并关心地问："你父亲真的摔断腿了吗？"

"胡厂长，我早闻你的大名，这么快让很多老百姓得到好处。我的老父亲要不是急需钱去医院治病，我才……"他摇着头，显得无可奈何的样子。

"你过去主要从事什么职业？"胡香妹按照师父的指示，开始做转化工作。

"我十五岁拜过一个师父，以耍猴跑江湖为职业，几乎把全国各地跑遍了。后来，我总觉得耍猴跑江湖不是什么体面的职业，又脏又累，师父死后，我也就另谋他业，主要从事货物贩卖。也就是利用先前见多识广的优势，贩运一些赚钱的物资。后来不好做了，没有赚到多少钱。"

胡香妹点点头，想起一句话，"饥寒起盗心"。就分析李顾清说盗钱给老父治病，恐怕是真话，与饥寒起盗心的性质差不多。

李顾清见多识广，对中国各地的特色产品很了解。如果能把他转化过来，对今后做大做强事业有好处。

"李先生，你今天回家去，明天上午再来我这里，我请医生给你父亲治病。"

李顾清很感动，胡厂长不但不怪罪自己偷钱的行为，还要请人给自己父亲治病，胡厂长可真是个大好人。这个胡厂长，有本事，把山里人的潜力发挥出来了。按她说的，今后会有更多好事让民众得利，不像是在说空话。

他有很多师兄师弟分布在全国各地，大部分不干老本行了。但他们见多识广，练了一些绝活，如果有机会，发挥他们的作用该多好。

那天晚上，李顾清几乎没有睡，想了很多。在几十年风风雨雨的人生经历中，似乎看到最多的是一个"穷"字。至于为什么穷，说法很多，小老百姓，只能听着。

他早就注意到了，胡厂长把民众组织起来，进行规模化用山果加工豆腐。山果漫山遍野，山里人勤劳，只要有收购的地方，不打白条，劳动积极性就高。最奇的是，生产那么多山果豆腐，能销出去，钱由银行帮助收回。世界上有这样的好事，还会有贫穷吗？

第二天，李顾清来到胡香妹的办公室，她真的请了一个医生来了。她让那个医生跟他回家去给他父亲看病，并祝他老父亲早日恢复健康。

李顾清见到川流不息的人来办公室请示胡厂长这个事、那个事，不便过多停留就走了。

其实，按他昨晚想好的话，本想请求胡厂长安排一个事给他做。但是看到胡厂长忙得团团转，他决定过几天再来找胡厂长，看她怎么说。

胡香妹每隔一两天，就买些生活用品，包括小师娘喜欢吃的棒棒糖。每次听到师父的表扬话，心情格外舒畅。

张老头笑眯眯地问："芙蓉嘞，你不记得我师弟给你承诺的话吗？说你有困难可以找他，他义不容辞帮你解决呀。"

"我没有遇到困难呀。"

"嘿嘿，你以为师父不晓得你的心思啊？没有困难，你不晓得编个困难吗？"

"师父万岁万万岁，难怪有学者发出感叹，理解万岁呀。"

"芙蓉嘞，我告诉你，你心目中的英雄，很古怪嘞。他一生经历那么长的时间，对女色很严谨，用坐怀不乱来形容他恰如其分。你今后再与他打交道时，要慎重啊！"

"我早晓得嘞，尊敬的师父传授我本事，我已感受到了。师父作了精心安排，我只要做出成绩，啊哈，谁逃脱得过您老人家的手掌心？"

张老头呵呵地笑了："典型的拍马屁，山外有山楼外有楼，还有英雄在前头，谨记。"

"谨遵师训，我一定牢记。另有一事，凭我的观察，那个李顾清是个人才。以师父的高见，是否可以给他安排个工作？"

"这个我不管，在人员的安排上，我不插手为好。"

胡香妹晚上睡在床上，想起师父的提醒，你不晓得编个困难吗？这就等于老人家下了指令，她可以开始直接与田树林打交道了。真还有点巧合，虽然字不同，但音差不多，竟出现两个谷清、顾清的名字。思绪万千，尽管作了很长时间的酝酿，但真正要做起来，还是有胆怯。一个满腹经纶，志向远大，人生经历丰富，还掌握奇招的男人，能按自己设计的方案去实施吗？

实践出真知。不管怎么样，不去实践怎么晓得结果呢？

田谷清目前的主要心思，几乎全部投入在养殖小黄牛、山鸡项目的启动上。这是关系到成千上万民众的大事，他也关注到，胡香妹那里的事业开局很好，从某种意义上讲，奠定了规模养殖小黄牛、山鸡的基础。

按张老头的说法，这是千载难逢的机遇。天时、地利、人和都具备，用千载难逢的表述是恰当的。

小黄牛是罗霄山脉的特有品种，有学者说，能与日本神户的牛相媲美。据说，日本的神户牛肉销售价折合人民币三百多元每公斤。如果情况属实，这里就要大发了。这里的山鸡跟着小黄牛吃山上的昆虫和山果，吃小黄牛身上的牛鳖，长大的鸡有一种特别的味道，也是山里的特产。过去，仅仅靠人工贩运去外地卖，知道的人很少。如今用电商，可以把产品销到全世界去。自己只需要负责生产，由银行帮助收回货款。从古到今，有这样的好事么？

江黑猗被任命当了樟洲联合合作社养殖分社的一把手，欣喜若狂，热情澎湃。她要实现自己的理想，做个女强人。多少个日日夜夜，有度日如年的感受。现在，终于可以甩开膀子大干一场。

师父是个奇人，是真正的男子汉，做事缜密。

陈超光长期研发的使母小黄牛多产崽的技术开始发挥作用了。组织起来的民众，听到省、市、县、银行、电商的领导都十分重视这个事情，并且制定了专门的扶持方案，都不由自主地欢呼雀跃，用上这些方案，大家就能过上好日子啦。

按照各级领导制订的方案，成熟小黄牛的屠宰场、山鸡加工厂建在山谷中。销售分两部分：一部分销售鲜活的；另一部分销售深加工的产品。

以樟洲村为核心，建了临时的办事处，银行、电商现场办公，劳动者付出了劳动，愿拿现金的，当场付给就是；愿拿银行卡的，把卡收好就行。银行只是提醒，不要把银行卡的密码随便告诉别人就万无一失。这点老百姓还是晓得，再大大咧咧说东道西，也不会随便把自己有多少钱告诉别人。

胡香妹遇到了一个困难，山果豆腐加工制作的产品，已供不应求，只有扩展到别处去，不能扎堆在一块地方。去别的村办分厂，她没有熟人，这就是她的困难。

田谷清听了胡香妹的汇报，沉默了一会，才慢条斯理地说："还是在这里扩建厂房为好。为什么？我有个整体设想，等小黄牛、山鸡养殖形成效益后，老百姓尝到了甜头，再进行规划，用小城镇的形式，形成特色小城镇。工厂、公益场所集中配套建设，腾出土地栽树种花，种粮食作物。不知你的看法如何？"

"你这个设计，等于把人生存的空间扩大了，有效利用了土地和空间。只是我建议，在这里扩建厂房可以，但收购山果的点必须扩散到外地去。好处是让外地采山果的民众方便送到收购点，他们就有时间多去山上采野果，采摘更多，才能保障我们有充足的原材料，产生更大的经济效益。"她受到他的感染，表达立意时轻柔而不是快人快语。

田谷清抬头望了一会胡香妹，触动很大。这个迟迟不肯嫁人的大龄姑娘，不但会讲话，而且让人听了舒服。还说出一个无可挑剔的方案，谁也拒绝不了。从她把山果豆腐加工厂很快组建起来，在银行的帮助和电商的操作下，让劳动者脸上有笑容，这就是人才，女强人的风范。听张朱仔说她最近又发现了一个人才，能发现人才的人，是人才中的人才。

田谷清本想摇头，但怕她误解，还是忍住了。

"胡厂长，你安排定点收购山果的人选，我们派人理顺收购点的关系。"

胡香妹点点头。只见田谷清又勾着头说："你提出的点子可行、价值大，并不是山果收购点本身的价值，而是由此调动了民众参与其他事业的创造性和积极性。俗话讲'人心齐，泰山移'是有道理的，一个伟人讲过，只要调动民众的劳动创造性，什么人间奇迹都能创造出来。你建收购点方便了民众，让他们多得收入，照此类推，其他行业也一样呀。我们罗霄山脉那么宽广，是个很好的舞台，是可大有作为的。"

田谷清说完这番话就走了，他要去见几个人。他早就思考好了，只要机遇来了，人才是搞好事业的关键，像送电开关一样，一推上就来电。这不是臆想，胡香妹启动的山果豆腐加工厂，江黑猗的小黄牛、山鸡养殖业，已显现了勃勃生机、春意盎然、紫阳高照的气象。

他的主要工作，是启用各种各样的人才。他佩服张朱仔，不是他，胡香妹不会这么早出来，也就推迟了事业的进程。因为小黄牛和山鸡有个生育期，见效没有山果豆腐来得快。在外闯荡了这么久，田谷清还是第一次遇上这样的奇女子。他边走边摇头，嗨，人生真是个万花筒，光怪陆离，稀奇古怪，万万没有想到，还有这样的女人藏在深山人未识。这样的人才一定要好好使用，尽可能发挥她的长处，挖掘她的潜能。

田谷清边想边摇头，像喝醉了酒一样，整个身体有轻飘飘的感觉。

这天，田树林正在为小黄牛、山鸡的养殖事业奔波，突然听到一个熟悉的声音在呼唤他。

"师父，我终于找到您了。这下好了，我死不了了。"话音刚落，一个小不点抱住了田老头的一条腿。

"聪仔，不好好读书，怎么一见面就说死不了的话呢！"

只听"啊啰啊唔"的哭声，聪仔哭得很伤心。

让他哭一阵吧，田老头望着远方，想起这个小不点的身世令人哭泣。刚从娘肚子爬出来，母亲死了，父亲气得疯疯癫癫，似精神病人分不清昼夜，到处游荡。邻居带着他，吃百家奶，不满三个月，好心的邻居也病倒了。还好，邻居家有条好母狗，生了一窝崽。让他吃了一段时期的狗奶，以后与小狗崽一起吃粥，好不容易长到三岁时，他身上长红疱疱，很痒，他在墙上磨，用手抓，红疱疱烂了，就发臭，引来了很多苍蝇。邻居把他送到一条大路旁，意思很明确，让他自生自灭。如果他不死，等待好心人给他治病。

一天，田树林外去办事，在路旁草丛中发现似猫崽叫的聪仔，见他这个样子，就把他送到一座尼姑庵里。田树林捐了一千块钱，请老尼姑照顾一下。他七岁时，老尼姑也死了。于是，田老头请来一个老头，住在尼姑庵教他读书写字。聪仔好像长不高，七岁像三岁那样高，饭一餐能吃两大碗。他还经常生病，田老头带他治好这个病，他又生那种病。还好，他最大的能耐就是能吃。

十岁那年，田老头开始教聪仔习武，待练得身体强壮了，才把欺负他的病赶走。教他读书认字的那个老头是个孤寡老人，但有文化，教了聪仔很多知识。

前些天，老头突然面带笑容死了。聪仔推不醒老头，急得哭，到处找师父。

"聪仔，说吧，遇上了什么事。练武之人，站如松，坐如钟，天塌下来，不会砸死你一个人嘛，急什么？"

"老师死了，但他脸上有笑容，应该没有死吧？可就是推不醒他。"聪仔停止哭声，把要说的话讲清了。

田老头沉默了很久，知道他已乘鹤西去了。这个老头原是一名中学教师，一生多灾多难，父母死得早，老婆孩子也相继死去。他感到天塌下来了，本职工作也没干了，在社会上如同行尸走肉般游荡了十多年，直到田老头把他送到尼姑庵，请他照顾聪仔，教他读书，他才找到一点生活的寄托，也尽职尽责做到了。他死后脸上带笑容，说明他没有什么遗憾。

田老头安葬了老头，把聪仔带到身旁。

有关领导和美食家品尝了罗霄山脉特产的小黄牛、山鸡，一致认为是美食上乘佳品。再买来日本神户产的牛肉对比，各有千秋。这就有文章可做了，省、市、县、银行、电商领导反复酝酿一个方案，把小黄牛肉定价每公斤 280 元，在专卖店、超市的电视荧屏上滚动播放牛肉的品质、生长地、对人体的益处等内容介绍，顺便把山鸡跟着小黄牛在山上跑，吃牛身上的牛鳖，所以味道独特的镜头进行特写。用买一公斤牛肉，免费送一只山鸡的方式促销，最实惠的是，由烹饪师制作好的牛肉、鸡汤让购买者品尝，这样让人心服口服。

罗霄山脉产出的小黄牛肉，原来顶多售价八十元每公斤。如果真能卖到 280 元每公斤，不比挖金矿差。

江黑猗听到这个方案，几乎不敢相信自己的耳朵。

这不是神话吗？如果小黄牛肉能卖到二百八十元每公斤，我们这里很快就会富起来。

反正她有质疑，原来想，只要每公斤卖到八十元，凭陈超光发明的小黄牛多产崽技术，只要销量大，不要几年时间，罗霄山脉地区的民众就会富得令人羡慕。她作为操作这件大事的一把手，也算功成名就了。

江黑猗看到民众对她很尊敬，在心理上平衡了。长得丑，怪我吗？谁不想自己长得天姿国色，有闭月羞花之貌呢？不是师父关心我，尼姑庵也不要我嘞。

田谷清在田树林的陪同下，来到江黑猗主持的小黄牛和山鸡养殖基地，见到像星星一样数不清的小黄牛崽和小鸡们，心花怒放。人们在干各自的事，每个人脸上挂着笑。让人一看，似一束束花朵，这是世界上最好看的花。

田谷清想起春意盎然、紫阳高照的词语，人们形容党的好政策、好措施给民众带来福祉，就是春天来了，万物复苏，百花争艳。像紫阳挂在天上，让民众身上暖洋洋，吃得好，穿得艳丽，如同芝麻开花节节高。

从胡香妹主持的山果豆腐加工厂取得的成效，人们也看到了小黄牛和山鸡养殖产业的前景。

田谷清感慨万千，请银行介入，电商操作，过去名不见经传的农副产品，能卖到这么多钱，奇迹，真是奇迹。

这就说明一个问题，原来的小农经济、农民意识，困扰了农村经济的发展。在相当一个时期，人们指责农民意识、小农经济，认为农民自己捆绑了自己。

如今想起来，也不能怪农民嘞。受教育程度低，又没有钱，生产的产品销不出去，阻碍了农民劳动生产积极性。

田树林对江黑猗笑着说："猗猗呀，抓住这次机遇，有多大劲都使出来。日后我们要干更大的事，把这里建成独特的人间乐园，有信心吗？有决心吗？"

"有党中央的英明决策，有银行的帮助、电商的操作，有这么好的条件，我还没有信心和决心，说明我是傻子一个。师父，我应该不傻吧？"

"你是女杰，我早就肯定了。再说，你做出的成绩，充分佐证你的能力。"

田谷清、田树林、江黑猗他们还谈了其他工作，越谈越兴趣盎然，似乎忘记了时间，直听到聪仔的肚子里发出"咕噜咕噜"的响声，才去吃晚饭。

胡香妹听过李顾清拟组建安保队保护山民不受发疯发狂动物伤害的阐述后，很感兴趣。于是报请田谷清和师父同意，由李顾清组织民间有点武术基础的人员成立了安保队，并向民众传授防卫技能，保护山民的人身安全。

人逢喜事精神爽。这几天，田谷清、田树林、张朱仔、胡香妹、江黑猗等经常聚在一起，总结前期所做的一些事情，胡香妹的山果豆腐加工、江黑猗的小黄牛和山鸡养殖都获得了成功，取得了可喜的经济效益和社会效益。他们又在谋划另一个事业了，党中央提出加快城镇化建设，从发展的要求上，对树和花的需求量很大，这是山区的最大优势，拟组建花木种植合作社。

胡香妹立马想起了李顾清，原来李顾清跟她谈过自己的一些想法。按她的设想，如今城市建设进度很快，绿化程度要求很高，需要很多珍稀树木、珍贵花卉。这是山里的优势，对珍稀树木、珍贵花卉的知识，在过去闯荡江湖的经历中，哪里有珍稀树、珍贵花，李顾清非常清楚。

"胡厂长，我没有其他本事，就是以前走南闯北，在外面的见识多一点而已。哪里有珍稀树、珍贵花，我还是晓得。至于……"

"李师傅，我高兴得不得了。这项事业正是合作社领导们谋划和关注的，应该马上行动起来，这才是关键。"胡香妹兴奋得在房子里转动着，喊了一声："小丘，小林。"

两个戴着眼镜的年轻人齐刷刷地站在胡香妹面前。

"你俩马上起草一个可行性报告，我们决定建立两个育苗基地：一个是珍稀树苗基地，另一个是珍贵花卉基地。快去写好，我要送给有关领导审批。就是晚上加班也要写出来，按惯例发奖金。"

两个年轻人欣然领命而去。

胡香妹笑着又说："李师傅，我请您组织一个班子，分两班，一是把珍稀树、珍贵花卉的种子搞来,二是保护山民的人身安全,您愿意吗?"

"士为知己者死。我马上去组织人马,落实您的指示,请相信我,保证圆满完成任务。"

胡香妹请示师父张朱仔,并经合作社领导层研究同意后,给李顾清写了一张条子笑着说:"李师傅,兵马未动,粮草先行。您先预支二十万元,放心大胆去干事吧。"

李顾清用颤抖的双手接过批条,第一次被人信任的感动溢于言表。他走在路上,好像有腾云驾雾的感受。遇上这样的好领导,这样办事的女强人,还有什么事办不好呢?

两个年轻人办事很扎实,查资料、谋前景,一个晚上没有睡。雄鸡报晓,终于把可行性报告写出来交到胡厂长手里。胡香妹阅过后,脸上笑得灿烂,连声说好,并告知经厂务会议讨论奖励他们一千元。随后,又拨通了田谷清的电话,"田总,我有要事请示,我去您办公室。"

田谷清听过胡香妹的汇报,把满满的一杯茶一饮而尽。望着面前的女人,似有千言万语要说,又不知从何处说起。他有一种自责的愧疚感,以自己对女人的所谓顾忌,迟缓了老百姓摆脱贫困的步伐。知道喜欢读书的人,是不同凡响的人。如果早与她沟通,这里肯定有变化,只是变化大与小的问题。她对珍稀树、珍贵花卉的阐述,无论从哪个角度去衡量,都是前途无量的事业。

"好,好,好。"田谷清一连说了三个好字又说,"我马上向县领导、银行、电商汇报去,你马上启动,越快越好。"

胡香妹笑嘻嘻地说:"我已经安排人员动手做准备了。"

三、山高花红，清泉冽冽

好山好水好风光。罗霄山脉的山，像神话传说的玉帝和王母娘娘的女儿那样漂亮，山连山、峰勾峰，连绵千里，横贯几个省。太阳冉冉升起来时，白色的云雾蒸腾在山腰，山沟如同画家笔下的仙境。

紫阳高照，万山群峰妩媚妖娆，天地一色，美不胜收。

潺潺溪水，宛若悠扬的音乐。鸟叫兽鸣虫子夜唱，一派莺歌燕舞景象。年轻的男女引颈高歌，保持生命永恒延续，这是山里人的特色。

映山红，把一座座山装扮得像有女初长成那样靓丽。蜜蜂、蝴蝶、鸟儿蜂拥而至，整个山间热闹非凡。

山的形态多姿多彩，鬼斧神工，造型各异，有高耸入云挺拔俊秀的，有类似动物造型的，有雄壮魁伟的……上苍眷顾这里，山多的地方，矿产丰富。金、银、锡、钨、铁等，给世界提供了工业化的原材料。

藏龙卧虎是山里的特色。谷勤奋，从小喜欢读书。父母在他八岁零八个月的年纪，才送他去学堂读书。读到四年级那年，父亲突然病了，而且一病不起，扛了一年多就死了。家里的顶梁柱倒了，保生存是重中之重，谷勤奋无奈辍学，协助母亲重振家业。正如他的名字一样，他很勤奋，能吃苦耐劳，靠双手维持着家里的温饱生活。

万万想不到，没过多久，在一个风雨交加的夜晚，吃了晚饭后，母亲捂着胸，说胸脯很痛就到床上躺着。

年轻人睡眠足，第二天上午太阳晒在肚皮上才醒来。他揉揉双眼，不见往日母亲劳作的身影。他去了母亲的卧室，见母亲躺在床上不动。他轻轻地推了一下母亲，不见动静。叫了一声娘，也没有答应。一种不祥的预感袭上心头，用力推了一下母亲，他喉管一震动，嚎啕大哭，他的母亲死了。

邻居帮他草草地安葬了母亲，他躺在床上不吃不喝。也不知道在床上躺了几天几夜，命也快没了，邻居一看不得了，赶紧把他送到一个年迈的老中医那里。老中医把他救活后，看他可怜，就把他收为了徒弟，他从此和老中医相依为命，还学会了用中草药治病疗伤。

老中医死后，谷勤奋又变成了独自一人生活，他平时靠捡废品维持生计，偶尔也给人治治病疗疗伤，尽管不富裕但至少生活还过得去。

算一算，谷勤奋今年也有六十岁了。按大多数人的生活方式，他早该结婚生子干出点什么事来。可是，师父没有结婚生子。老人家一生乐善好施，把掌握的医术服务于民众。谷勤奋继承师父的衣钵，给人治病疗伤不收钱，也不结婚。

五年前的一天，谷勤奋外出办事，很急，正值炎热的盛夏，他出汗多了，导致中暑，起初头有些昏，坐在一棵松树下，不一会倒在了地上。

碰巧田树林那天在山上放牛路过这里，看到松树下躺着一个人，本能地喊了几声，却无反应，并上前推了推那人，感觉不对劲，看他的样子像是中暑了，就按了那人的人中穴，给他推拿，让他喝了随身带的防暑凉茶，硬是把谷勤奋从死亡线上拉了回来。

谷勤奋对田树林很是感激。从此后，谷勤奋和田树林成为了好朋友。

两人一见如故，无话不谈。当谈到谷勤奋为什么不结婚的话题时，他说出的一番话令人深思。

谷勤奋肃然地说："我们这里的穷人太多了，我不想制造儿女出来凑数。其实，山里人怎么会穷呢？难道山上不长树，不长庄稼吗？"

田树林也想过这个问题，不是山上不长树，而是人为把树砍光了。不是地上不长庄稼，而是种地亏本，农民本来没有钱，也亏不起呀。

田树林是化解矛盾的高手，再次讲到沉重话题，他会马上提出一个轻松的话题，以活跃当时的气氛。

谷勤奋对读书有饥渴感，为了读书，他去了大城市，捡废品维持生计，保障读书的时间。他的自尊心特强，每次与田老头谈国际国内时事，感觉田老头像老师一样说得头头是道。他听得津津有味，时间久了，他就汗颜，立志博览群书，在与田老头谈话时，也能谈出田老头不知晓的知识。这样，他心理上才能平衡。

田老头也喜欢与谷勤奋侃大山，感觉是一种精神享受。经过几年的交往了解，他认准谷勤奋是个人才。一旦条件成熟，把他请出山，为民众出点力。

胡香妹对李顾清很重视，对他的珍稀树、珍贵花两个育苗基地以及保障山民人身安全的事务情有独钟，且不断调兵遣将帮助他。

田谷清已经请示了县领导、银行和电商，这三个项目也得到批准了，并配套资金支持。

江黑猗的小黄牛、山鸡的养殖，正在如火如荼地进行中。民众从山果豆腐的收益中看到了过上好生活的曙光，对组织起来进行规模化种植和养殖，大部分人抱支持态度。

党的好政策，把山林按人口分配，让老百姓八仙过海，各显神通。目的只有一个，就是让农民早日过上小康生活。

按田谷清、田树林和张朱仔他们的策划，要走规模化种植和养殖之路。也就是说，需把分给农民的田土和山林流转统一管理、经营。山果豆腐成功的经验表明，农民劳动一天，至少有一百元到两百元的收入。

人们对事物的认识总有差别，在流转田土和山林的操作中，有人不愿流转出来。他们也有自己的门路，认为比组织在一起的收入更多。

问题是，政府把田土、山林分给了农民，人家不愿流转的话，别人也不能强加干涉。可是，小黄牛、山鸡是流动性的，不是圈养。只要有一块或几处土地和山林隔离着牛、鸡的流动，就会导致意想不到的矛盾。

还有一个问题，山果和其他农产品也有麻烦。农副产品深加工的规模扩大了，如果采摘固定在小范围的山林里，就有可能保障不了工厂原材料的及时供应。

也就是说，一两个矛盾容易解决，但矛盾多了就不好解决。

据江黑猗报告，有超过百分之三十的人不愿意流转田土和山林。

田谷清他们反复讨论，决定先干起来。兵来将挡，水来土掩。只要防止群体性重大矛盾发生，相信能解决今后出现的各种问题。并着手研究相关措施，投立一笔基金，补助因牛、鸡经过未流转山林的人家造成的损失。

　　田谷清他们很自信，待到牛、鸡长大被制成成品销售，珍稀树、珍贵花供应市场，以其看得见摸得着的高收益难道不能吸引那些不愿意流转田土和山林的人吗？

　　按江黑猗的想法，组织一批专门人员去做那些不愿意流转田土和山林的人家的思想工作，不是也能解决问题吗？

　　在田树林看来，江黑猗毕竟年轻，对农民的想法搞不清楚。曾有一段时期，报道少数基层干部好心办砸了事。今年要种什么养什么，说得天花乱坠，保证农民很快致富；加上一些所谓的聪明人，为了套取国家对"三农"的政策扶持款，用低价甚至不花一分钱的方式承包了农民的田土和山林。

　　可以说，大部分像刮过的一阵风，过后让农民受骗了。农民很纯朴，他们苦惯了，还是守住政府给的保命田土和山林，日出而作，日落而息，自己耕耘，再也不想上当受骗了。

　　也是的，思想通了的，还要做思想工作吗？在这方面，田谷清他们管理层的意见高度一致。农民的血液中流淌着老祖宗传来的古训，眼见为实，耳听为虚。因此，只有用事实说话才能解决思想问题。

　　田树林约谷勤奋喝茶，谈到田土和山林流转受阻的话题时，谷勤奋语出惊人："农民的问题是教育的问题。"这话在田树林的记忆里，应该是伟人毛主席讲过的。

　　只听谷勤奋又说："我建议小黄牛、山鸡变卖后以及珍稀树苗、珍贵花木出售后，留足一笔资金用于投资办学。"

　　田树林竖起了大拇指，笑眯眯地说："勤奋啊，高见！教育是千秋大业，我中华民族之所以永远摧不垮，就是有传统文化的凝固剂在起作用。"

　　谷勤奋品着浓浓的香茶，兴奋不已地说："举着解决好老年人晚年生活这面大旗，是推动当前一切工作按设计的路线图走的一着妙棋。"

"这个问题已在着手实施。勤奋嘞，其实，只要给老人一个发挥作用的平台，可以改变一种观念。老人是宝，而不是老朽。"

"对极了，谁家没有老人？老百姓看到这个有说服力的好事，思想障碍就通了。问题是，老年人的问题能快一点解决吗？"

田老头边喝茶边点头，解决老年人晚年的尊严问题，他想了几十年。从胡香妹的山果豆腐加工厂发挥老年人的作用上看，还是显现了效果。

有个姓金名响石的老人，如今七十多岁了。生养了四个儿子，两个女儿，都已经成家立业。按理，他该享清福了吧。可是，儿女们都很穷，自己的生活也难以保障，也就对父亲不能行孝道了。金响石老人一身病，又没有钱去医院治病，曾想到结束生命。

胡香妹来到老人的村上，组织大家办山果豆腐加工厂。金老头原来也制作过山果豆腐，只是人老了，有些事做不了，心有余而力不足。经人介绍，胡香妹拜访了金老头，请他去工厂当技术顾问。并把医生找来给他治病，药到病除。这样，金老头又把有同样经历的老人找来，吃住在工厂。

老人们劳动惯了，病魔赶走了，就请求做一些力所能及的事。这样，老人们有了余钱，心里更是高兴，他们对工厂很爱惜，脸上天天挂满了笑容。

江黑猗的小黄牛和山鸡养殖场也安排了很多老人。老人对养牛和养鸡情有独钟，有丰富的实践经验，把小黄牛和鸡养得人见人爱。

按照省、市、县领导的策划方案，小黄牛牛肉如果卖价二百八十元每公斤，鸡卖到一百五十元每公斤的话，提取百分之十作为老年人晚年的生活保障基金是完全可以做到的。

经田树林介绍，田谷清重用了谷勤奋，老年人晚年尊严问题，他想了几十年。人人都受生命规律的制约，谁也有老的过程。老祖宗早就指出，尊老爱幼要形成社会风尚。可是，让一个穷字搅乱了。曾几何时，把老人视为消耗社会、家庭财富的包袱，导致一些老人自杀的事情时有发生。

机遇来了，但由于长期蜗居深山老林，对好政策、好措施不太了解，田谷清带着田树林又去了省城，把长期酝酿保障老年人晚年生活的想法一条条地向省里的领导们汇报。大领导水平高，耐心地把政策一条一条解释给他听，那一刹那他眼前一亮，思想通了，思路也清晰了，就像接通电源一样，只要把开关推上，电就来了，黑暗就驱走了，这不仅照亮了大地，也照亮了人心。

可是，随着温饱问题的解决，医疗技术的提高，中国人的人均寿命逐年在提高。到二〇一三年，全国男性平均寿命七十三岁，女性七十五岁。每年上六十岁的老人以六七千万的速度递增。

老人多了，完全靠国家和儿女赡养不现实。接近三个亿的老人，相当于十几个小国家人口总和。更何况，老人还需要人照顾，问题就更多了。

从胡香妹的山果豆腐加工厂解决老年人晚年生活问题的效果上看，一切质疑用"事实胜于雄辩"得到了解决。

罗霄山脉的楠竹漫山遍野，过去当柴火烧了。现在被派上用场了，把楠竹制作山果豆腐包装品。随着销量的激增，又在城里回收竹筒包装品，又派生一个竹产品加工厂，使楠竹的身价倍增。

胡香妹真的是个天才，她把老人们的作用发挥出来了。楠竹包装品，从上山砍伐到加工过程，他们有丰富的经验。对于那些不能上山砍伐楠竹的，就找来青壮年的聋哑人替换。在加工上又调动那些已解除病痛，迫切想做点事的老年人，指导一些贫困的残疾人、智障人员做些力所能及的事。如：有双眼无双腿的人，与没有双眼有双腿的人互补，做着楠竹加工程序的事。重要的是融洽了人与人之间的关系，大家取长补短、有说有笑解决了自身的问题，还为社会做出了贡献，皆大欢喜。

楠竹的用途很广，从楠竹中取出如蚕丝一样的纤维，制作成冬暖夏凉的衣服，投入市场很热销。竹纤维还在很多的工业中大显身手，还有很多竹制工艺品，深受消费者的欢迎。

胡香妹发挥了李顾清的作用，把他那些师兄弟请来了，除寻找珍稀树、珍贵花，保护山民在山上摘山果、砍楠竹的安全外，还因人而用，探索其他产业。

她在山果豆腐上看到银行、电商给农民带来实实在在的便利和好处，似吃甜了嘴的猫，扩大经营范围，要让罗霄山脉的民众早日富起来，使家乡变成人间最美丽的乐园。

她是实践者、体验人，想不到深山老林名不见经传的产品，还能受到那么多人的青睐，产生了过去想都不敢想的经济效益。

银行、电商在樟洲村设立了办事处，方便了民众办事。过去对终端的概念搞不清，原来是把山区的特色产品建立一个展示馆，通过互联网，能让全世界的人了解产品的价值与品质，从而扩大产品的销售范围。民众到银行办理银行卡，开通手机银行后，想要购买日用品无需现金，只需在手机上点几下，一切搞定。尤其是销售的产品，根本不需生产者劳神，银行就把钱收回来了。也就是说，生产者只要注重产品质量就行了。

胡香妹始终有个心结，自己年龄不小了，也该谈婚论嫁了。

于是，一天晚上，她买了很多食物，又去了师父家。

张老头也有预感，胡香妹最近一定会来找他。也是紧迫事，高龄生崽对女人确是潜藏着危险。尽管如今医疗水平很发达，但人的构造很严密，不能违背规律。这方面，他晓得。问题是，目前事业刚起步，胡香妹是这项产业的顶梁柱，她怀上孩子后，谁来替代她呢？

机不可失，时不再来。这是老祖宗传下来的话，是真理，地球人都知道。

面对这一点，张老头想得晕头转向，寝食不安。

就这个问题，胡香妹已想好了。李顾清有个师哥，生有一对双胞胎，很会读书。凭着成绩好，基本是靠拿奖学金读书，已读研究生了。

双胞胎姐妹姓林，姐姐林动妹，妹妹林静妹，出生在穷人家，十分珍惜读书的机会。为什么珍惜读书？是为含辛茹苦的父母争气。她俩的父亲因一次上山砍柴，由于肩上的柴木太沉重，不慎从几丈高的坎上摔到一条沟槽的乱石堆里，摔断了一条腿和一只手。没有钱去医院治疗，只找了一些土药应付了事，痛得要命，硬挺着，结果留下了残腿残手。母亲患了哮喘病，经常咳得尿都流在裤子里。

林家的生活举步维艰，连自家养的鸡下的蛋也舍不得吃，都拿去换钱，保障两个女儿的读书费用。在林动姝、林静姝的记忆里，父母从没有穿过一件新衣服，穿的都是从废品堆里捡来的旧衣服。

俗话说：穷人的孩子早当家。十来岁的两姐妹，能帮助父母做很多家务事和农活。

按一些农村人的想法，女孩迟早要嫁人，让其读几年书就行了。可是，林动姝、林静姝的父母不是这样认为。孩子们只要是读书的料，就应该让她们读书。

林家有个远房亲戚，生养了两个儿子一个女儿。两个儿子不喜欢读书，勉强用棍子打着读完了初中。父母气得几乎要跳楼，经常短嘘长叹。还好，女儿会读书，每学期有几张奖状拿回家贴在墙上，还在小学跳级，十岁就进入初中读书。

长话短说，女孩以七百二十五分的成绩被录取到清华大学读书。边读书边研究出成果，发明了一个电脑软件芯片，被一家大型电子企业聘请，年薪一百万元。

亲戚家的女儿触动了林动姝、林静姝的父母，他们决定就是累死也要让两个女儿读书。姐妹俩没有辜负父母的厚望，读书很用功。放学回到家里，除做家务事外，全部心思放在读书上，晚上不到十二点钟不上床睡觉。有时还要父母催着去睡觉，父母常常告诉她们，不睡足会影响白天读书的效果。

两姐妹的学习成绩名列前茅，老师给予了很高的评价，鼓励她们再接再厉，稳定成绩，争取拿奖学金完成学业。从此后，两姐妹吃喝穿戴都不与条件好的同学比，全身心倾注在读书上，年年拿到了奖学金。果然不负众望，两姐妹都考上了名牌大学，读完本科，又考上了研究生。

女大十八变，林家两千金，尽管穿戴上仍然很朴素，但青春的光泽像盛开的桃花，脸上白里透红，散发着金色年华的气息。

艳花招蜂引蝶，林静姝让一个风流的男子盯上了。那个男子是富二代，起初还是文攻，除自己花招使尽外，还动员同学在其中帮忙。林静姝不想过早谈情说爱，与姐姐早就定下一个目标，不做出一番事业来，两人都不接受男人的追求。

可那男子着急了，文的不行，决定用武的手段达到目的。

一天晚上，月亮让乌云遮住了，大地黑咕隆咚。晚上十点十五分，林静姝走在从实验大楼回寝室的路上，在一个转弯处突遭人用胶带纸封住嘴，用麻袋套住身被绑架了。

黑夜里，"绑匪"扛着林静姝一路狂奔，在一处转弯的地方与洪七天碰了个满怀。竟把麻袋掉在了地上，"扑通"一声响，还隐隐见到双手双脚的挥动。这引起洪七天的好奇，打开一看原来是一个大姑娘。扛麻袋的一见此情况，早就溜之大吉了，原来他就是那个富二代花两万块钱雇来绑林静姝的。

林静姝非常感激洪师傅。两人闲聊了几句，林静姝说起自己是罗霄山脉地区的人，洪七天马上问她认不认识她那里一个姓林的师兄？他报出的名字正是她的父亲。

原来洪七天年轻时与林静姝的父亲是同门师兄弟，师父驾鹤西去后各奔东西，相互交往很少。但他们同出一个师门，情谊深厚，不是兄弟胜似兄弟的感情烙印在每个人的心上。

洪七天详细地问过师兄家的情况，唏嘘不已。想不到师兄遭遇那么大的困境，所幸生养了两个宝贝女儿。

他告诉林静姝，罗霄山脉地区要大变样了，有了让有理想、有抱负的人发挥聪明才智的好舞台。同时指出，你已有了前沿高科技研究课题，可以去那里发挥作用，并可以回去把你父母接到樟洲村安度晚年。

林静姝这次真正体味到了巧遇的内涵，她接受了洪叔叔的安排，与姐姐回家，陪着父母来到樟洲村。

胡香妹热情地接待林家姐妹，她如同捡到稀世珍宝的欣喜。听过林动姝、林静姝的研究课题，上报公司高层经研究认为项目可行，并决定马上成立一个科研基地，请林家姐妹主持。

根据胡香妹对林家两姐妹的细微观察，她认定林动姝如她的名字的动字，性格开朗，对政治感兴趣，并对改革有很好的创意，是个天生当领导的料子。但她没有立马表态，想与师父探讨再确定。

张老头听过胡香妹对林动妹的介绍，越听越消除了心中的担忧，脸上有了笑容。

醉翁之意不在酒，张老头自然知道胡香妹所表达的用意。在这方面，他早就想好了。

"芙蓉呀，你的心愿是该要考虑了。这样吧，你把大部分权力交给那个林动妹，并任命她为第一副厂长，让她主持工作三个月，为师承诺满足你的心愿。"

"师父的情义我先领啦，我一定把工作安排好。"

胡香妹信心满满回到工厂，找来林动妹，谈了她和师父的意见。

"胡厂长，感谢您看得起我。可我从未当过这么大的领导，这里已启动了那么大的事业，我能驾驭得了吗？"

"林动妹，你大可放心，有公司领导做后盾，更有省、市、县、银行、电商的支持，你按部就班实施好了。"

两个优秀的女人，就今后运作的程序进行了认真的研究。胡香妹决定明天陪她去熟悉已在运转的工作，认识一些关键人物。

晚上，胡香妹躺在床上，心潮起伏，思绪万千，几千个日日夜夜反复酝酿思谋的心愿，天助我也。她曾分析过师父的心理，是她首先充实了他的信心。山果豆腐水到渠成，很快让老百姓尝到了甜头，她用别人从未实践过的方案、措施，不但发挥了老年人的余热，还把一部分残疾人、智障人员的生存问题解决了。

珍稀树、珍贵花育苗基地如火如荼在实施中，社会反响强烈。

师父告诉她，田谷清、田树林都是干大事的人物，他对田树林更加了解，田树林从年轻时起，就有远大的理想，只是没有伯乐引导，但凌云壮志像野火一样，越烧越旺。他经常与师兄弟谈到农村改革的方略，听得师兄弟兴趣盎然。几十年了，他的志向还烙印在师兄弟的心上。有个师兄的儿子在省里当了大领导，在儿子面前经常讲到田树林的志向，才促成他这次出山，为樟洲村搭建了一个大舞台。

胡香妹由衷地敬佩田谷清、田树林、张朱仔三位老总的为人和才干。她也相信师父，只要把工作上的事安排好了，老人家会兑现诺言，帮她物色如意郎君。

林动妹每到一个地方，如同一股春风，万物复苏。又像一坨磁铁石，把细小的针也吸出来了。亭亭玉立，窈窕的身材，一米七二的身高，像一朵牡丹花，惊艳迷人。当胡香妹给人们介绍，今后由林动妹来与大家配合工作时，掌声雷动，一张张笑脸格外好看。

林动妹白天走访，晚上看资料。她的记忆力很强，能记住上百人的姓名、电话号码。她的声音如同资深的播音员，质感甜美。

六月酷暑，山上的蚊虫很多，她从一个砍伐楠竹的聋哑人的手上见到红点点，就请父亲在家熬一种药汤，这是林家掌握的药方，这种芳香扑鼻的液体涂在身上，可防蚊虫叮咬，止痒消痛。从此以后，上山采山果、砍伐楠竹、育树和花木苗，都不会受到蚊虫的叮咬。

村民们看到厂长这样关心他们，很是感激，说她是女神。

胡香妹很惊异，她晓得蚊虫是传播病菌的罪魁祸首，又是繁殖很快的昆虫。它们把卵产在水里，哪里有水，哪里就有蚊虫。尤其是热带地区，蚊患如同猛虎，把民众骚扰得烦死了。

她想，林家掌握了这样好的独门药方，何不形成产业造福于人呢？

当打听到林师傅爱喝点小酒，于是，就请厨房师傅炒了几样下酒的好菜，把林动妹的父亲请来，探探老人家的口气，再谋划后面的行动。试想，林家既然掌握了这样的药方，如果早放在谋利上，他们还会贫穷吗？既然他们没有把这项秘籍用来赚钱，那肯定是有原因的。

相传，老祖宗对传授秘籍有特别严格的规定，如传男不传女，传徒弟不经过二十年的考察，是不能传授的；还有更为严厉的师训，不能把绝技用于谋私利；为了防止掌握绝技的人一时的思想变化，用跪着发誓等形式来约束。显然，林动妹的父亲没有把这个药方传授给两个女儿，恐怕也是受传男不传女规矩的束缚。

酒至半酣，胡香妹笑眯眯地问林师傅："林伯伯，您的一对宝贝女儿可都是人才啊，相信她们很快就会做出一番大事业的。"

"胡厂长，大恩不言谢。您是好人，您对我两个女儿的知遇之恩，我一定会回报的。"

"林伯伯别客气，您的一对宝贝女儿前途无量啊！"

一提到两个女儿，老人家仿佛冬天享受阳光沐浴的喜悦，心里暖洋洋格外惬意，脸上笑得灿烂。

林师傅对胡厂长的胸怀、眼光很敬佩。凭自己几十年人生对社会的观察，很多人似乎把权力看得很重。大权独揽，小权也不分散。宁可操劳得把头上的毛发掉光了，也不愿把权力移交给别人。在他看来，这是阻碍社会发展的毒瘤。因此，就有怀才不遇的无奈，发挥才智的舞台让没有胸怀的人筑起了铜墙铁壁。

这个女人是瑰宝，百年才能出这样一个女杰。她把大女儿推到前台，既有眼光更有胸怀。知女莫过于父，他晓得大女儿是天生当领导的料，有经营管理能力。

"林伯伯，您掌握防蚊虫叮咬的药方，能大规模生产吗？"

"大到什么程度？"

"让市场来决定，世界那么大，看市场销量，决定其规模。"

"胡厂长，我这么对您讲吧，容我考虑一段时间再回复行吗？"

"好，好。"胡香妹举起酒杯，兴奋不已地与林师傅碰了一下杯，把半杯酒一饮而尽。她晓得林伯伯这样讲了，这事就成功了一半。她和林动妹把方案、经济效益匡算出来，林伯伯若认可了，这又是一个很有发展前景的产业项目。

工作上的事，林动妹做得很好。有的方面，超过了胡香妹的能力。如：林动妹可以把她的同学请过来，用新思维配合银行、电商最大限度提升产品的附加值。同样的产品，产出的效益完全不同。高素质的决策者，必然有令人佩服的全新招数。

她放心了，事业的运转像映山红，漫山遍野披红飘香。

好运不断，好事连连。政府搭台，银行牵线，给他们联系了一家贸易集团公司以出资占股百分之三十的方式向他们投资。消息一传出，整个山脉沸腾了。

胡香妹欣喜若狂，马上请来林动妹、林静妹，请她俩立即策划创办培训学校以及科研基地建设。

林动妹广泛联络，几家业内资深培训机构和科研机构有意合作，建设培训学校和创办科研基地。

后生可畏，办起事来雷厉风行。胡香妹感慨万千。她听师父讲过，世界上有两个事是公平的：一是每一个人都有一段或几段好运气；二是人来自大自然，都要回归大自然。不管伟人圣人，拥有万贯家财，还是穷得叮当响的人，只是存留在世时间长短的区别。

万事俱备，只欠东风。如今，钱的问题解决了，是乘风破浪的时候了。

林动妹建议成立一个财务公司，理由是，贸易集团注入这么一笔巨大的资金，必须要懂业务的专业人士来操作。还有一个是为了防范少数极端自私的人，在工程建设、科研设备的采购中，内外勾结，损公肥私。有了专业人才管理，就能规避不必要的损失。

胡香妹接受了这个建议，决定找田谷清汇报这件事，因为财务公司的设立已经超出了她的管辖范围，它不仅仅涉及胡香妹所管辖的工厂，还涉及整个事业。

田谷清不仅对胡香妹刮目相看，而且感慨颇多，认定她是个奇才。今天接到她的电话，她说来自己的办公室，他欣然答应了。

田谷清给胡香妹倒了杯茶，笑容挂满脸，静听着她对财务公司设立的必要性阐述以及林动妹与几家培训机构、科研机构合作，建培训学校和科研基地的情况。

"胡厂长，你既然想把林动妹推到前台，那么，财务公司请你去主管好吗？"当胡香妹汇报完，田谷清提出请她担任财务公司主管，并征求她的意见。

"我没有学过财务，外行不能领导内行。"

"给你配个懂财务的助手，凭你的智商，会管好财务公司的。正如你阐述那样，钱是拉动事业健康发展的命脉，此事非你莫属。"高度的信任，还有什么比信任更有意义和价值呢？她听了很是感动。

她觉得该离开他了，站起来笑着说："田总这样信任我，那我只有做出成绩来回报。"说后就离开了田谷清的办公室。

胡香妹告诉林动妹，自己决定去担任财务公司经理，这里的事务全部由林动妹主持。并召开一个中层干部会议，宣布林动妹为厂长，全面主持工厂旗下的各项事业。

经田谷清与省、市、县、银行、电商领导沟通，招聚懂财务的各路精英，组建樟洲财务公司，并配一男一女两个助手配合胡香妹工作。

樟洲综合培训学校，选址定在从罗霄山脉主峰发源的东、南两条河流的交汇处，那里有块冲积的盆地，四周是绮丽雄壮的崇山峻岭。

而科研基地选址处，周围是各种动物造型的群山险峰，那里溪流纵横交错。最显著的特色是，那里还保留相当可观的原始森林。

各种机器设备在项目工地大显身手，人山人海，热闹非凡。

胡香妹热血沸腾，想不到，师父手下留情，救了一个李顾清，竟发现了一班特殊人才，奇迹般把这里搞活了。

她完全有信心，展望今后的罗霄山脉地区，至少在两个方面能惊人惊天惊地。

第一个方面，这里到处是取之不尽的财富。上苍赐予那么宽广的大山，已启动的山果豆腐加工厂、小黄牛、山鸡养殖，珍稀树、珍贵花育苗基地，财富必将滚滚而来。

此外，这里有山还有水，把水截流一下，转化为清洁电能；还有随处可见的树叶、茅草、农作物秸秆，以及人畜产生的垃圾，通过沼气可以转化为清洁能源。加上风能、太阳能一起上，就能形成一个清洁能源基地，既保障自己的用电所需，还可以输送至周边地区。

第二个方面，这里是天然旅游观光圣地，依据是上天赐予的鬼斧神工的自然风景，通过招商引资，引进专业旅游文化产业公司打造品牌，人间乐园的构想顺理成章。

如今，天时、地利、人和三大要素均已具备。

胡香妹心旷神怡，相信师父已在筹划实现她心愿的好方案。

世事难料，在建樟洲综合培训学校大楼的基脚上，一段工程的承包商干着偷工减料、以次充好的勾当。

他们利用晚上加班，监管人员少的空档，把一批不合格、价格便宜的钢材及一些不合格的水泥掺入工程中，幸好被李顾清的一个师弟发现了，还听到了几个人之间的对话，并用录音机收集了证据，及时将情况报告给了胡香妹。

胡香妹听着录音惊出一身汗，马上指示监理部门去制止、鉴定。

基脚是高楼大厦的基础，一旦出问题，责任人死一百遍也无济于事，那还了得。这些人是冒天下大不韪干坏事呀！

经过多方专家鉴定，掺入次品的原材料占了百分之二十五的比重，结论是必须推倒重建。

胡香妹立马报警了。

罪魁祸首被警方控制后，胡香妹决定去找田谷清，看他对此事的态度。因为已启动了那么大的建设场面，不能就事论事。防患于未然才是最要紧的，绝不能掉以轻心。

"田总，我让综合培训学校大楼基脚的掺假事件吓得魂不附体，此风不能长，请您决策吧！"

田谷清望着憔悴的胡香妹，安抚道："道高一尺，魔高一丈。你是正道，已采取了措施，安排高度负责的监管人员和材料质检人员。加上干坏事的人已经被抓进监狱，相信能威慑一些有极端自私意识的人。你就不要过于担心了。"

田谷清这席话像一颗定心丸，只见胡香妹双手捂在胸脯上，脸上露出了笑容。

田谷清已意识到，胡香妹过去没有见识过这种事情，她见到这样的事有惧怕心理是可以理解的。但是，她今天来找他，不仅仅需要抚慰，还要给她一个措施，才能释怀她的心结。

"这样吧，我们再成立一个质量监管领导小组，专门负责工程严格按高标准建设，同时要求工程监理单位严格要求、严肃监管、严把质量，并重奖优质工程项目，确保工程万无一失。"

胡香妹自出道以来，每做一件事都非常成功。省、市、县、银行、电商从领导到员工，都对她竖起大拇指。这样的奇才，只要发挥她的特长来，真的了不得。

胡香妹心情舒畅了，她笑着向田谷清告辞，漫步在充满阳光的大道上。

湛蓝的天空，万里无云，柔和的阳光沐浴愉悦的身心，恢复了她往昔的常态。微风吹拂，鸟语花香，小溪潺潺的流水声，似轻音乐在弹奏。

心情好，智慧在闪烁。她思考了一下，决定与林动妹去商量防蚊虫叮咬药物的规模生产。

银行、电商给这里的民众搭建了一个很好的平台，如果把防蚊虫叮咬药品形成产业化，将给民众带来更大的收益，还可以辐射周边山区形成一个药材基地。到那时，无垠的山头，遍地是黄金了。对于林家掌握的药方属于知识产权，必须采取保密措施予以保护，这方面，她已想出了一些措施，得先听听林动妹的意见。

"林厂长，我真诚地佩服你，山区变化一天一个样。照这样的发展趋势，罗霄山脉将是世界上最美的地方之一啊！"

林动妹望着胡香妹脸上堆满笑容，两个酒窝尤显妩媚。父亲对这个女人评价很高，认为是百年一遇的奇才。她晓得父亲见多识广，老人家的评价，含金量很高。她也听到人们对她的夸赞，都是出自内心的，没有攀龙附凤的成分。说她对人的关怀，不是亲人胜过亲人。最使民众心服口服的是调动每个人积极性的方法和措施，举一例可见一斑，针对残疾人和智障人员找对象比正常人困难的问题，她把擅长当媒婆的人请来，除发给基本工资外，还设重奖，给渴望情感的弱势群体解决婚姻大问题。同时，她又发挥老人的作用，指导帮助弱势群体掌握一技之长，让他们腰包里有钱，才解除双方父母的担忧，促成了一桩桩美满婚姻。

"胡经理，您是我的偶像，永远是我学习的楷模。我父亲告诫我，空谈误国，害己害人，嘱我脚踏实地，扎扎实实做出成绩，才对得起您的知遇之恩。"

"你父亲人格高尚，宁可受穷，也不拿绝技去换取所谓的好生活，你父亲才是我们永远学习的榜样。我俩共勉，为大多数人谋利益，做好工作，为中华民族的伟大复兴之路添砖加瓦。"

两个优秀的女人，千言万语，谋发展才是硬道理。

"胡经理，我父亲对规模生产防蚊虫叮咬的产品，配方容易失密有些担忧。"

"可以理解，我想了很久，有以下几个措施：首先，药材的种植不放在一个地方。尽管我对组方不清楚，但我们山区也有不少家传秘方的好药物，晓得是组方才有效的道理。小聪明人很多，如果把药材分开种植，破译的难度就很大。其次，收聚药材制作药剂，同样可以分别在不同地方熬制。在这方面，美国人在百事可乐上的保密措施可以借鉴。他们在全世界办厂，都是从美国本土运来浓缩料，再在各地用水勾兑。几百年了，没有失密。再有，可以以假乱真，掩人耳目。在种植上，可以种植多种药材；在熬制上，同样照此炮制。最后，在关键的组方上，只用数字的形式让一个经过考验的人，指挥智障人员运送到总配方车间，这样就防范了大规模生产失密的问题。"

林动姝把巴掌拍得特响，像小孩一样蹦跳起来，兴奋不已地喊道："又一个朝阳产业横空出世了。"她重复了多次，因为胡经理想得尽善尽美。

她也想过，防蚊虫叮咬的产品一旦出厂，面向全世界，有电商成熟操作的销售模式，完全可以展望，所产生的经济效益非常可观。

并且还可延伸带动中药的开发生产，这不是臆想，八十多岁的屠呦呦用中草药制成的药剂，解决了困扰人们很久的疾病顽症——疟疾，获得了诺贝尔医学奖。

胡香姝、林动姝作出决定，马上启动防蚊虫叮咬药材的种植基地的项目。

窗外，喜鹊叫得正欢。

四、拨云见天，春风拂面

中华大地美丽富饶，生活在这块神奇的热土上，冠上龙的传人的身世，彰显独特的精神风貌。山美水秀，人杰地灵，创造出灿烂的中华文化，科技发展日新月异，科技智慧打开世界未知的奥秘，东方明珠闪烁如同太阳的光芒。

张老头近段时期都在考虑一个问题，现已基本定型，决定请师弟来商议，再报田谷清定夺。

"师弟，现在我们的事业越做越大，形势越来越好。真想不到啊！好的政策和措施，竟能促成这样的好结果。我想呀，世界是人创造出来的，我的儿子如今能观人观事嘞，每次见到你，他格外亢奋，手舞足蹈笑得欢。"正说着，张老头的儿子在胖傻女人怀里"啊罗啊呀"地跳动着，似乎有千言万语要说出来。

田老头望着胖乎乎、像年画之中的福娃，点点头，脸上挂满笑容。

张老头喝了一口香茶，又笑着说："生命规律的使然，历史书上记载，人越成熟，制造的后代越聪明。孔子的父亲比他母亲年龄长几十岁，制造了一个万世敬仰的孔圣人出来。"

田老头听了，觉得师兄的话里有话。说实话，他对这个师兄很看重，前段的人生走得不怎么顺畅，七十多岁娶了胖傻女人，有了儿子，又生事端，像稀有动物一样让众多人骚扰。自他来到樟洲，两人就抓住这次机遇，商谈了很多干事的措施。有些事，如胡香妹，没有他的提议，他还不敢用她呢。从运作事业的整体衡量，尽管江黑狗也很优秀，但与胡香妹相比，还是有很大的距离。有眼光、有胸怀是胡香妹最大的亮点，把林动妹推到前台，干出来的事非常出色。可是，师兄讲生命规律的使然，是什么意思呢？他紧锁眉头，略有所思……

张老头见田师弟在想什么，就换了一个话题："师弟嘞，综合培训学校和科研基地值得再琢磨琢磨。"

田老头笑着问："师兄已琢磨出了名堂呢？愿闻其详。"

"别的都不讲了，我想是否成立老年人、残疾人、智障人员几个培训分校。发达国家在教育上已积累了成功的经验，文化知识是打开财富宝库的钥匙。把弱势群体用文化知识武装起来，他们的尊严、生存就有保障。"

"真知灼见，教育是开化人类智慧的万能钥匙。好，好，我把这个提议马上转告田谷清。"

张老头笑眯眯地说："还是把胡香妹叫来，是她在谋划建立综合培训学校和科研基地。你看好吗？"

"还是师兄跟她说吧。"

两个人对视了一下，张老头笑着说："师弟，还是你去说吧。"

田老头只笑不语。他心里明白，胡香妹为什么迟迟不嫁人？原来确实小瞧了她。有一句流传了很久的古话，藏在深山人未识，藏在深山的金凤凰，指的就是胡香妹这样的奇才女子。他也在思量，对这样一个奇才女子，要给他介绍一个旗鼓相当的白马王子。

两个人还商谈了一些其他话题后，田老头便告辞了。

胡香妹见到了规划设计图纸和模型，大开眼界。

她平时博览群书，对世事感悟深刻，认为只要抓住了教育这根钢绳，纲举目张。就像抓住了牛鼻子，抓住了主要矛盾，其他问题迎刃而解。教育的落后，导致很多令人不愉快的事发生，形成的矛盾和问题成堆。

科研基地，抓住了人才培养的这个核心。科研人员是揭开世界之谜、推进社会进步与文明的先驱。

科学技术是生产力，发达国家只用几十年时光，便富得流油，就是得益于科技的先机才风光的。

按照规划，在这里建立一些科研急需的实验室，配置高、精、尖的实验设施设备，以吸引科研人员们来到这里搞科研，尽早出成果。

谷勤奋特别关注胡香妹、林动妹、林静妹的动态。

自田谷清把改变罗霄山脉面貌的思路告诉他起，他就倾注全身心的精力，在研究和关注已启动项目的发展情况。

谷勤奋通过胡香妹找到林静妹，咨询她的研究课题和其他科研人员已研发科技成果的情况。

说起谷勤奋认识胡香妹的过程，很有趣。田树林在介绍胡香妹时，用了几个有别于他平时对人评价的词语：

这个女子不是一般人，是仙女下凡尘。

这个女子的才学超乎寻常人。

这个女子的胸怀、眼光超过很多自我感觉良好的男人。

这个女子的联想丰富且符合事物发展的规律，逻辑性很强。

这个女子的思想前卫，城府很深，抱负志向远大。

这个女子让男人汗颜。

谷勤奋听后愕然，他与田树林交往这么久，不是兄弟胜似兄弟。两人无话不谈，而且都有独特的个性。对人和事物从不人云亦云，有时争得脸红耳赤。

尤其在认定人上，两人对人的认定争议很大。田树林评价胡香妹几乎十分完美，在谷勤奋的记忆里，这还是第一次。

他对田树林看人看事的水准不怀疑，但对胡香妹有些耳听为虚、眼见为实的好奇。

记得第一次与胡香妹见面，是她来田树林办公室请示一件事，正好谷勤奋在场。田树林介绍他时，说他是藏龙卧虎真正的典型人物。

只听胡香妹笑着说："早听田老师讲您的有趣故事，使我肃然起敬。今天见到真颜，深感荣幸。"

谷勤奋当时只笑不语，但对这个女子留下了很深的印象。

从此后，成为熟人了，谈话也随和起来了，都有相见恨晚的感觉。

这次谷勤奋来咨询林静妹，得到几个科研人员已有了创造发明的成果时，他说出一个观点，至少要加紧把一两项科研成果转化出来，产生经济效益，并成立一个股份制公司，让民众入股参与分红。

他的定义是，只要让民众参与"看得见摸得着"有钱赚的科研事业，一切矛盾和困难就能逐步得到解决，而且解决的步伐会加快，因为人民的力量是无穷的。所谓"历史的车轮谁也挡不住"，指的就是人民的力量。

林静姝听得热血沸腾，笑着说："谷先生的观点，我会与科研组去沟通，争取将科研成果早日转换成实际产业。"

胡香妹更是兴奋不已，硬是请谷勤奋去餐馆吃饭。

思路决定出路，经林静姝请示领导，领导层基本达成共识。联合几家制造商，尽快把几位科研人员沉淀在图纸上的科研成果转化出来，为成立一个科技公司创造了条件。

高科技股份有限公司在创立时，按照谷勤奋的思路，限定了单个自然人购买公司股权的股权量，目的是让大多数人能进得来当股东。更重要的一个措施就是财务公开，随时让股东了解公司的经营状况。此外，公司主要是筹资解决前沿高科技的设备、设施的投入，除了分红的一部分外，其他一律投入在设备和设施上，不能挪作他用。

田谷清、田树林、张朱仔、谷勤奋审时度势，时常聚在一起，商讨另一件大事，决定成立一个集团总公司，由田谷清担任董事长，田树林担任副董事长，张朱仔、谷勤奋为董事会成员。

集团总公司旗下成立若干个子公司，工业、农业、商业、林业、畜牧业、运输业、旅游观光业、老年人养护业等。

组织机构采取老、中、青相结合的方式组建领导班子。

说话容易办事难。由于历史原因，文化结构差异很大。对文化程度的定义，往往以文凭论高低。其实，经历丰富，见多识广，待人接物恰到好处，人与人关系融洽，都应视为文化知识。

林静姝年轻气盛，思想前卫。但她毕竟没有实践工作经验，处理人与人的关系有些欠缺。

一位从海外回来的科研人员，已四十六岁，还没有婚配。

他姓齐，名光源，是从事新材料研究的科研人员，他受聘来到罗霄科研基地继续研究新材料。

林静姝热情地接待了他，并向他介绍了科研基地一些情况，讲得眉飞色舞。只听齐光源打断她的话，严肃地问："你打算对我怎么安排？"林静姝听了不爽，望了几眼齐光源，觉得他不尊重自己，也不礼貌。第一次见面，好心好意给你介绍情况，就打断我的讲话，你以为自己了不起吗？

"你想怎样安排？"林静姝忍住性子反问一句。

"给我安排一个实验场地，我一年后拿出一个成果来，这叫单打的个人定位，外国人大部分是这样运作的。"

话不投机半句多。林静姝强装笑脸说："齐先生，你对自己工作环境的要求，因需要有一个单独的场地安排，容我请示领导后回复你。"

"请你尽量快一点，我是听到朋友介绍说中国如今的办事效率很高，我才回国的。"

那天，两人不欢而散。

这个情况反馈到谷勤奋耳朵里，他点点头又摇摇头。这是一个带普遍性的问题，工作经验问题。

三个臭皮匠，顶个诸葛亮。谷勤奋约好田谷清、田树林、张朱仔，决定加快集团总公司领导核心形成的步伐，聘请一批从高位退下来的干部，做集团总公司领导班子的顾问。

特事特办，先请林动姝把妹妹的高科技公司的顾问班子配齐。

李善忠，六十五岁，原是省科学技术厅副厅长，长期主管科技人员的成果转化工作，有丰富的实践工作经验。退休五年了，天天蜗居在家练书法。

李善忠被聘请到林静姝所在科技公司当顾问，他在林动姝的陪同下去了高科技公司，与林静姝见面。

当谈到齐光源的安排及他的个人定位时，李善忠认为首先要尊重他的想法，尊重人才要放在第一位；其次是要采用集体攻关的措施，加快科技成果的形成；最后是要制定满足科研人员的基本凤愿，给他们创造科研工作的好环境。

那天，他们谈得非常愉快，研究了具体措施，量化了配套指标。包括对集体攻关名誉的定论政策，以及给科研人员服务的措施等。

第二天由李善忠陪着林静姝，仍由她同齐光源主谈，把昨天商量好的意见一条条落到实处。其中一条，给齐光源配了三个从北京科技大学新材料技术研究院毕业的高材生，组成一个科研小组，任命齐光源为组长，马上开始课题研究。

齐光源当天满脸挂笑，提出长短科研相结合的设想，具体运作方案将在一个星期之内呈报公司审核批准后实施。

在人们的习惯思维里，认为当干部的思想比较复杂，不好与之合作办事，有敬而远之的隔阂意识，就如同把打开宝库的钥匙丢进了废品堆里。

加上少数退下来的干部，自我感觉良好，总认为怀才不遇，也是导致与人难以合作的自阻堤坝。

田谷清、田树林、张朱仔、谷勤奋在生活中经历风风雨雨，见多识广，在打开财富宝库的看法上高度一致。他们认为，每个人都受生命规律的制约，经历到年纪的临界点时，自然而然在性格、个性方面能有认识上的飞跃。归纳到一种表述上，可以什么都不服，但一定要服老。鉴于这个规律，那些退下来的干部慢慢领悟到，自愿当人梯、当垫脚石，扶助中青年人去发挥余热。

打开财富宝库的钥匙，还有一个配套措施，设立发现、推荐、扶植人才专项奖，并以此建立人才库。

实践证明，田谷清、田树林、张朱仔、谷勤奋的设计，一步一步在显示出成效。

十年树木，百年树人。教育是推进社会文明进步的万能钥匙，是钢绳。老祖宗早就总结了，纲举目张。

教育的普及和提高，是软实力。如同农民种庄稼，有了良土良田，才能种出粮食、棉花来。

教育是提高人的素质、提升民族整体素质的总开关。

科学技术是生产力，尊重、理解、宽容科研人员，如何充分发挥科研人员的能动作用，是一门值得认真琢磨的大学问。

在历史的长河中，我们的祖先就已经创造发明了很多高科技成果。如：中国的冶炼技术在宋朝时已发展到很高的水准。现存湖南省茶陵县洣水河边产自宋朝的铁牛，历经上千年的磨砺，从不生锈，依然保持原貌。

发挥调动科研人员的科研积极性，可以制定特殊的政策。

创造优美的科研环境，得重新研究措施。

贫富差距，在中国这样的国度里，人们长期受到有福共享、有难共担意识的熏陶。如果贫富差距越拉越大的话，就容易产生不平衡的心理，酿成难以想象的社会矛盾。

纵观世界的发展史，除了部分范畴能均衡财富外，在相当一个时期，财富均衡恐怕很难实现。

中间大、两头小。也就是说，中国有百分之九十的人过上富裕的生活，那矛盾就少了。贫穷的人，只能占到百分之十，还要由社会关注他们，逐步走出生活困难的低谷。

穷人，客观存在。自然灾难，如病魔缠身，不能劳动，贫穷就不是一日半月能赶走的事。

均衡财富，得靠完善的分配机制，也是教育需要解决的重要课题。如：在财富上拥有再多，受生命规律的制约，谁也不能把财富带到棺材里去。这个道理大家都懂，问题是一个心态的转换、一个认识的过程。

税收是调剂分配机制的杠杆，是国家行为。还有许多个人行为，如：捐款、捐物、投资公益事业，更有社会保障基金的完善，都是分配机制值得探索的重要课题。

罗霄山集团总公司成立后，经董事会推荐由林动姝担任总经理，并聘请现年六十六岁退休在家的许祥盛担任总顾问。

许祥盛，职业政治家，中国人民大学政治学专业毕业。进入政界后，从科员、副科长、科长，从基层乡镇到县、市、省一步一个脚印到东部某省副省长的职位。他修身养性练成一副硬朗的好身体，不知情的人，根本猜不出他的实际年龄。据说，他从政四十多年，只花费过几十块钱的药费，还是因为一次不慎弄破了手指，怕发炎，才买了点药。

他对罗霄山集团总公司已启动的事业，花了整整一个月的时间深入各子公司作了详细的调查了解。

许祥盛经过调查、思索，对公司发展的指导思想、理念以及董事会的谋略佩服得五体投地，也感慨万千，第一次体会藏龙卧虎真正的内涵。

田谷清"人无完人，金无足赤"的观点，是老祖宗早就总结传下来的话，可在理解上就千差万别了。

他抓住了一个核心，并有细化的措施。如果没有经过长期细致的观察，反复的研究，是很难细化出来。如其中一条，培训一批思想导向师，让百分之九十九的人的心愿、诉求得到基本满足。

有人讲：什么最高？答：人心最高。用思想导向来解决长期困扰人心难满足的问题，应该是个好办法。

要尊重、重视人才，大家都明白这个道理。可是，要宽容人才就是一个深奥的问题，尤其对人才的认定，更要有创新的观点。

抓住机遇，只有经过几十年生活的磨砺，才知道机遇对每个人来说是改变命运的启动器。

精准扶贫，一个不落让中国人过上小康生活，许祥盛领悟颇深。精准，内含因地适宜，发挥本地特色，不夸夸其谈，不好高骛远，脚踏实地帮助民众从贫困中走出来。

罗霄山脉山高水冽，怎样把贫困赶走？他们能思谋从特色产品上拉开致富曙光的序幕，利用银行、电商的优势，很快得到了好处。

这就是机遇，他们能抓住，可见其把握机遇的功力。

"授之以鱼，不如授之以渔。"田谷清他们设立了一笔基金，采取发奖金的措施，引导人们去学文化知识，挖掘人的智慧潜能。而不是谁有困难，就简单采取发补助的办法。在他们的方案里，发补助只限于去医院治病疗伤上，其他的补助，引导你去学文化知识。如：以认识字定奖金，答对知识得奖金。谁掌握了文化知识、掌握了实用技术，谁就掌握了致富的钥匙。

许祥盛越想越兴致勃然，有时拍着大腿，不由自主地喊出"好家伙"

的话出来。

他想起张朱仔老头的几个观点。

领导集团是生产关系，科学技术是第一生产力。谁注重科学技术，谁就是时代的太阳。英国人发动第一次工业革命，号称"日不落帝国"。这里暂不讲时代领跑者的话题，但生产关系与生产力的矛盾必须解决，才能大踏步实现中国人一个不落走共同富裕之路。

阶段性的发展规律，像一项前沿高科技成果，又似上泰山，锲而不舍，坚忍不拔往上攀登，才能到达山顶。

许祥盛深知，只要真抓实干，打牢基础，实现"一个不落过上小康生活"是完全可能的。

他对张朱仔的这种观点，有醍醐灌顶的感受。只要与党中央保持高度一致，集中全民的智慧，就能取得阶段性的胜利。如同牵住了牛鼻子，耕耘肥沃的每一寸土地。

财富分配问题，涉及很多学问。张老头谈到一个保障基金问题，许祥盛就浮想联翩。保障基金是保持公平、公正分配仅次于税收杠杆的分配手段。如：前沿科技成果造就的畅销产品，黄金码头门店公有。用出租的形式充实保障基金，妙，实在是妙不可言。把复杂的事搞简单了，是民众之福。

谷勤奋对教育有深刻的认识，个人素质的提高，民族整体素质的提升，都是教育的问题。加大教育的投入力度，是谷勤奋考虑的重点。他界定教育是钢绳、是总开关。他这个观点，容易使人理解。

世界上的发达国家在实践上已有经验，通过立法保障教育发展，父母不送子女去学校读书就违法，就要受到严厉的处罚。中国人历来重视教育，只是在近代史上因贫困有些无奈。中华民族的文化底蕴深厚，老祖宗留下了令世界敬畏的精神财富。如今，中国有条件把教育搞上去，是复兴之路的重点课题。

谷勤奋在阐述科学技术是第一生产力的指导思想时，提出先让科研人员们富起来。

许祥盛认为在有条件的地方先试试。这是个敏感的话题，先富后富很难界定。以科研人员的生活水准做标杆，刺激人们的意识倾斜，如果教育水准跟不上，也有弊端。

谷勤奋提出制定特殊政策，在方案上细化措施，相信能产生好的效果。

贫富差距不能拉大，只能缩小。许祥盛在这方面有研究，只是对谷勤奋百分之九十是富人的界定有些不同看法。按理，中国的社会制度完全能达到他的界定，因为中国是以公有制为主的社会建构，私有财产占的比重不大。土地、大型机器设施等都是公有的。这样，释放出来的能量，凡是中国人都能享受。可是，人的智商有高低之分，追求的欲望千差万别。那么，就要有个机制刺激人的创造性，达到推进社会进步的目的。既然是这样，在局部地区，谷勤奋的界定可以实现，但整体上恐怕得有个过程。

许祥盛研究了罗霄山产业集团已启动的事业，他们采取土地、山林流转的形式，进行统一经营、统一管理、统一分配，走共同富裕之路。

他估计，三至五年之内，整体脱贫是没有什么问题。

只是贫困是不以人们的意识为转移，想致富却易受限于外部的原因，如自然灾害、重大疾病等因素。

许祥盛决定在适当的时候，与他们领导层几个探讨今后发展的思路。

罗霄山产业集团，统揽各企业单位今后的走向，应紧跟时代的步伐。

林动姝万万没想到，自己能当上一个集团公司的总经理。她心理上还是有压力，从担任山果豆腐厂厂长起到现在，这里的发展速度非常快。

如果没有许祥盛来做顾问，她还不敢接受任命呢。

寻找大多数人致富的现代化之路，她在读高中时就萌发了这种意识。

多数人致富的现代化之路，得靠领头雁去策划去带动。她想当领头雁，根据历史和现实的情况看，要想有所作为，尤其是女人，必须是独身，才能减少阻碍。

田老头觉察到林动姝想做独身主义者。这与她的家庭有影响，父母是农民，加上受重男轻女的影响，难免认为女人要与男人站在一条起跑线上干事业，似乎只有独身才能达到。

如果站在理解的角度上，田老头否定不了几千年的封建意识。所谓意识，如同传统习惯要改变，难于上青天。就比如民国时期剪掉男人的辫子，有点宁愿掉脑袋而不愿剪辫子一般，林动妹也不愿改变她的潜意识。

　　林动妹有一个想法，她要像成功男人一样，干出一番事业来。这就为田老头提供了一个解决她独身决定的突破口，只要有男人心甘情愿辅佐，并硕果累累，应该能把红线牵上。

　　红石岭，坐落在罗霄山脉中部的一座由红石构成的山，像春笋般底部大、顶部尖的一座山。

　　红石岭有很多溶洞，深不见底。有的洞内寄居着许多动物，蝙蝠是洞主，一些发光的昆虫，把洞内照得如同白昼。

　　翻过红石岭，就是罗霄山脉极少存留的原始森林地区，那里植被茂盛，森林覆盖率高，是一片未开发的处女地。

　　谷勤奋十五年前去过红石岭一带，在那里生活了一年，主要进行一种解毒药丸的研究炼制。这是他那位老中医师父传授的一种好药，其中有一味药材就只有红石岭附近才有采摘。在红石岭炼药丸的趣事，给他留下了难以磨灭的良好回忆。

　　他觉得，罗霄山脉的那片原始森林，就是一块净土，今后可以成为保护对人类有重大创造发明的科研人员的风水宝地。因为只有没有受到人类污染、森林植被原始的地方，空气中的负离子含量最高。新鲜的空气，是生命每时每刻必需的。人对什么都可以节制，但唯有对空气不能节制。

　　谷勤奋反复思谋过，对于自己这个构想，田谷清、田树林、张朱仔、胡香妹听了都会感兴趣。

　　他想了一下，联系了张朱仔、胡香妹，三人在他家里碰了面。谷勤奋给他们讲了他的构想，听得张老头连连点头，胡香妹几次站起来。她脑海里马上形成又一个大产业，这个解毒药可与林家防蚊虫叮咬的药，一同去造福亿万民众。

　　她先是笑嘻嘻地说："那个长得如同天仙般的林动妹，老天爷真眷顾她，长得好看又办事效率高，综合培训学校、科研基地建设已初见成效。"

她为什么讲出这段话？她晓得师父、谷勤奋都对这两项事业很看重，很关注。

她话锋一转，又对谷勤奋说道，"谷董事，您传授我解毒丸配方吧，让我先去打前站，把红石岭建设为解毒药的科研和生产基地。"

谷勤奋把组方的材料毫无保留地给了胡香妹，并请求在座的两位绝对保密。

田谷清最近去综合培训学校以及科研基地分外勤快。他晓得，罗霄山脉有了这两棵"大树"，以后就好乘凉了。

他深深体会到，教育是千秋大业。

中华民族之所以能屹立于世界的东方永放光芒，就是有优秀传统文化作为凝合剂，有丰厚的文化底蕴支撑炎黄子孙的精气神，任何力量都摧不垮。

近代史上，中国落后了一百多年，教育滞后了，才导致中华民族受到欺负，这是难以忘怀的教训。

中国人站起来了，已在教育上创造出令世人瞩目的成果，就是一些发达国家都用奖学金吸引中国的优秀学生去他们国家读书。

罗霄山脉地区的综合培训学校、科研基地，带有民间性质，我们可以用一些特殊的措施，如把退休的教授、科研人员请来，安排其直系亲属的就业问题以满足他们的基本心愿。

田谷清对胡香妹的办事能力、胸怀、眼光、谋略非常佩服。

他从建综合培训学校、科研基地上观察到，罗霄山脉的人才很多，他十分惬意，仿佛有越活越年轻的感觉。

阳光明媚的三月八日，田树林接到张师兄的电话，请他来家里商量一件事。

他对这个师兄评价很高，多次当着他的面，说他这个人是世间的无价瑰宝，从发现了一个胡香妹起，就接连带出了一大批人才。还说他的思想是哲学家的大智慧。

张老头听了师弟的评价，心里自然高兴，只是笑眯眯地说："总归一句话，我是你接来这里发挥余热的，并非什么东西都不是了。也就是说你是一朵艳丽的花，我顶多算一片绿叶，衬托你这朵花更加光艳照人。"

两个老伙计会心地笑了，都感觉是精神享受。这也是田树林长期的经验感受，鉴于人总是爱听好话，适当地互相讲讲好听的话，能调剂心情。

田老头一进门，就听到胖傻女人在呵呵地大笑，她的儿子侧着头好奇地望着母亲，只见张老头从一个柜子里拿出一包棒棒糖，轻声说："只给儿子吃一个，你最多吃三个。多吃多占，以后就不准你吃。听明白了没有？"胖傻女人接过那包糖，喜形于色，拿出一个给儿子，自己往嘴里塞了一个，像鸡吃米一样点着头。

两个老伙计坐在一起，剥着香喷喷的瓜子，打开了话匣。

"师弟，你去过红石岭吗？"张老头笑着问。

田老头望着张老头足有一分钟没眨眼，他为什么问这个问题？纯属明知故问嘛。出生在罗霄山脉的人，怎么会没有去过红石岭呢？尤其是懂点治病疗伤医道的人，那里的药材丰富，是中药材的宝库，哪有不去之理？他晓得这些呀，不是问废话吗？这不是他的个性呀？所以令他费解。

"师弟嘞，是我表述上的错误，我丢了'最近'两个字，恐怕让你多想了。"

田老头这才释然，难怪外国人说汉字是世界上最难学的文字。表述上少了两个字，确实勾起了听者的联想。因为是同门师兄弟，大体了解对方，所以才出现这种理解上的障碍。

"我有一年多没有去红石岭了。师兄，难道你又在那里发现了新的事业吗？"

"是呀，不过这可不是我发现的，是谷勤奋提出来的。红石岭是一块难得的净土，空气质量好。我们打算今后让科研人员去那里休闲疗养，强健体质，就更有精力搞科研啦。"

田树林拍响了巴掌，而且拍得特响，把胖傻女人衔在嘴里的棒棒糖吓得掉在了地上。

师兄提到的这个设想，他早就想过。如果科研人员能够延年益寿、体质强健，那么能够创造发明出的高科技成果不是更多？后来由于在思量脱贫致富的良策，也就没有再考虑这个问题。如今，公司经胡香妹牵线筹到了钱，在建科研基地。通过林动妹的策动，已引起了人们的广泛关注，今后无疑会有很多科研人员来这里工作。

"师兄啊！这可是关系到罗霄山脉永葆青春活力的一件大好事，我们马上把这事报告田谷清董事长。"

张老头拉着田老头的手说："我们公司真是有福气呀，胡香妹似一块吸人才的特强磁石，能把一些办实事的人才吸过来的，你说何愁事情办不成呢？"

两个好友边聊边谈，户外吹来了阵阵凉爽的风。

田老头又笑着问："师兄，我们马上请田谷清董事长一起去趟红石岭，把大体设想定下来，然后交由有关专家去规划设计，你看好吗？"

"行啊！"

"嘿嘿"的笑声感染了屋内的胖傻女人，她突然大笑不止，吸引了田老头的注意。

"天要降大运于罗霄山咯。"只听胖傻女人边笑边手舞足蹈连续说出同样一句话。

"师兄，什么时候去红石岭？"田老头笑着问。

"择日不如撞日，那就今天去吧。"

张老头安顿好家里的事，和田老头约起田谷清、谷勤奋，一行四人向红石岭出发了。

四人行，心情极佳，一路上眼前那些高矮不一的山，像放电影一样，一个美景接一个美景呈现。田谷清脑海里浮现佛祖释迦牟尼居住的灵山，不就是这个样子吗？高耸入云，层层叠叠，白云环绕，鸟语花香，嶙峋奇特，让人惊叹大自然的鬼斧神工之余，更让人浮想联翩。眼前一座座奇峰异石就像传世工艺品，有奔驰的骏马，有展翅欲飞的丹顶鹤，有一鸣天下亮的大公鸡，有陆地上最大的动物大象，有海洋巨无霸蓝鲸……这些精美的造型，连灵山都不一定有这样多呢。

一群群小黄牛穿梭在树林峭壁之间，五颜六色的山鸡群跟随着，似一幅立体感的画卷。

田谷清在脑海里构想，今后这里的经济搞上去了，投入一部分钱，把每一片山头确定一个特色，如经济林、珍贵树木、花卉、果园等，打造人间乐园，让民众都过上幸福美满生活。

"保住绿水青山，就是金山银山。"田谷清越想越回味无穷，山上能长万物，能使一方民众衣食无忧，多么贴切。

保住绿水青山，不是浪漫的情调，而是要有配套的措施。帮助大山里守着金饭碗讨饭吃的民众，把早已形成特色的产品销出去，换回改善民众生活的真金白银，把产业推广，做大做强，形成良性循环。

精准扶贫，可复制，可推广。胡香妹的山果豆腐加工厂，银行和电商一介入，产品不但销往全国，还销到外国去了，一下子就奠定了民众的信心。更重要的是，有了一个平台，就如平常讲的那样"栽下梧桐树，引得凤凰来"，就不是一句话的事了。发现了一个李顾清，带出了一大批人才，林动姝、林静姝也各显神通，施展才华。

胡香妹给林动姝提交了一套启动防蚊虫叮咬药品和解毒丸的方案，仍然把药材种植分布散开。她这套方案细化了很多数据，实际上是送交集团、银行、电商作决策的依据。

从匡算的数据上显示，两种药品分为药材种植、制作成品药两部分，能带动五六个村的劳动力，可创造出丰厚的经济效益。

林动姝看过方案，抱住胡香妹，摇了很久，而且越抱越紧。千言万语，用紧紧的拥抱代替了。

女人有共同的心思：争强好胜。但林动姝对胡香妹服了，不为名，不为利，赤胆忠心为大多数人谋利益。这是争强好胜的最高境界，谁都得伸大拇指佩服。

她把林动姝推到前台，自己却默默无闻干着幕后的事情。她谋划的事情，每一项都得到各级领导的高度重视，很快得到批准付诸实施，民众很快得到实惠。如同神话故事演绎的财神爷，一出手就给民众散金锭、金币。

胡香妹笑眯眯地告诉林动妹，自己还得考虑一件事情，等她想好了，再呈送方案。

林动妹拉住胡香妹的手，送了一程又一程，在一棵千年的大樟树下，无数的喜鹊同时欢叫，如同节日锣鼓喧天的气氛。

这是不是一个好预兆？只有胡香妹能分清。林动妹暂时只能听之任之，与可亲可敬的不是亲姐姐胜似亲姐姐的胡香妹暂时分别。

胡香妹在思想上做好了充分的准备，喜鹊的欢叫声，对她来说确实是个好兆头。

胡香妹去商场买了不少生活日用品，特意买了棒棒糖，大包小包送去师父家。

说到棒棒糖，是师母的最爱。由于她的影响，她的小宝贝也喜欢吃棒棒糖。师父说，吃多了棒棒糖不好，尤其是小孩，吃多了会影响牙齿发育。可是，一大一小已形成习惯了，一天不吃棒棒糖，仿佛魂都掉了似的。怎么解决这个问题？老人家想出一个绝妙的办法，把学文化知识与吃糖的个数连起来。如师母一天想吃三个棒棒糖，就要教儿子认识三个字。当然，她首先自己要认得这个字。胖傻女人只要有棒棒糖吃，就很听话，因为她吃棒棒糖已上瘾了。

通过这个办法，小宝宝只有三岁多一点，就能背上百首唐诗。大部分字他都认得，记忆力特好。有时他妈妈读错了字，他还认真地纠正呢。

胡香妹认为小宝宝认得那么多字，能背熟那么多唐诗，是棒棒糖效应。

就因为这个认识，使她想起一个教育的问题。根据孩子的爱好，进行诱导教育，一定会取得事半功倍的效果，不失为一个好的培养方法。

"师父，我什么时候去红石岭为好？"

"明天就去吧，你选择一个支洞，整理好。把生活用品备足，再多买一些书，其他事由我来安排。"

胡香妹次日陪着张老头，来到红石岭溶洞，张老头把他原来在这里了解的情况给胡香妹作了介绍。

站在一块平整的巨石上，胡香妹远眺，依稀记得小时候跟着父亲来过这里。但那时没有感受到什么，只记得这里的树很多、很高。

"师父，您设想今后这里作为疗养地，也就把这里变成了出金产银的地方啊！这里的空气多新鲜，让人有种仿佛在清洗五脏六腑似的感觉。"

"是呀，这里的空气也值钱嘞。"

张老头要胡香妹自己选择喜欢的一条支洞，说他去见一位老朋友，并问她十天能否把家安顿好？胡香妹笑着答道："足够了。"

中国是古老的农业大国，幅员辽阔，人口众多，在农耕文化上积淀了深厚的底蕴，创造了领先世界的农业技术，才养活了那么多人口。

这是不争的事实，自然灾害那么频繁，没有领先的农业技术，就不会有那么多人在这块神奇的土地上活跃。如水利建设，秦朝有对李冰父子，在我国的四川省建了一个都江堰灌溉工程，历经几千年的风霜雪雨，至今还在发挥作用，是世界水利建设的一朵奇葩。

经过胡香妹山果豆腐加工厂的实践，农民很快得到了好处，笑脸像花儿一样绽放。

有了这样一次千载难逢的机遇，对于在外闯荡多年的田谷清来说，是天大的值得把握的一次机遇。田树林、张朱仔、谷勤奋像开足马力的发动机，除了睡沉了，每时每刻都在为罗霄山事业着想、出谋划策。

千百年来，农民日出而作，日落而息，每家每户拼死拼活还只能维持温饱。辛辛苦苦把农产品种出来，偶尔丰收了，产品又销不出去。有时用寄销的办法，钱又收不回来。说来道去，到头来吃亏的还是农民。

现在就大不同了，进行规模化生产，实现订单农业。银行把住了农民的钱不受损失，电商把适销对路的特色农产品销到世界各地。

田谷清从小就养成了一个倔强的性格，不甘人后。他积四十几年人生的经验，满心欢喜地参与到这次伟大的致富事业中，坚信一定能成功。

田树林作为副董事长，也是个工作狂，经常到张老头居住的地方，商谈今后的事业。

一谈到事业，有时也有争论。

在谈到防蚊虫叮咬的药材种植分布问题，张老头认为可以分布远一点，这样，能带动多地脱贫致富。

田老头则认为，药材种植基地不宜太分散。依据是，太分散了会增加运输成本，致使药品的售价居高。按他的想法，先把一两个基地搞起来，让农民得到实实在在的收益，其他地方的种植推广就水到渠成了。同时，他谈到农民意识，应该给予理解。不是吗？农民本身没有多少钱，丰收了才自然高兴嘛。年年亏本，他们亏得起吗？

张老头深知田师弟倔强得很，他不想与师弟争论，只是淡淡一笑。

张老头早已认可了胡香妹的想法，把药材种植分布广一点，至于运输成本的问题，可以请科研人员支持一下，看能不能利用机械设备降低运输成本。

田老头回到家，只见老伴在床上整理被褥。

"干嘛去了？"老伴随口问道。

"去张师兄那里了。"

"那挺好的呀，多交流交流是好事儿。"

"唉！张老头和我的看法不一样，正愁着呢！"

"怎么不一样啦？"

"那就多了，比如我觉得药材种植基地不宜太分散了，会增加运输成本，他却觉得可以同时带动多地致富，还没成功试点就大刀阔斧地干，如果稍有差池，岂不是费力不讨好。"田老头说道。

老伴也不懂什么，就说道："凡事多交流，实在不行可以请教请教高人啊！"田老头看看也对，科学论证下，看张老头有什么话说。一语惊醒梦中人，田老头看看老伴平时不出声，但是朴实的道理总能有最实际的效果，不由自主地对着老伴笑了笑。

这天，阳光明媚，风和日丽。田谷清约田树林、张朱仔去综合培训学校工地看看工程进度。

三人来到综合培训学校建设工地，热闹非凡的机器轰鸣声，如同一个大型乐团奏出的音乐。

田谷清心喜地说："建设速度很快哦，几个月没有来，大楼就如同雨后春笋一样长出来了。"

"是嘞，胡香妹告诉我，中国的建筑业人才辈出，创造了很多新技术，用工厂化的模式，建房速度加快了许多。"张朱仔兴奋地说。

"只要把教育抓上去了，万事就理顺了。人们素质提高了，科技水平会随之提高。中国在近代史上落后了一百多年，教育落后是一个重要方面。几千年灿烂的文明，文化底蕴的遗传基因在中华儿女的身上还是存在的，只要从现在起，加大教育的投入，中华文化一定会光芒四射。"田树林也在发表感慨。

在抓教育问题上，三位高层的想法高度一致。

他们围绕着规划的综合培训学校建设四围，仔细地看了一遍。

在靠北边一侧，田谷清站在那里看了很久，引起了田树林、张朱仔的好奇，难道田董事长发现了什么？

"依我看啦，在那座山旁建一个大型沼气池才好。今后那么多人集中在一块地方，生活垃圾一定很多，还有屎尿，都要得到妥善处理，需变废为宝。"

田老头、张老头在广播里早就听到生活垃圾、杂草、枯树叶、人畜屎尿集中处理可以转化成沼气而变成一种清洁能源。沼气这种清洁能源可以充作燃料，代替烧柴烧煤，还可以转化为电能，用处就更大了。

今天，田董事长提出首先在综合培训学校启动沼气工程，很好，就这个思路，把他的思绪又转移到这个产业上去了。

"好啊！董事长又想到了一个大产业。我早就听闻，我国在沼气技术上已成熟了。除变废为宝外，可在燃料上形成一场革命，从此可以保护绿色，树就能长成森林。还可以解决大批人就业的问题，连老年人也能发挥余热。"田树林说道。

"正确，让大多数人走上小康之路，就不是一句空话了。"张朱仔附和道。

三人就沼气产业谈了很多延伸的思路，如何收集垃圾、枯草、树叶、农产品秸秆的措施。

他们聊得很投入，聊着聊着，不知不觉聊到了人才的选拔，以德为先，要有奉献精神。

奉献不是说几句好听的话，而是要有看得见摸得着的事实佐证。就说一个农民，勤奋劳动，就为社会作出了奉献。那些好吃懒做、好逸恶劳的人，就谈不上奉献，被冠上了"人渣"的帽子，戴在头上让人瞧不起。

极少数人，为了女色，用各种手段敛财，危害了不少人。有的上了断头台，还说做了什么风流鬼。

田谷清对女色的看法，有自己的观点。美色视作花，只能欣赏，不能随便摘。理由是，上苍是这样安排的，真正让人赏心悦目的美男子、精致女子稀少。物以稀为贵，所以只能欣赏。

从历史上看，争美色的悲剧不胜枚举，足以佐证他的观点。

田树林在美色的认识上，也有自己的独立看法，他认为美色能调剂人的心情，让有本事的男女为社会作贡献。只是一个度的把握问题、一个平衡的问题，只要教育抓上去了，就有平衡的基本砝码。

而平衡老年人的心理的砝码，张朱仔有自己的独特见解，可以让人不怕老，老有所为。

"我有一个观点，用为大多数人办成一件好事，来代替年月的日期，你有不同的看法吗？"

田老头惊异地望着张老头，似乎还没有弄清他所表达的意思。

"是这样，人们习惯用年月日来衡量时光的流逝。我认为只是一种方法，而这种方法受生命规律的制约，往往导致上了年纪人的心情纠结。谁都想心情好，那么，为什么不换种对时光流逝的观点呢？"

"你先谈谈看法吧，愿闻其详。"田谷清说道。

"我认为，人干一件对大多数人有利的事不容易，有的人追求了一辈子，还没有干成一件心满意足的事，直到阎王召唤时还闭不上眼睛。因此，如果把干好一件事视为为多少人带来实实在在的利益，用办成一个大事返老还童五至十岁的方式，应该能平衡心态，回归自然时闭上双眼，面带笑容。"

田老头竖起来大拇指，笑眯眯地说："师兄啊！多么伟大的一个新观点，是在理论上解决心理平衡的一个新贡献。是呀，人心难满蛇吞象，过去因心理平衡没有量化标准，导致了多少人迷茫啊！"

"比如说吧，师弟你负责把沼气工程建起来，应该界定你二十年度过的时光，这样的话你就回到了二十多岁的时代。"张老头满脸挂笑地说道。

"我对时光的流逝，已车到码头船靠岸了。但用你创新的理论，对很多人受益无穷。"

张老头提出的观点，得到田谷清的认可，他心里太高兴了。也就解决老年人心理痛苦，就不会感叹夕阳无限好，只是近黄昏了。于是，三人商定，由田树林负责沼气工程。"师弟，你把建沼气工程的方案说出来吧，用录音机录着，送给林动妹去实施吧。"张朱仔建议道。

田老头欣喜地接受了张老头的想法，三人交换意见后，由田树林整理出一套构思方案，并用语音录下来。

张老头立即把录音机送到胡香妹那里，嘱咐她与林动妹商量加快这项工程的启动，并把他对时光流逝的观点讲给她听。

如今的胡香妹，已是罗霄山集团的红人。一个激情沸腾的女性，想到就要大干一番事业，怎能不激动、不兴奋呢？

有人说，世界不相信眼泪。客观事实也如此，极端主义以自我为中心，只要别人尊重、理解、宽容自己，而根本不顾别人的感受。除了父母给子女无私奉献外，包括兄弟姐妹，谁理解自己？连嫂嫂也认为自己没有嫁人，占了她独得的家产，也提出分伙。

她为了体现自身的人生价值，存世的意义，卧薪尝胆，等待机遇。皇天不负苦心人，她等到了。

她赶紧找到林动妹，把集团建沼气工程的方案通过录音机放给这位总经理听，并提出她的建议，决定实施的方案。

林动妹一声令下，组成一个强有力的班子，一天二十四小时加快实施的步伐。

胡香妹没有把内心的真实想法讲给林动妹听，只是站在生态平衡为大多数人谋利益、谋福祉上阐述了建造沼气工程的意义和价值。

她是站在目前空气污染、水污染、食品污染严重的现状上，认为用沼气解决环境污染，是迫在眉睫的大事。她把对"保护绿水青山，就是金山银山"的指导思想的领悟讲得眉飞色舞。并指着地图表示，罗霄山片区是湘江、珠江的上游，把这里的环境保护好，也就保护了两江的源头，使下游人们受益匪浅。

沼气工程对解决老年人、残疾人、智障人士发挥自身的作用，更是妙不可言。沼气的渣，是农作物的美味佳肴，种出来的农产品，还不生虫子。

老年人可以凭着丰富的人生经验，指挥残疾人、智障人士去干收聚垃圾、枯草、树叶、农作物秸秆的事。

林动姝听了，欣喜若狂，认为这是解决老年人晚年问题，残疾人、智障人士生活保障问题，最行之有效的办法。

许祥盛也认为这是一件大好事，在酝酿沼气工程的领导班子时，让经过他几十年考察、曾当过县长的人担任到班子的顾问，协助中青年人去干好沼气工程。

关系理顺了，干事的步伐速度惊人。在综合培训学校旁的沼气工程很快建成并产生了令人惊喜的经济效益，培训学校的几个大型食堂，都用沼气代替煤，同时，整个培训学校的热水和照明都用上了沼气。

五、科技兴农，致富坦途

罗霄山脉的山是绿的，水是清的，天是蓝的。纵横交叉的溪流里，有青、蓝、橙、红的各种鱼类，还有活化石之称的娃娃鱼，鱼儿们优哉游哉游弋在清澈见底的水流之中。

到了秋天，层林尽染、鱼翔浅底的风光令人陶醉。气势磅礴，色彩绚丽。晨曦中，白雾在连绵起伏的山峦中萦绕，壮观极了，宛若银龙奔腾翻滚，衬托蓝色的山峰，如同一幅幅美丽的画卷。

胡香妹站在红石岭洞口，眺望远方，心潮起伏。

她把新居所收拾得熨熨帖帖，文化氛围很浓，光书籍就有好几百册，政治、经济、农业、林业、牧业、渔业、商业、交通运输，连军事、天文地理方面的书也有。基本上能做到"秀才不出门，能知天下事"。古画、书法精品，几十种盆花，使新居所既古色古香，又淡雅适宜。她想，自己今生肯定会遇到一位良人，这里便是他们爱情的宫殿。

怀着对未来的憧憬，她又陷入了感情的想入非非。有时，全身似掉进熊熊的大火里，烧得她心都碎了。

她把受情感煎熬的感受给师父讲了，师父告诉她用一个办法，启动原始森林的建设，用事业来稀释情感的渴望。她反复想了想，只能如此了。

一张草图，细化的建设方案，把胡香妹的思绪聚焦在这里。

原始森林具有很高的保护价值，绝不能用传统的思维方式去盲目地开发建设。

根据方案，在原始森林外围规划一个特定区域，为科研人员住宿和活动的场所，让科研人员享受天然氧吧的洗礼；再根据山形地势建立大小不同的水库，逐步形成防洪灾防旱灾的一个体系；建成一个清洁能源基地，用水能转换电能，除供应集团所需外，还可输送国家电网。

所有以上项目都只在原始森林外围进行，不深入原始森林内部，不破坏森林的原始生态环境。

项目启动需要钱。于是，胡香妹去了李顾清那里一趟。

"李师傅，综合培训学校、科研基地已启动起来了，并边建设边出了效益，科研人员集体攻关创造的几个民用高科技成果取得了骄人的成绩。为了保护科研人员的身体健康，我在红石岭构思了一个方案，请你提出高见。"

李顾清笑眯眯地说："你真是策神，你想好了的事错不了。我是个直爽人，知道你来找我就是为了解决钱的事吧？"

胡香妹不置可否。

两人具体商讨了资金来源及使用方向，并形成初步方案上报公司集体决策。

方案很快得到了回复，资金也很快落实到位。

这就是人才的效应，办事效率极高。加上已启动的沼气工程，让民众看到清洁能源所产生的经济效益和社会效益。两项效益叠加起来，足够诠释师父用事业演化时间的概念了。

师父早几天又传来话，说田谷清董事长对林动妹的办事能力和办事风格很赞赏。能在短短的几个月把一项事办好，这就是人才。嘱咐她做好准备，把红石岭原始森林建设的方案，沼气工程全面扩展的设想，都要有根有据地向他汇报。

田谷清自己也感受到，综合培训学校的沼气工程，能产生如此大的经济效益和社会效益，是他始料不及的。同时，他对张朱仔提出的用事业的成功转换时间的概念也很感兴趣。这个概念，对老年人在心理上是平衡神器。生命规律不依人的意识为转移，人什么时候回归大自然，一旦确定，一分钟也不能迟到。这样，张师兄的新概念就能解决老年人的心愿。

人没有咽气前，做好一件成功的事业，惠及了很多人，如果换算存世的时间，无疑就心理平衡了，死的时候就能安然闭上双眼。

沼气工程是田谷清提出来的，从综合培训学校体现的效果来衡量，应该能换算自己在人世间存世二十年的寿命，理论上自己就有一百多岁的"寿命"了。自己才四十多岁，可不正是青壮年时期么？

虽然这只是一种自我安慰的方法罢了，但田谷清却惊异地发现，自己的心情像让太阳赶走了乌云，有晴空万里惬意万分的感受。如同真的年轻了十几岁，回到叱咤风云的年轻时代。

他听到沼气工程的技术员说，沼气工程是解决环境污染的有效手段之一，把人类产生的垃圾，因瘟病导致的牛、羊、马、猪、鸡、鸭、鹅和鸟类的尸体以及毛草、枯树叶、农作物秸秆，用沼气的技术转化为树、花、农作物的有机肥料，就能有效地治理污染。还能使燃料发生一场革命性的变革，更为令人高兴的是，解决了一大批就业门路。尤其是发挥老年人的作用，可以指挥残疾人、智障人员去做好收集人畜屎尿、毛草、枯树叶、农作物的事，使他们能过上正常人的生活。

技术员还告诉田谷清，沼气技术已成熟了，为什么不能全面推广呢？主要原因是综合配套方面还存在诸多肠梗阻。如沼气规模化问题，对农村分散的住户输出气体的成本过高；材料收聚没有配套的机械设备，也导致成本过高。

综合培训学校的沼气工程为什么能成功？就是输气消化集中，才形成巨大的效益。

田谷清反复思索，既然沼气工程有那么多好处，为什么不去扩展呢？仅解决环境污染问题，就是一件了不起的大好事。有了科研基地，一些配套的机械设备还不是简单的事。

田谷清理清了头绪，心里就高兴，就想与人分享。于是拨通田树林的电话，约他一起去张朱仔的家里。

三人一起，老规矩，品茶聊天，谈天说地，好不惬意。

"师兄，你的事业成功换算时间的新概念，在我身上起到了意想不到的效果，让我真的有年轻了几十岁的感受。"田树林首先打开话匣子。

"真的吗？那就太好了。"

于是，田老头把沼气工程解决配套机械设备的构想讲得头头是道，兴奋的情绪溢于言表。

张老头又用录音机录下田老头的表述，经田谷清董事长现场拍板，交由胡香妹去实施。

红石岭森林疗养基地的事，暂不讨论，由胡香妹去操作。把田树林沼气工程的配套机械设备搞出来，再建几个大型的沼气工程，用取得的经济效益和社会效益把他的心态稳定下来，后面的事就水到渠成。

三人正谈得手舞足蹈时，胖傻女人在一旁吐得翻肠流鼻涕，一股馊气熏得田老头反胃口。小宝宝由母亲抱着摇着，哭丧着脸，不知所措。

"怎么了，感冒了吗？"田老头轻声问。

"不是嘞，又怀上宝宝了。"张老头摇摇头轻答。

田老头低头不语，不知怎样说才好。心里在想，中国的人口也不少了，你都七十多岁的人了，还凑什么热闹啰。这样的话是不能从他嘴里说出来的，他认为这样的事，只有当事人自己才能决定。

张老头去柜子里拿了几个棒棒糖递给胖傻女人，又在她耳旁又说了一阵话，胖傻女人去厨房灶里装来细灰，把她吐出的秽物清扫干净。

田老头皱了皱眉头，站起来拉着田谷清董事长的手说一起去外面走走。

张老头晓得是胖傻女人刚才的吐秽物搅了大家的谈兴，也就由他们去了。

其实，张老头也不想再制造孩子，尽量避免胖傻女人的排卵期，他晓得，只要在女性排卵期不送去制造人的材料，就万无一失了。几年的实践验证是对的，也不知是哪里出了问题？孩子已形成在胖傻女人的肚子里，如果不是妊娠反应，他还不知道呢。

现在孩子已经有了，有什么法子？也许是自己命里注定有两个孩子呢。因此，他想把孩子留下。

林静妹热情地接待了胡香妹，她对这个女人佩服得五体投地。

科研基地，建设速度很快。那处风水宝地，从科学院高层到工作人员，都认为是一块理想的科研的地方。层层叠叠粗壮的大山，有着很多动物的造型。有的像驰骋的马，有的似弓身用劲拉犁的牛，有的宛若一头骆驼，有的如一头虎视眈眈的狼，尤其有一座山活像一只正在报晓的雄鸡，有的……反正让人感受到是动物们来这里开会似的场面，蔚为壮观，风光旖旎。

这里用政策调动了科研人员的积极性，还给科研人员建设休闲疗养的基地，保护科研人员的身体健康。

自己年轻，只是对科学技术感兴趣。想不到，还有用这样看似简单的办法，把科研人员像磁铁吸铁一样吸过来，并调动他们搞科研的热情和积极性。

谁都知道，科学技术是第一生产力。所以，要有配套的政策和措施，充分发挥科研人员的潜能，提高科学技术的转化能力。

她觉得，田谷清团队比传说的千手观音还厉害。他们提出跟着共产党走，什么都有的理念。发现了一个胡香妹，办了一个山果豆腐加工厂，请银行电商介入，搭起了一个平台。又挖掘了一批人才，像星星之火，可以燎原一样办起了一批对千千万万的人有利的事业。

今天，胡香妹又报送了科研项目，阐述了意义和价值，林静姝笑嘻嘻地说："尊敬的胡经理，您对我姐和我的恩情，我俩永远铭记心中。您报送的科研项目，我尽快落实。"

"好，好，好。"胡香妹一连说了三个好字。她信任林氏两姐妹，从综合培训学校、科研基地的运筹和操作上，出手不凡，已显示了干事的大将风度。林静姝表态，尽快落实，实践证明，她说出的话含金量高。

相信，两项大工程相配套的机械设备很快会创造发明出来。

张朱仔隔三差五地来看看徒弟胡香妹，罗霄山各项事业蒸蒸日上，可是，胡香妹毕竟年近四十，抓紧给她找个好归宿才是正事儿。

许祥盛听过林静姝的汇报，喝了一口茶，慢条斯理地笑着说："两个大工程，涉及面广，只要把服务科研人员的工作人员召集起来开一个会，量化奖罚的指标，应该能加快科研成果早日形成。"

林静姝组织了一班子人，细化了政策，量化了奖罚指标，大家的积极性很快就被调动起来了。

胡香妹近段时间对红石岭森林疗养基地的建设方案，以及大小水库转换清洁能源、抗击洪灾旱灾功能的设想，倾注全身心的精力。青山绿水，景色宜人，多么令人向往啊！一项全新的伟大工程，就像山花烂漫一样美。

晚霞把大地映得金碧辉煌，胡香妹站在半山腰的洞口，看到一望无际的原始森林，浮想联翩……

她越来越体会到师父的伟大。其人格魅力光艳照人，老人家理解她，毫无保留地把本事传授给自己，她深深地感激师父。

只要红石岭地区的大小水库以及管道输送灌溉山田作物取得成功后，就可以辐射很多地方。种地，农民不要靠天吃饭。利用蜘蛛网一样的管道，可以滴灌，可以喷灌，保障农民旱涝保收。还能产出清洁电能，形成一个清洁能源基地。

胡香妹憧憬着美好的未来，也舒缓了自己成家生崽的迫切心情。

按照集团的方案，对于分散居民用沼气的管道过长的成本问题，只需要把分散在山顶山腰的民众迁移到新建的小城镇，到那时就可以集中供气了，又能腾出土地栽树植花种农作物。

效益很快显现出来了，建设大型沼气发酵池之后，除向居民供应沼气代替烧煤烧柴外，还转换清洁能源——电出来了，创造了可观的经济效益。老人指挥残疾人和智障人员，做着简易收聚人畜屎尿、垃圾、茅草、枯树叶、农作物秸秆的工作，每天只劳动六个小时，就有近两百元的收入；而中年人、年轻人则做着技术活，日收入不少于三百元。

原来没事干，种地还亏本，导致赌钱的人很多，几乎天天在牌桌上"上班"。现在不同了，除了去工厂上班五个小时外，就是到综合培训学校的各类分校读书。因为读书也有收入，集团设立了很多奖励政策，根据不同文化层次的人，用识多少字、懂多少外语词汇以及掌握多少实用技术等作为标准，除精神鼓励外，还发一定的奖金。

这是许祥盛协助林动姝制定的一项重要的方案，是依据文化知识是打开财富的万能钥匙，是经过发达国家几百年的实践，证明的真理。

当这项方案出来时，受到不少人的质疑。认为这样做，是否有浪漫色彩成分？钱从哪里来？有多少人能掌握打开财富宝库钥匙等。

许祥盛反复琢磨研究了田谷清、田树林、张朱仔、谷勤奋的理念和指导思想，认定他们审时度势抓住党的好政策、好措施，发现、挖掘人才，用真抓实干让民众得到好处。事实胜于雄辩，按照许祥盛几十年的领导经验，可持续发展是重点抓手。

什么是可持续发展，不光是一句话，更是要脚踏实地去做。

提高人的素质，只有加大投入教育领域，才能心想事成。

至于钱从哪里来？劳动能创造出来。集团公司已创造了这么多的原始资金积累，足以说明问题，无需多疑了。

质疑有多少人能掌握打开财富宝库的钥匙？其实，老祖宗早就总结了。民众是创造世界、改造世界的主体。众志成城就能干成大事，指的就是这个意思。

胡香妹欣喜若狂，从布局的大型沼气工程看到的效益，下一步就可以大踏步向周边辐射了。按她的设想，用沼气工程为载体，进行小城镇的建设，腾出土地种植经济作物。

鉴于过去建设的经验教训，集中统一的规划设计，是今后必须经过的一道程序，避免重复建设。

工业、农业、林业、商业应根据当地的特色来定位。

她现在紧盯红石岭森林疗养基地和水利工程，听林静妹讲，科研人员已在攻关这方面的机械设备。

胡香妹认为师父是哲学家，依据人生短暂的客观事实，用事业的成功换算存世的时间，至少对心态平衡有好效果。为什么有的人在回归自然时闭不上双眼？是心理不平衡，有太多的遗憾。

田树林已年过六十了，尽管身体还如同中年人，但生命规律谁也逃脱不了。只是长短的区别，没有真正活过两百岁的人。

沼气工程已形成了巨大的经济效益和社会效益，奠定了他的思想基础，在身心上得到了稳定。

如果再把红石岭森林疗养基地和水利工程加快启动，不容置疑，那是锦上添花的事。

有时，胡香妹感叹，她的设想能如此快地变为现实，就是采取了几个措施，不是很复杂的事。

山果豆腐和小黄牛等项目的成功，给民众带来实实在在的好处，也坚定了老百姓的信心。

谈到信心，过去很多人忽视了。中国的老祖宗早就总结了，水能载舟，亦能覆舟。民众是创造世界的主体，不把民众的渴求放在心上，就干不好大事。因此，民众的信心是干好一切大事的润滑剂。

胡香妹认为，至少有百分之八十的人，把简单的事搞复杂了。

上梁正，下梁就不会歪。老百姓把这句话时常挂在嘴上作为发泄语。

如今党中央，溯本清源，把惩治腐败作为国家民族存亡的大事来对待，进行严厉的反腐斗争，基本刹住了腐败之风的蔓延。

民众看到了希望，信心倍增，大众创业、万众创新的积极性高涨。

胡香妹全身心投入水库水利储水、清洁能源建设和确保农作物旱涝保收的工程上去了。

她对老年人疗养工程也倾注了大量精力。这是个朝阳工程，发展潜力大，惠及人员多。

有时，胡香妹爬到红石岭顶上，眺望四周。北边，有一群高耸入云的高山，像竹笋一样嘴尖皮厚壮实，挡住冬天的北风，让身后的兄弟姐妹不受寒冷侵袭，生活在舒适的环境里；东边，黑黑的山群似高矮不一的兄弟姐妹，每天迎着朝霞，腰间的白雾，宛若穿着白色裙子的少女在翩翩起舞；南边，巍峨的山岭绵延千里，仿佛一群小孩，渴望跑去南海去洗澡；西边，一座座山的形态，使人想起大肚佛来，脸上永远挂上笑容。太阳下班时经过那里，往往留下如同金子般的晚霞余晖，让人有永恒伴着金子生活的感受。

女人的心细得很，胡香妹望向山中，反复回味师父对天意的阐述，并提出一个生命存世的新概念。这就是一个转折点，要用事业来转换心态，不要老是盯住一个人心愿的满足，而违背天意的安排。她也研究过很多人稀奇古怪的想法，以自己的嫂嫂为例，她像母狼一样盯住家里的财产，希望自己早日嫁出去。在胡香妹的思维里，这是再简单不过的事，嫂嫂盯住家里的财产，给她就是了，不就解决问题了吗？

有的人就不一样，田谷清就想体现人生的价值。师父、田树林、谷勤奋也一样。谁都知道，体现人生的价值，不是凭臆想，要有天时、地利、人和等几个元素才能实现。

胡香妹在心中默默暗想，还大干五年后再生崽，恐怕更有价值。当然，能提前一点，那也是一件好事。

许祥盛约请田树林喝茶，特意请人到商店买来可口食品，边吃边聊。

许祥盛："田总啊，您是高人嘞，我非常敬佩您。"

田树林："老许啊，您的大名如雷贯耳，认识您是我的荣幸。"

许祥盛："人都爱听好话，听好话还是心里很舒服。只是听多了，怕形成惯性，导致自我感觉太良好，反而对人生不利。您在这方面积累了丰富经验，能奉献出来吗？"

田树林："听好听的话，应该是人的本能所需。试想，谁能承受天天让人漫骂、指责呢？至于您讲到听多了好话形成自我感觉太良好的问题，确实值得重视。只要别人尊重、理解、宽容自己，而完全不顾别人的感受，矛盾和问题就会层出不穷。"

许祥盛："按您界定的结果，用什么办法解决呢？"

田树林："胡香妹比我认识得深刻，只有加大教育的投入，才能逐步解决。"

许祥盛高兴地点点头，端起茶杯一饮而尽，顺手从手纸盒抽出两张面纸擦去嘴角的茶水。

他在几十年的政治生涯中，经过无数的人和事，人们谈了很多好的意见和建议，似乎只是治标不治本。而胡香妹这名女子，却总能一语道破产生矛盾和问题的症结。他在风霜雪雨中摸爬滚打的工作实践中得出感悟，人们对认识主观世界和客观世界的差异很大，有时候弄得如一团乱麻，扯不清，理还乱。

田树林提到胡香妹，许祥盛心中有底。他对这个女人的办事能力、胸怀、眼光很佩服，也是他感慨颇多的一个奇女。是她把山果豆腐加工厂搞起来的，验证了银行和电商对改变贫困地区的面貌、提高民众致富奔小康的信心起到至关重要的作用。可是，她急流勇退，把林氏两姐妹推出来，她的这个举动让他这个职业政治家也瞠目结舌。她的胸怀和眼光，涵盖了高风亮节的美德，这个女人值得研究。

田树林对许祥盛也作了一些了解，自他来到集团公司担任顾问以来，协助林动妹决策了几件大事，是卓有成效的。

他放心了，有了这样从政经验丰富的人在这里帮衬，日后的事业应该顺风顺水了。

一个电话打来，田树林告辞。

电话是张老头打来的。

田树林连着胡香妹，这个连环，能把罗霄山脉变成人间乐园的宝环，福泽千千万万老百姓。

许祥盛找田树林去喝茶，是好事还是坏事呢，这在张老头心里打了一个大大的问号。

张老头听胡香妹对许祥盛有关情况的介绍，说他是一位职业政治家，还是一位善于通过调查研究来干大事的好官。

张老头还半信半疑，这是人的经历不同，对人和事物的认识的差异。因为张朱仔见过的干部，很大一部分自我感觉太良好，认为自己永远正确，说出了很多永远正确的废话。更有好大喜功的表现，好心办了不少坏事。

他不想去研究许祥盛。把主要心思放在田师弟上，只要师弟不服老，保持高昂的心态就好了，另外能帮自己的徒弟胡香妹解决终身大事，就算死了，也能笑着闭上双眼。

"师弟，你没有喝醉吧？"田树林刚落座，张老头提问了。

"没有，我永远不会喝醉酒。从年轻时起，我就反对酗酒。"

"这点我相信，你还掌握了醒酒的药方。对了，我打电话给你是想告诉你红石岭发现了很多矿藏,是开发,还是不开发? 想听听你的意见。"

田树林早就知道,罗霄山脉蕴藏丰富的钨、锡、铁、钼、稀土等矿藏。以前也有单位曾去开采过一段时间,由于管理不到位,出现滥开滥采现象,导致山林破坏,水土流失严重。

尤其是稀土,有工业上的味精之称。民间乱采乱挖的现象令人痛心,浪费了宝贵的资源。科学技术没有跟上去,倒不如让宝贵的资源埋在地下保险一些。这个意识,他早就形成了。

"我的意思,暂时不要急功近利,大规模去开采有限的矿产,待今后科学技术完善了,再开采不迟。"

"好,真知灼见。宝贵的地下矿藏资源,待科学技术达到开采的高度,再去开采不迟。我赞同你的意见,马上通知胡香妹,请她把握好。"

田树林听到胡香妹的名字,心里轻微地颤动了一会。

这个女子,真的令他刮目相看。

千秋大业,教育为本。她能在教育上做出很多男人也难办成的事。还在罗霄山脉首次试行学分制教育的新模式,让学生边读书边实践。以营销学院为例,与电商联手,在全国设立专卖店,让学营销的学生在实践工作中去感悟、体验其中的奥妙,从而更好地做好营销工作。

更令人惊奇的是创建科研基地,用好的政策、措施吸引了许多来自全国各地的科研人员,制定集体攻关的机制调动了科研人员的积极性,创造发明的几个高科技成果就创造了很好的经济效益。

她的许多构想都实现了,鉴于自己长期蜗居深山老林与外界没有接触的不足,她毅然决然退居幕后,推出林氏俩姐妹。

说到底,她解决了钱的问题。

没有钱,寸步难行。尤其是科研基地,没有顶尖的科研实验设备和仪器,很多前沿高科技是不能研发出来。

对科研人员基本夙愿的满足,也是微妙无穷的学问。

她能组合资源,表面上看似很简单,但智商高低还是客观存在。她是高智商的女神,而不是一般的女神。

"师弟嘞,科研人员的本事真大得很哪。要是没有他们创造发明的机械设备，我们的事业哪里会这么一帆风顺。"

"是呀，为什么说科学家是创造美好世界的先驱？他们能创造发明一些影响世界变革的高科技成果出来嘛。"

"按照胡香妹的构思，建设大大小小的水库，让水按照人的意愿只为人类服务，不危害芸芸众生。"

"照这样的布局，沼气工程促使小城镇格局的形成，与党中央提出实现城镇化的构想是相吻合的，一想起就让人变年轻了。"

张老头心喜，他的导向取得了成功。田师弟的心态稳定了，对事业的发展无疑发挥着巨大的作用。

胡香妹目前还在研究开发红石岭的问题。她反复匡算过，罗霄山脉已启动沼气工程、水库储水工程，科研人员源源不断研发高科技成果，完全有能力形成一个辐射源，逐步扩展到贫困地区去。

思路决定出路。前提是这里有一流的科研人员，对他们来说，只有想不到的事，没有办不到的事。

胡香妹约请林静妹喝茶，把她的思路讲出来，听得林静妹惊喜地跳起舞来，她的古典舞能释放美的多种元素，调剂人的心情到最佳状态。

"好啊！尊敬的胡经理，您的智慧火花撞击了我愚笨的脑壳多次，使我也变聪明了不少。让我们的项目形成辐射源，惠及亿万民众，这是大智慧的昭示。"

"你能把科研机构的领导打动，把科研人员请动，才激起我的智慧迸发出来，我佩服你嘞。"

两个杰出的女子，笑谈了整整一个晚上，主要还是围绕服务科研人员团队的事。

也是的，科研人员，普通人，都有个基本夙愿的满足底线。这是看似复杂，其实很简单的问题。如一个姓吉的中年科研人员，在外国从事科学研究近二十年，对材料研究有很高的造诣。遗憾的是，他的爱妻突然患心脏病死了。从此，他疯疯癫癫在外流浪，患了多种病。一天昏死在路边，让一个老华侨送去医院救治，但还是没有恢复到原来的状态。

中国政府在海外招聘人才回国效力，老华侨向中国招聘人员推荐了吉姓科研人员，也如实介绍了他的情况。

中医很厉害，一位老中医了解到吉姓科研人员患病的症状，认为心治为主，药治为辅，能很快治好他的病，并安排到罗霄山脉科研基地医院进行治疗。

基地医院找到了一个与吉姓科研人员前妻相貌相似程度很高的女子，负责陪伴吉姓科研人员治病游玩。通过培训，这位女子素质高，心理知识扎实。

吉姓科研人员如梦初醒，妻子又回到了他身旁。

三个月不到，吉姓科研人员笑嘻嘻地请那个女子——他认定的妻子，一起去从事材料科学研究。

就这样，把一个有建树的科研人员盘活了。

这就是罗霄山集团的模式，并用服务科研人员团队在实践上解决很多纷争的奥秘。

这里不掺和意识形态的纷争。指导思想是把握机遇，干好自己想办的事。

像陪伴、服务吉姓科研人员那样的高素质的女子，在科研基地不少，她们能把科研人员积极性调动起来去扎扎实实搞科研，奥妙就是完善的方案和合理的措施。

林静妹每次决策重大科研项目时，与胡香妹事先研究优化方案并制定好措施，往往能收到心想事成的效果。

鲁菊生，今年六十八岁，因家穷，小时候只在学堂读了三年书，后自学，可以读书看报，只是不会写文章。

他花十八块钱在文具店买了一个硬壳笔记本，花一块钱买了一支碳素墨水笔，想把他看到科研人员创造发明的机械设备记录下来。

在记录的时候，他不晓得怎么归类。但也有他自己的记录方式，比如一种机械设备，是怎么启动的，怎么运作的，能够达到什么样的效果，都记录下来。

他的目的很明确，把自己看到的全部过程都一一记录下来，来表明机械设备的神奇之处。

他在老年学校读书期间，听一位老师讲世界的演变史，说如今发现的古代文明，如果按今天的科技来衡量，有些现象令人不解。如埃及金字塔上的巨石是怎样天衣无缝对接的。

鲁菊生认为，原因是没有用文字记录下来。也说明，人类各个时代都有科技成果的展示。

起初，鲁菊生记录起来很吃力。尤其对机械设备的形状表述上，有时不能形象地写出来，他还骂自己是个大笨蛋。有道是有志者事竟成，经过坚持不懈的努力，后来的记录就顺畅了。

他越想越认为记录科学技术成果的意义重大，是让后代子孙了解一个时代真实的演变过程，不要留下猜想浪费时光了。

随着科研人员创造发明的机械设备层出不穷，病痛似乎都不愿意打扰他，好让他一心一意投入记录工作。

这是人的追求和爱好、兴趣、志向的彰显，无可非议。

由于鲁菊生是上了年纪的人，阎王爷随时有召唤的可能。他的行为引起了胡香妹的另一个联想，古代的文明，高科技为什么失传？就是记录材料遗失了。

为什么遗失？经考古专家对甲骨文字、竹简上的文章、石壁上的文字考证，只记录了社会时事的一部分，其他方面没有涉猎。

最大的原因，由于地壳在不断运动，自然灾害战争经常发生等因素，把当时记录的依据破坏了。

在胡香妹的意识里，鲁菊生不仅仅是记录如今科研人员创造发明，更展现了他对文明遗失的担忧。

随着社会的发展与科技的进步，对一些重要资料除通过纸质形式保存外，还可通过高科技的电子存储器保存，如硬盘、光盘、U盘、云盘等，这类电子存储器体积小、容量大，查找方便。

胡香妹想，将鲁菊生的记录也通过电子存储器保存，不就解决了纸质资料长久保存困难、丢失严重的问题了嘛。

张朱仔也在思考另一个问题，不能让田树林闲着，决定把胡香妹召唤来家里，与田师弟讨论相关的问题。

张老头笑眯眯地说："红石岭森林疗养院已基本建成，那里负氧离子高，什么时候让科研人员进驻呢？"

胡香妹笑容满面地答道："应该过两个月后就可以接纳科研人员了。只是有些基础设施还需要完善，如让科研人员在山林里如履平地一样活动，您看是用缆车，还是建造桥梁？"

田树林只望了脸若桃花般的胡香妹一眼，就垂勾着脑袋用右手摸着头说："最好不建造桥梁，还是原始风貌好一些。至于缆车，也要慎重考虑。凡掺入人为的因素，就不是原始风貌了。更严重一点的话，原始森林的生态平衡也会被打破，到时候就违背我们的初衷了。"

张老头嘴巴蠕动了几下，想说出自己的意见，还是忍住了。他要让田师弟和胡香妹多交流，缓和徒弟的情绪。

"按照您的意见，依据山形特点，修筑林荫山道，让科研人员进行户外活动。"

"是的，保持自然风貌才是留住青山绿水，也是留住金山银山。"

"田师傅，您说的在理。"胡香妹轻松而友好地肯定了田老头的想法，好像一切的渴望只是幻觉一般。

张朱仔在一旁暗暗偷笑，想想师弟和徒弟的对话，似乎妹子已从以往的伤感中解脱出来了，张老头心情更加宽松了。

"芙蓉呀，你在林荫小道上做好文章，对原始森林的路，尽量利用自然的坡度巧施人工的修饰就行了。我知道你日理万机，去忙吧，我和师弟还要喝茶聊天。"

按照张老头的直感，如果真有阎王管生死的话，那里也在改革，对为大多数人谋利益、谋福祉的人，重新定义了生、老、病、死的标准。以自己为例，早该去阎王府报到。可是，从这几年的身心体验来看，似乎越活越精神，体现在想事不糊涂，能辨清方向，提出对事业有促进的思想、方案、措施，引起了很多人重视。

同时，他在密切关注田师弟，田师弟最近一两个月接受了自己以事业换时间的观念，心态和精力都活跃了起来，经过他的引导，有返老还童的奇迹发生在他身上。

"师兄，感谢你啊！"

田树林把满满一杯浓茶一饮而尽，站起身来舞动了一下双手，觉得舒缓多了。

张老头自然心知肚明田师弟说出谢谢他的话的所指，他的观念让他的情绪大为改观，人老心不老造就了一个不一样的田树林，为罗霄山又增添了前进的动力和砝码。

"师兄呀，我们今后只要把握了主攻方向，至少能让成千上万的人受益，真能如愿的话，在回归自然时，我们就能笑着闭上双眼。"

田老头在房里转悠着，用手势衬托他表达的意思。

"是嘞，胡香妹天生一个好脑壳，想事做事别具一格。没有她发现的林氏两姐妹，事业哪会这样顺风顺水啊，咱们要多发现人才！"

张老头自始至终把握方向盘，朝着正确的方向驶去。

谷勤奋近段时间，认认真真在想一个问题，一个姓朱的人在研究周期律的问题，他很感兴趣。

周期律，算不算人们所指的周期性？这个概念要弄清。

按他的理解，周期性、周期律应该只是表述上的不同，意思大同小异。

谷勤奋为什么注重这个问题？他博览群书，对古今中外的历史了解很多，似乎没有哪部历史少了战争的章节。

中国的所谓改朝换代，都是尸骨遍野的残景留在了后人的记忆之中。

也有学者说是周期性，或叫周期性的使然，还有人不知从哪里得来的说法？人世间的变化早就设定好了。

谷勤奋在想，是谁设定的呢？非要用战争的形式毁灭世界吗？既然能设定，就可以改动设计呀！他想在抑制战争上探索一下。

怀疑，不能界定是对错的分水岭。他怀疑周期性、周期律的提出，有可能是研究历史的学者定下的一个符号，以利识别其他不同的表述。

他的怀疑依据是，按有人对周期性、周期律的解释，说如同白天、黑夜一样，已设定好了。那么，他就要发问，战争是有目的的，现代已制造出毁灭地球 N 次的核武器，日后哪有战争的周期性和周期律？当然他们说过，周期性和周期律指社会形态，没有人类，也没有周期性、周期律之说了。

如果有这个前提，销毁核武器，就存在一个社会形态问题。按人类智商开发到现代的高度，研究讨论怎样形成一个社会形态的问题，应该容易得多了。

谷勤奋苦思冥想，人类不管在何种社会形态下生存，都离不开欲望。有人总结为权、利、色。也有不同的说法，人心难满蛇吞象。

如今，人们几乎都反对使用核武器。因为一旦核战争爆发，谁也不能独善其身。

因此，社会形态如何形成？谷勤奋想探索。

许祥盛和他聊过一次天，两人进行过一次有趣的对话。

许祥盛："谷先生，我研究了您的思想、情愫、志向、抱负，有启发，有收获，我佩服啊！"

谷勤奋："许先生，承蒙你的夸奖，我受之有愧。几十年晕晕乎乎如同行尸走肉般在人世间消耗了不少宝贵的资源。早就想自杀，但没有勇气，只好苟延残喘混日子过。"他说后，摊开双手，嘘了一口长气。

许祥盛："每个人对自己的存世有些无可奈何的遗憾，我认为是正常现象。因为人的智商差异客观存在，所谓比翼鸟，应该是个美好的愿望。"

谷勤奋："也是，换一个角度讲，人的建树有早有迟。说不一定，我还有在晚年时发出光亮的可能性。"

许祥盛："谷先生在改革教育上的设想耐人寻味嘛，十年树木，百年树人。思想领域的偏轨，才是产生社会矛盾和问题的源头，您已揭示了这个问题，就是一个贡献。"

谷勤奋："没错，思想上乱了，只扫自家门前雪，不管别人瓦上霜。这种思想要铲除，而且要斩草除根，免得春来又复生。中国有段时期，贫富差别拉大了，民众就有意见。因为贫富差别拉大，不是凭本事得到的财富，而是凭权力捞的不义之财。"

许祥盛："是呀，现在好了。党中央决心对腐败宣战，提出既打老虎又拍苍蝇，惩治了一批腐败分子，基本遏制了腐败的蔓延。在思想建设上，进行'三严三实'专题教育，抓住县级以上有影响人物的思想整顿，实际上解决了上梁不正下梁歪的根本问题，让民众逐步放心了。"

谷勤奋："许先生一席话，使我有胜读十年书的感受。这就对了，上梁正，下梁不就不歪嘛。这么简单的问题，过去为什么装糊涂呢？思想上的混乱，最底层的老百姓没有话语权，他们的思想能混到天上去吗？我对这个问题一直想不通。不是说政治路线决定后，干部是决定的因素吗？干部极端自私，民众还有好日子过吗？贼喊捉贼，说民众的思想复杂，不是颠倒黑白吗？"

谷勤奋恐怕是人生第一次与人谈话讲得那么直白，前提是他对许祥盛有所了解。

在他的人生经历中，有段时期在钢铁公司，"帽子工厂"很多。说了一句干部不中听的话，就给戴上反革命的帽子，让他永世不得翻身。当然，言论自由，也不能乱说一通。

他从每年召开的两会上看到的国家财政收入用途的数据，大部分投入到民生事业上。教育、科技、农林上投入的比重很大，致使近几年国家财政还有赤字，用发债券的方式在刺激基础行业的发展。

中国的财政收入，主要是由税收、国有企业的利润，以及其他收入组成。

从事实上看，中国的交通建设发生了翻天覆地的变化，东、中部省市各地几乎把水泥硬化的公路修到了每家每户的门口，西部据说也大部分村庄通了宽畅的水泥路、柏油路。谁都晓得，要想富，先修路。国家在这方面做出了让人看得见摸得着的成绩嘛；还有农村的电网改造，全国那么大，仅从新疆架设几千公里输往东、中部的输电线路，就是大投资的项目。据说除西部少量地方因大山的阻隔供电还有点问题外，其余地区照明用电已经全部得到解决。

有了路，农民们就可以把农副产品卖出去，过上了富足的生活，建了新房屋，买了小轿车……

有了电，老百姓晚上除了看电视、打牌以外，还跳起了广场舞。

谷勤奋还在大城市生活了一段时间，看到城市的建设，可以用雨后春笋般来形容高楼大厦。各种小汽车像堆积木一样，有时把路也堵住了，人们穿戴上丰富多了。

这些他亲眼目睹的变化，是钱造出来的呀，不是画家描绘出来的嘛。

谷勤奋为什么接受恩人田树林邀请出山为大多数人的利益出点力？也就是看到党中央真真实实为中华民族的伟大复兴在真抓实干。

抑制战争，提出"一带一路"的构想，联络沿线几十个国家共谋发展。在这方面，谷勤奋早有一些观点。晚清时代，由于清朝统治者入关前就制定闭关锁国政策，搬出什么天朝的老观念，逐步把偌大的中国变成了夜郎国的迷茫状态。西方列强用坚船利炮，联合来打中国时，民众还用刀枪不入自欺欺人的身躯冲向侵略者，结果列强用子弹把中国人的胸膛射得血溅喷飞，导致尸骨遍野的悲剧残景留在了中国人的记忆之中。

由于中国落后了一百多年，虽然在武器上有点威慑力，但比起西方的一些军事强国，凭中国一家之力，还不能抵御强手。

"一带一路"共同发展之路，是伟大英明的决策。也就落到了"一双筷子容易折断，十双筷子折不断"的老故事上。

是嘛，中华民族历来爱好和平。为什么在中国落后的时段里，世界发生两次大战？就是没有平衡的砝码，才乱了套。

人们担忧第三次世界大战会不会爆发呢？担忧有什么用？只有团结一股强大的力量，像平衡器上的砝码一样，才能抑制战争的爆发。

党中央响亮地提出精准扶贫的思想指南，并制定了路线图，到二〇二〇年，中国人全部摘下贫困帽子。这是五千万顶贫困帽子呀，摘下后是个什么概念？能使中国近十四亿人过上小康生活。

据谷勤奋匡算，近十四亿中国人过上小康生活，意味着对全世界的民众做出二十多个百分点的贡献。

因为中国人过上了好生活，刺激了经济的良性循环，什么经济危机、金融危机、次贷危机的概率就大大减少。

还有一个更令人满意的结果，中国特色社会主义制度可以形成一个典范、一个模式。因为中国特色社会主义制度，以公有为主，私有为辅，能保障百分之九十多的人共同富裕，不会出现两极分化的社会动荡。

因此，精准扶贫有里程碑的意义和价值。

世界历史上的几个主要社会矛盾，其中贫富差距是长期没有得到解决的问题。

中国的老祖宗早就指出"朱门酒肉臭，路有冻死骨"是导致民众心理不平衡、思想意识混乱的因素。

把几千万贫困人口解救出来，中华民族的天是蓝的，紫阳高照，到处莺歌燕舞欢天喜地。

中国的人口占世界总人口的五分之一，加上"一带一路"周边友好邻邦国家，都过上了好生活。世界和平，民众过上幸福安宁的生活，才是硬道理。

阳光政策，又是一个伟大的举措。

让民众办事方便，知晓政策，能心中有底决定自己行为举动。

最大的好处是，使干部想腐败不敢腐。因为腐败是见不得阳光的，只有在阳光下运行政策、方案、措施，腐败才能得到根除。

有人主张把西方三权分立的模式引入中国。

谷勤奋就这种说法，至少想了二十年以上。他怀疑，西方用这个办法经营了几百年，世界的贫富差距越拉越大，种族矛盾并没有得到根本性的缓和，生存空间还是纷争不止。

这三种世界性的主要矛盾没有得到缓和、解决，三权分立的社会形态好在哪里呢？

阳光政策，让民众来监督政府和干部的所作所为，应该是最好的社会形态。

三权分立的运作模式，难道不滋生腐败吗？

从他们报道出来的贪腐事件来看，也是触目惊心呢。

言必信，行必果。通过政务公开，一站式服务简化办事程序，人民群众得到了实实在在的实惠。

同时，中央重视防腐工作，采用巡视、群众监督，防止个别干部阳奉阴违、采取上有政策下有对策的油滑手段对待办事的民众。

确实也有个别干部冒天下大不韪。可他们得到的是什么？该处分的处分，该追究法律责任的追究法律责任，除此之外还通过电视、网络和各种媒体曝光。

这个办法可厉害嘞，俗话说"人靠面子树靠根"，这对规范人的行为举止起了潜移默化的作用。

在面子上，中国人吃过不少亏。在近代史上，西方列强利用中国人的面子观，用鸦片毒害了一代中国人，还被冠上"东亚病夫"的称号，让中国人蒙上了耻辱。

共产党让中国人站起来了，经过艰辛努力，终于把经济搞上去了，成为世界第二大经济体。

中国共产党用阳光政策和大众创业、万众创新的发展模式，让中国正在由制造大国向制造强国挺进。

正确的政策威力无比，只要把阻碍正确政策落实的拦路虎赶走，中国民众的智慧、勤劳就能创造丰厚的物质财富，保障民众过上小康生活，还能帮助世界上需要帮助的民众。事实上，我们国家几次宣布免除一些国家欠我们的债务，还派出大量的人力、物力帮助非洲的黑人兄弟。

因此，他对周期性和周期律感兴趣，就是根据中国特色社会主义指导思想以及罗霄山脉已启动的事业，让千千万万民众得到了实实在在的利益而去探索的。

如果说，周期性与周期律是决定社会形态而形成的话，他就有信心，中国特色社会主义制度就是最好的社会形态。

他决定，花上三至五年，收集事例为蓝本，用量化的数据来诠释中国特色社会主义制度的形态。

他认为，有这样的好环境，对研究者来说，也是一个大机遇。

六、创业创新，最美笑容

罗霄山脉的两个育苗基地，如今成为香饽饽般的金银宝库。这里育的珍稀树苗、珍贵花卉，供不应求。一棵六尺高的银杏树，卖价八百八十八元，有活化石之称的银杏树，能存活数千上万年；还有红豆杉树，有防癌治癌的功能，又是长青树种；兰花，高贵典雅，气质不凡；牡丹花，中国的国花，花冠如画，有气壮山河的霸气。

上千种珍贵的树，把上万亩山装扮得气贯如虹，青翠欲滴，似雄健的少年，朝气蓬勃，精神抖擞；几千种珍贵花卉，香飘上百里，骄态妩媚尽显。

这些珍贵树、珍贵花的价值彰显，最重要的是感染了民众，使他们从此脸上堆满了笑容，一笑起来，任何赞美的词汇，都不能囊括其丰富多彩的内涵。

人的笑脸，代表人的心情最佳状态；一群人的笑脸，就是世界上最有幸福感的百花园。

李顾清带领他的师兄师弟，利用过去曾从事过的职业便利，找到了珍稀树、珍贵花的种苗，像呵护自己的儿女一样，精心培育那些宝贝。

科学技术是第一生产力，通过珍稀树、珍贵花的培植，人们对科研人员更敬重了。

李顾清师兄师弟尽管历经千辛万苦，找回这些宝贝，但没有林业及花卉专家的技术指导，就不能如此快取得巨大的经济效益，更没有让民众增强信心和脸上堆满笑容的效果。

珍稀树、珍贵花之所以珍贵，在于其特殊的培植方法和技术，只有这方面的专家对此事执著破译，才能掌握了人工培植的有效方法和技术。经过大规模的培植，就能取得理想的经济效益。

有个术语叫品相。经过一年多的精心培植，一棵金桂花树，经反复修剪造型，树冠如同雨伞，谁见了都喜欢，卖价是九千九百九十九元一棵。

这是个奇迹，原来长草长杂树的山上，现在成为了金山银山。

银行、电商操作的销售模式功不可没。没有他们的介入，那些珍稀树、珍贵花往往藏在深山人未识。民众只能望树兴叹，更谈不上大规模培育了。

盲目种植，农民吃够了苦。有段时期，导致种地还亏本的怪事挫伤了农民的生产积极性。宁可让土地抛荒，宁可去牌桌上"上班"，也不愿去耕耘土地。

农民不去经营土地，有很多种说法：有说如今的农民变懒了；有说农民是刁民，只两眼盯住国家的救济钱；有说农民目光短浅，只顾眼前利益……

按集团的设计构想，把农民的责任田、责任山地，重新流转进行统一经营，以便在种植和养殖结构上依照市场的规律操作，才能彻底解决种地亏本的问题，使农民步入小康生活，走上共同致富的康庄大道。

胡香妹这边考虑红石岭森林疗养院的建设，关于基础设施的完善还有许多困惑，正愁没办法解决呢！架子上的书被她翻遍了，也没找出个好办法来。她想，有些想法总是拿不定主意，真的还得需要一个人指导一下，谁可以呢？她想到了总顾问许祥盛，他不是百事通吗？问问他应该没错！嗯，就问他！

胡香妹一想到这里，就一溜烟去了许祥盛的住处。说干就干，胡香妹就是这么雷厉风行。

胡香妹轻轻地敲了门："许先生！许先生！我是胡香妹。"

许祥盛听到有人敲门，便放下手中的书，朝门走去，忙应道："来了，来了。"许一开门看见是胡香妹，笑盈盈地说："胡小姐大驾光临，快请进！"

胡香妹笑道："今天我有事特来请教您的。"

许祥盛笑了笑："噢，什么难题？还难倒了我们的大才女呀？"

胡香妹笑嘻嘻："哪里哪里。"说话间，胡香妹进了客厅，坐下。

许祥盛这边忙着给胡香妹沏了一杯热茶，胡香妹那边对着墙壁上的一幅《罗霄春色图》出了神。

"胡小姐，你也喜欢画呢？"许祥盛问道。

"是啊。许先生，这幅画好极了，是您的佳作吗？"胡香妹迫不及待地问了一句。

"哈哈，我这只是个爱好，随便涂鸦而已啦，见笑了。"许祥盛谦虚地说了句。

"不是的，我看着这画不简单，整个风光别致，春光旖旎，盎然生机，山花的烂漫遍林与河水的汩汩而涌，动静结合，浑然天成，真可谓意蕴深远啊！"胡香妹赞叹不已。

其实，胡香妹的评价很是中肯，许先生在绘画上确实有造诣，早年因为兴趣爱好而投身其中，还得到过名家指点，如今也是小有名气。

"哈哈，胡女士好眼力，不过我只是爱好如此，有点心得而已！"许先生赞叹胡香妹的鉴赏功夫，同时不忘谦虚一说。

"罗霄春色江上涌，一叶一浪总关情。"胡香妹念着画中的一句诗，诗中所写正是许先生的心声啊！

"好诗配好画，诗中有画，画中有诗。不愧是文人画啊！"胡香妹情不自禁地说了句。

"胡女士果然不简单，慧眼独具，说到文人画，我是最热衷的了，它是艺术的集合，融文学、书法、绘画及篆刻艺术于一体，我最佩服的就是郑板桥的画作了。"许先生似乎遇上了知音，便把文人画的起源、发展、特点、历代名家名作如数家珍般地娓娓道来。胡香妹也略懂一二，便和许先生聊开了，忘却了时间。许先生也好久没有这么痛快地聊开过了。

这正是酒逢知己千杯少，不知不觉许先生和胡香妹聊了快一个小时，在聊天中胡香妹为许先生的谈吐和学识所折服，同样许先生也是被胡香妹的胸怀和气质所吸引。

"哎哟，我倒忘了正事了。"胡香妹突然从聊天中醒过来，冒出一句。

"是哦，胡小姐，你看我们聊得太投入了，倒把正事给忘记了哈！"

于是，两人言归正传，胡香妹虚心地向许先生请教了关于基础设施的看法。

聊完回来的胡香妹，豁然开朗，迈着愉悦的步伐，哼着小调儿，走在山林间。

"刘海哥喂，我把你比牛郎，不差毫分……"不经意间，胡香妹哼起了《刘海砍樵》中的经典片段，心中欢喜不言而喻。

走到拐角处时，一咕噜与师父张朱仔打个照面儿，张朱仔看见胡香妹高兴劲儿，就问了一句。

"咿呀，芙蓉呀今天咋这么高兴，还唱上了，有大好事呢？"

"嗯，我到许先生那儿请教取经去了。"胡香妹红晕着脸儿难为情答道。

张朱仔看了看，笑了笑说道："哦，这样呀！……"

胡香妹怪不好意思的，感觉被师父撞破了似的，三步并作两步朝家走去了。

今天对许祥盛有了更多的了解，被他的才学和远见所折服，胡香妹想，我希望的人应该是这样的，博学多才，而且许先生一表人才，气宇轩昂，精力充沛，是心目中的理想伴侣，从此心中对许先生更多了一份感情。

刘劲道分得有三百八十六亩山地，他家有十一口人，三兄弟，他是老大，今年三十八岁，还没有婚配。已在外打工十五年，维持家庭的温饱生活。两个弟弟读到初中，因家里只靠大哥一个人赚钱，也不想读书，便跟着大哥去外地打工。当手里有了钱，就都找了女朋友，把钱花在女人身上，没有为家里做一点奉献。

尤其是老二刘正道，找了个长得漂亮的女人，弄得刘正道花钱如水，时常找大哥、弟弟借钱。说借是面子话，基本上是肉包子打狗，有借无还。早几天，那个穿戴珠光宝气的漂亮女子对刘正道笑嘻嘻地说："亲爱的，上次我去你家，你带我去看过家里的责任山，当时我就有感应，是块风水宝地。"

刘正道喜形于色，抱着漂亮女人旋转了一圈笑着问道："宝贝，你懂风水呀？风水宝地是什么概念？能产金出银吗？"

"我爷爷是十里八乡有名的风水大师，据说给旧社会的一个军长家找到一块风水宝地，结果那户人家出了三个科学家、一个县长、一个省长。"

刘正道听后更来神了，把漂亮女人抱在怀里一个劲地亲吻，还急不可耐地问："你父亲得到了你爷爷的真传没有？对，一定得到了真传，不然你怎么有懂风水的本事呢？"

这时不远处传来喧闹声，似打群架的声音。漂亮女子似乎听到一个熟悉的声音，丢下刘正道跑去吵闹的地方，真的见到一个人。

只听一个凶神恶煞的大汉，用嘶哑的声音骂道："你这个该杀的，竟敢偷老人救命的钱去骗女人。"一脚踢在一个足有一米七八高的男人胯下，只见那个不胖不瘦的男子如被人捉住宰杀的猪，"啊呀啊呀"地用双手捂在胯下，倒在地上打滚。

漂亮女子跑去抱住那个人，只听一阵风响，凶悍男人一脚往漂亮女子踢去。刘正道以迅雷不及掩耳之势挡在漂亮女子身旁，只听"咕咚"一声响，刘正道像死猪一样倒在了地上。

凶汉余气未消，又一脚向漂亮女子踢去。

这时，一个中年壮汉大概是看不下去了，冲出人群，对着凶汉用力一推，那凶汉像喝醉了酒，摇摇晃晃倒在了一旁的地上。

这时很多人围上来，不少人对着他们指指点点："年轻人不走正道，你们只想抱着漂亮的女人调情，竟敢偷老人的救命钱去花销，打死了活该。"

"我没有偷老人的钱啊。"刘正道申辩。

"你没偷，那就是他偷了，你们是一伙的吧？"

穿得花枝招展的漂亮女子大声地尖叫一声，脸红耳赤地说："我们没有哪一个偷了钱，打死人要抵命的，你们晓得吗？"

一个中年人怒气冲冲地说："他偷了老人的救命钱，还不敢承认？

如果老人得不到及时救治死了，那又有谁来抵命？"

那女子双手拍得啪啪作响，跺着脚大声说："你们谁亲眼看见他偷老人的钱了吗？"她指着那个凶汉倒去的地方又跺了一脚说："你们上了贼喊捉贼人的当了，我们根本就没有偷钱。难道你们要看到死了人才高兴吗？"

众人如梦初醒，顺着女子指的方向看过去，那个凶汉早就不见了。

其实，对那个凶汉，漂亮女子略知他的一些底细，一个夜蒙蒙的晚上，她差点让被凶汉抓走了，是倒在地上胯下受伤的男子救了她。

今天，是凶汉来报复这个男人的。

刘正道是英雄救美而受伤的，很自然，不知情的众人误认为他是与胯下受伤男子一伙的坏人。

白胡子老人只救人，不管这些扯不清、理还乱的事。给了那胯下受伤的男子、刘正道各一瓶药，告诉他俩具体的吃法，便离开了。

漂亮女子扶着两个受伤的男人往宿舍走去。

刘正道一边躺在床上闭目养神，一边想着一个问题。被凶汉打伤的男人，发出的声音能吸引他的恋人，这是一个危险的信号。

他苦思冥想了几天几夜，终于想起了一个有利于自己的好办法。

自家分得的责任山，她说是风水宝地，这不是抓牢她的机会吗？于是，他决定回家去一趟。

回到家听父亲说，罗霄山集团决定把责任田、责任山重新流转，进行统一经营，使老百姓早日摆脱贫困。

刘正道告诉父亲，说有人已观出我家的责任山是块风水宝地，我家不参与流转，守住那块山。

他去了未来的岳父家，请未来的岳父去看那块责任山。

未来的岳父姓谢，今年六十五岁，他围着那块山看了整整三天，才开始说话："这里的地下必然有宝而且不是一般的宝。"

"具体方位在哪里？不可能把几百亩山都挖开吧？"刘正道欣喜之余有些为难。

"你和我家清子确定了关系没有？儿年了，真搞不懂你们年轻人呀。"

谢大师老奸巨猾，凭他学到父亲看风水的知识，能够确定古坟墓的大体方位。但是，这个刘姓小伙子与他女儿交往了好几年，几乎年年在他家过春节，就是不提结婚的事。因此，如果他把古墓的大体方位讲出来，好处何在？

刘正道不蠢，听出了未来老岳父的话外之音。"伯伯，您的意思我明白了。这样吧，我把清子叫到这里来，传达您的指示，到时候再作决定好吗？"

城府很深的谢老头只是点点头，就回家去了。

刘正道再次反复交代父亲，不管谁来讲责任山流转的事，你说我家自己经营，决不能答应流转。

他风风火火赶到打工的地方，谢清子还在那个胯下受伤的陈姓男子那里。

一栋公寓楼，都是外地打工仔的住房。陈姓男子与八个人共租一间，分三层床的结构，显得很拥挤。谢清子正陪着陈姓男子在说话。见刘正道来了，互相打了个招呼，说了几句客套话，用眼神和打手势的方式，要谢清子到外面有事相商。

其实，此时的刘正道心中很不好受。自己喜欢的女人，竟与这个陈姓男人有些许瓜葛，如果不想出一个好办法出来，对谢清子只能望之兴叹了。

"清子，我请你父亲去看过我家的责任山。老人家已观看了那块山上有大宝贝，就是要你去那里，才能说出来。"

"真的吗？好啊！我俩回家把老人家请去。对了，老人家早就想喝茅台酒。这次回家，给他买两瓶茅台酒，他会高兴的。"

刘正道一听心里一抖，听人说，如今的茅台酒两千多一瓶，两瓶四千多元，去哪里借来这笔钱呢？

"你没有那么多钱吧？我去找小陈借点，你也去借点。"

"不、不。"刘正道双手摇着又说："还是我去借吧。"

两人讲好，刘正道借钱去了。

他首先去了大哥刘劲道那里，把请人去家看责任山，发现地下有宝贝的事讲了，就谈到买两瓶茅台酒的事。

"老二啊，地下的宝贝，凭肉眼能看到吗？骗人吧？"

于是，刘正道把谢清子的爷爷给人看风水出了大官、科学家的故事讲了，并说谢清子父亲能测出宝贝位置，我们去挖就行。

刘劲道也让二弟给说通了，并答应由他负责买茅台酒。

这下让刘正道放心了，说好过两天来取，就兴高采烈去找谢清子去了。

罗霄山集团正红红火火在流转山地，规划大规模造林，形成一座巨无霸的绿色宝山。已向民众在大力宣传，只要把山上栽上树，今后躺在床上睡觉也长钱。而且能形成一座天然的水库，因为树能吸收很多水在身上，天旱时就能施放出来，还能造就天然氧吧。今后，让这里的老百姓人人都能长寿。

有专家匡算的可靠数据，农民高兴得很。加上山果豆腐、珍稀树、珍贵花苗取得巨大的经济效益，老百姓得到了实实在在的好处。因此，在流转土地上，大部分农民支持集团的决定，纷纷与集团的有关专业公司签订了土地流转合同，事情进展很顺利。

刘家的三百八十多亩责任山，靠近一条小河边，是集团规划建小城镇的地方，必须要流转出来。

很多人找刘老头做思想工作，请他配合把责任山流转出来。可是，刘老头油盐不进，就是不肯把责任山流转出来。

小城镇要进行规划设计，已确定了方位，如果刘老头那块责任山搁在那里，就影响了整体建设施工的进度。

整整做了半个月的工作，刘老头除了摇头，就躲着不见人。

人们见到了一对年轻的男女，陪着一个白胡子的老头在山上指指点点。有人把这个情况告诉了李顾清，他去那里看过，心中有底了。

刘老头的责任山不肯流转，急得林动妹食不甜、睡不香。她去了胡香妹那里。

红石岭的两个建设如火如荼，进展很顺利。胡香妹听林动妹讲到刘老头不肯流转那片山的情况，沉默了一会儿。

为什么不肯把责任山流转？必然有其原因。按照大多数民众已尝到统一经营土地和山林的甜头来看，不应该出现这种现象。

刘老头已经尝到了统一经营的甜头，为什么又坚持要自己经营责任山呢？肯定是听了什么人的蛊惑，不然说不过去呀。

这只是一个猜测。

于是，胡香妹笑着说："林总经理，刘老头那块责任山不肯流转，恐怕有个什么心结没有解开。我的意见，请规划设计部门按照既定方案操作，我去解开那个心结，相信农民是纯朴的。"

在林动妹的意识里，只要这个女神答应的事，没有解决不了的。她放心地告辞去办其他事。

一个电话，胡香妹把李顾清请来红石岭山洞。把刘老头那块责任山不肯流转的事讲了，并说出了她推测的话。

"是的，我去那里看过，从地形上推断，那块山地下有古时候大官葬的坟墓。不是有很深研究的人，很难发现地下有古墓。"

"对啰，林总经理来我这里一讲，我就联想你所讲到的事。"

"但是，只是从地形上推测，如果不动用现代化机械设备和仪器，也不一定能找到墓呢。"

胡香妹听后觉得是个问题，它会造成无休止的贪婪意念。那么，在那个地方的小城镇建设无疑会受阻。

"大恩人，我有个想法。解铃还须系铃人，找到那位风水先生，付一笔钱给他，不是很快能解决问题吗？我与那个风水先生是同行，应该容易沟通。"

"很好，请你去摆平这件事。小城镇建设，是罗霄山脉民众过上小康生活的标志之一，如果因那块山受阻，实在是得不偿失。"

李顾清得了指令去办事，在路上，想起这事恐怕不是刚才对大恩人说的那么容易。很显然，那个风水先生肯定对刘家人讲了，只给笔钱打发那个风水师，看来还不能彻底解决问题。

谢大师住在刘家，想起未来的女婿送的两瓶茅台酒，仿佛特有的香气还在鼻孔两旁萦绕。

谢老头告诉女儿，从地形地貌上看，他家的责任山应该有宝贝。但是，宝贝毕竟埋在地下，要挖到不是一件轻而易举的事。大体方位自己能测定出来，但是否有宝贝，也是没有把握的事。

谢清子脑瓜子灵，笑嘻嘻地说："只要确定这里是块风水宝地，就可以做文章了。老爸呀，我们脑子要转点弯，不能只做老实人嘞。我读书的成绩年年名列前茅，只要让我读下去，考上清华、北大、复旦那些名牌大学，我绝对有把握。遗憾的是，我家温饱都有问题，只好辍学到外地打工。"她说完这席话后，已是泪流满面。

"儿啊，怪我没有本事，亏了你们三姊妹，也负了你娘，唉……"谢老头哽咽了。

"老爸啊，不是你没有本事，而是我们没有把握赚钱的机会。严格讲，风水是古老哲学派生的一门大学问，要弄懂这门学问，不是那么容易的。"

"是嘞，你爷爷探索了一辈子，尽管帮人找到了发达的风水宝地，但也没有得到多少回报。我继承你爷爷的衣钵，也没有赚到钱。"

"老爸啊，过去的事不要想得太多了，再想得细，于事无补。既然在这里发现了一块风水宝地，就不能错过。我们把消息散布出去，一定会有人找我们的。"

"你得到什么消息啊？"

"是嘞，这里闹翻了天，惊动了很多人。据说，这里把土地、山林重新流转统一经营，只要刘家肯流转，不是能找到赚钱的门路吗？"

"儿啊，我听到城市搞棚户区改造，对一些顽固的人不肯搬迁的，采取强制措施，有的地方还闹出了人命呢。"

"这点你不懂了，你听到的事已是老黄历了。如今，是法治社会，政府制定了很多好政策、好措施维护人民群众的利益。前一段，有个干部粗暴地侵犯了老百姓的利益，让老百姓告上了法庭，结果老百姓不但打赢了官司，还维护了自己的利益。"

父女俩整整谈了三个小时，研究了一些对策。

李顾清想得头昏脑涨，决定先见一下那个风水先生再说。

他把谢老头请到一家酒店的包厢，点了几样下酒的好菜。说了一些客套话，酒至半酣。李顾清笑眯眯地说："久闻谢大师的大名，你是一位风水师吧？我对风水也略知一二。"

"好啊！酒逢知己千杯少，我俩今天喝个痛快。"

谢老头心喜，不得不佩服女儿的精明，真的有人来找他来了。

李顾清已和谢老头互通了姓名，他想听听这个风水师有什么目的。

"李大师，刘老头的儿子和我女儿谈恋爱，请我来他家看看。"

"你看到了什么？方便说吗？"

"真人面前不说假话，我看到刘家的责任山下有宝藏。"

"不见得吧？那块地方我也去看过，确实是块风水宝地。只是你晓得，中国这样的风水宝地多的是，加上这里很闭塞，未见得这里就有宝藏吧。"李顾清讲出这话的用意，想探探谢老头的底。

"是啊，你讲的也有道理。但是，什么事都有多种可能。也许正是由于闭塞，埋在地下的宝贝才更安全呢。"

李顾清举杯喝酒，夹着菜慢慢地嚼着。他心里想，难道这个谢大师凭肉眼能测到地下的宝贝吗？看来，今天不宜久谈这件事。待和师兄师弟认真商讨一下，再作打算。

"谢大师，你女儿与刘家儿子谈恋爱有多久了？"

"谈了好多年了，我是搞不懂年轻人。弄出一些什么试婚的名堂，我看不惯。"

李顾清装作喝醉了的神态，说回家去休息，并承诺下次请谢老头去另一个地方喝酒，那里有几样有特色的下酒菜。

谢老头召来女儿，告诉了她和李顾清的谈话内容。

谢清子笑嘻嘻地说："老爸嘞，有戏了。那个李顾清大师会处理好刘家该得的利益。"

谢老头望着女儿，感慨万千。难怪儿大不由娘，女儿长大了，在外面见识多了，有她的独立思维。自己老了，听年轻人的算了。

刘正道也在日夜思索，未来的岳父请来了，已确定责任山地底下有宝贝，这样就抓住谢清子的心，这步棋要继续照看好。

谢清子最近的情绪极佳，打探了罗霄山集团的很多情况。就是不谈她老子发现地下宝贝的位置，按刘正道的理解，是在考验刘家，谢家的女儿能否得到多少利益的问题。也是的，万事皆为利来。好吧，他想探探谢清子的口气，再随机应变。

"清子，我俩去民政局登记吧，让双方老人放心。"

"不急，听我爸爸讲，有个李大师找他要商量事。我想呀，商量什么事啰，无非是要流转你家的责任山嘛。好呀，不能讲空话吧？等他拿了方案来，办法就有了。"

刘正道从谢清子的话中，也似乎感受到了婚姻是建立在一定的经济基础之上的。他在心中暗下决心，要好好挣钱，善待心爱的女人。

李顾清很着急，信誓旦旦对大恩人承诺了，由他去摆平刘家的事，已过去几天了，还没有进展，怎么向大恩人交代？

集团的规划设计如火如荼在展开，草图已经出来了。刘家的责任山，是小城镇的核心地段，一条小河流经那里，山的形态如一个金盆，口窄内宽；一个独立的山头，宛若过去皇帝的玉玺。

按照李顾清团队的策划，给刘家特别照顾。所讲的照顾，不能太明显，只是把刘家一对老人送去很好的医院治好身体，给刘家三个儿子安排好工作，对没有婚配的儿子，想办法撮合他们的婚配。

在一家挂有农家乐牌子的餐馆里，一碗油豆腐、一碗肥猪肉炒黄豆、一碗猪肚尖炒芹菜，摆在桌子上香气扑鼻。李顾清请来谢大师，客套几句，先喝酒，吃着几样别具一格的菜，有滋有味。

"谢大师，上次我俩谈到刘家责任山地下是否埋有宝藏？我请了几个风水大师去看过，几乎得出一致的意见：断定地下没有宝藏。有以下几个理由：一是这里历史上称为南蛮之地，由于森林太多，瘴气很重，人烟稀少，荒凉了很久；二是这里的山多，如今还有原始森林，充分说明，人在这一带活动很少；三是中国几个辉煌的朝代，有钱的人绝大部分在江浙一带选风水宝地建园林，如苏州有上有天堂下有苏杭之称。几个风水大师不否认这里是块好地方，但不能忽视中国的国情，不知谢大师的看法如何？"

谢老头听过李顾清的一席长话，默不做声。对中国历史的演变情况他有所了解，读过一些历史书籍。李大师说出几个风水大师的看法，是有一定说服力的。但是，女儿讲了，要在刘家责任山上做文章，简言之，要争取最大的利益。他唯一选择的办法，就是保持沉默，让女儿协助刘家去表演。

"谢大师，我是罗霄山集团种苗公司的负责人，在我能力范围内，我可以帮助包括您及刘家发家致富，不知你有兴趣商谈这个事没有？"

谢老头端起酒杯，把一杯酒一饮而尽，站起来握住李顾清的双手，嘴唇翕动着，似有千言万语要说，但不知从何处讲起。

李顾清是绝顶聪明人，见到谢老头这种举动，知道他已接受几个高人的客观分析，只是没有从他嘴里讲出来。

可以理解，这是关系到刘家改变命运的大事，作为刘家老二未来的岳父，他不好说话，也在情理之中。

于是，李顾清把团队研究的大体方案讲给谢老头听，正好一个电话打来，他告辞。

刘家大儿子刘劲道，花了一百多块钱买了两瓶假茅台酒给二弟，心里很纠结。他对二弟找了一个花枝招展的女朋友，花钱如流水，有点说不出味道，认为农家子弟，找个过日子的老婆多好。漂亮老婆，没有钱能守住吗？他的人生经历了三十几个春秋，见过红颜祸水害死了多少男人？他对二弟很担忧。

他赶回老家，说什么自家的责任山地下有宝贝，天上会掉馅饼吗？当然，老祖宗曾总结过，一个人发起财来门板也挡不住。如果我家的责任山地底下真有宝贝的话，我家就会彻底改变命运了。

但他有个担心，两瓶假茅台酒，假到什么程度呢？如果二弟未来的老丈人喝过假酒中毒了，说胡话，不是更糟糕吗？

想到这一点，早一段时间，听到有人用工业酒精勾兑假酒，喝死了几个酒鬼，闹出了很大风波，政府抓了一些违法犯罪分子去坐牢。

他怕了，二弟未来的岳父死了，他要去坐牢。二弟追了几年的老婆也会丢了。祸从天降，但愿假茅台酒还没有喝才好。

是福不是祸，是祸躲不过。谢大师听过李顾清对他和刘家的照顾方案，高兴得睡也睡不着，就把带在背袋的茅台酒喝了个一干二净。

香气把谢老头熏醉了，竟唱起歌跳起舞来，在夜深人静的时候声音飘出很远。

谢清子和刘正道正在内屋谈话，忽听父亲沙哑似哭的歌声，连忙跑向父亲的睡房。刚到门口，只听扑通一声，歌声停止，是父亲倒地的声音。她赶紧推门进房，一股浓烈的酒气笼罩整个房间。在灯火的映衬下，谢老头口吐白沫，脸上苍白，似死了一样倒在地上。

谢清子哭着扑向父亲，刘正道紧随其后，见到谢老头似厉鬼一样倒在地上，也惧怕了。

"快去，你去找李大师，请他来救我父亲。"谢清子大声下令，刘正道慌不择路往外跑去。

李顾清带着几个人来了，用担架抬着谢老头去了集团医院。

经医生检查，是假酒中毒。给他进行了催吐、洗胃、神经保护等治疗，才把谢老头从死神手里抢回来。

刘劲道刚进家门，就听父亲讲二弟未来的老丈人喝茅台酒差点喝死了，已抬去医院，不知情况到底怎样啦？他听后，差点倒地，让父亲扶住。

"大道，你怎么了？那里不舒服？我送你去医院好吗？"刘老头焦急地喊着儿子的小名。

刘老头和老伴架着大儿子往医院急奔，喘的粗气如同粗犷的打击乐声。医生见到三个人，从未遇过三个人一起这样喘着粗气，就赶紧使用安神药物。同时，高明的医生还查出刘家一对老夫妻，身上至少潜藏着三十多种病，不及时治疗的话，离去阎王府报到的时间为期不远啦。

刘劲道也查出患了心脏病，若是受到突袭的刺激，也有一命呜呼的危险。

刘正道听到父母、大哥也住进了医院，飞跑来探视。见到都在打吊针，知道病得不轻，心中恐惧很不好受。大哥拉住二弟的手，轻声问："谢清子的爸爸救活了没有？"

"老家伙阎王老子不收呢！他活得好好的，医生讲他的身体很有抵抗力，也是发现得早，送来医院抢救及时，不然也……"

刘劲道打断二弟的话，也许是他谈恋爱谈昏了头，还没有意识到，假若谢老头这次喝了假茅台酒中毒死了，会给刘家带来重大的灾难。

但他悬着的心还是归了位，谢老头活着，刘家总有一天会转运。他也研究了樟洲村所发生的变化，这次回老家，想去那里考察一回。

罗霄山脉地域广阔，毗邻四个省。樟洲村出了几个能人，办了几件让农民致富的大事业。那边的人很快富裕起来了，还解决了老年人晚年尊严的大问题。

自己的出生地，尽管也是罗霄山脉的范畴，但与樟洲相距一百多里。最吸引人的是在其中的一条主河流边上，正在建一所综合性培训学校，其中有个医学分校，据说吸引全国很有名的医学教授，顶尖的医生前来教学和科研，与之相配套还建起了一所设施十分先进齐全的大医院。

无独有偶，这次谢老头喝了他送的假茅台酒，如果不是有这家医院，其后果刘劲道真的不敢想象。

谢清子守在父亲的病床边，削着苹果给老爸吃。

在谢清子的记忆中，父亲的恩情永远难忘。她小时候多病多灾，父亲背着她到处求医问药。一年冬天，路面结冰了。当行进在一条沟坎的路面，不慎滑到在一丈高的沟槽里，父亲为了保护女儿，肋骨摔断了三根，头碰在一块石头上流了血，而女儿毫发无损。当时已经九岁的谢清子，对那次事故记得牢牢的。

她想嫁个有本事的丈夫，家里有钱的男人，减轻父亲的压力，改善家里的生活。可是，这样的丈夫很难找。刘正道其他本事没有，但追女人的韧劲本事她不得不佩服。

她小时候跟着父亲帮人去看风水，久而久之，也了解一点知识，这次又来到刘家，差点让父亲送了命。得知是喝所谓的假茅台酒中毒，她很恼火。买假茅台酒，用心险恶。刘正道来探视父亲，她爱理不理。她感受李大师是好人，请最好的医生给父亲治病，还买来许多的滋补品，海参燕窝也送来不少。

父亲住的是单人病房，晚上，谢老头告诉女儿，李大师是不平凡人，是为人处世的典范。凭他的人生见识，能在别人遭难的时候伸出援手的人，最能感动人，他要女儿永远记住李大师的大恩大德。在谈到女儿与刘正道的婚姻上，说他有个直觉，按李大师对刘家的照顾方案，刘家会彻底翻身，很快富裕起来。只是嘱咐女儿，刘家今后在小城镇分房子时，一定要争取分到那个似玉玺的位置上。

听父亲的口气，还是要女儿嫁给刘正道。因此，她就转变了对刘正道的态度。

刘家也是受到李大师无微不至的照顾，除请了一流的医生给刘家三个人治病外，也买了很多滋补品。

李大师把刘正道请到他大哥的单人病房里，给兄弟俩通报了他俩父母多病缠身的情况，并承诺，他负责治病的费用。

谈到刘家三兄弟的工作还有婚姻的问题，李大师都答应安排好。兄弟俩听了很感动，表示一定报答李大师。

李顾清先投入真情实意，得到刘家的信任，再谈他家责任山的流转话题，并把他与谢大师分析地下有宝的情况给兄弟俩说了。

经过一段时间的磨合，谢、刘两家也沟通取得一致意见，同意把责任山流转，并与开发公司签订了协议。

胡香妹听到这个消息，很感慨。用情、义、理与农民沟通某些事，是社会的进步。

人的经历不同，看人和事物的角度千差万别。加上少数人用威吓、哄骗的手段伤害了人心，导致矛盾和问题层出不穷。这就需要李顾清这样的人，越多越好。想到李顾清，就联想到师父张朱仔。胸怀是转换人心的钚和铀，不断裂变，阳光永保。没有师父宽阔的胸怀，还有今天的李顾清吗？

几个月后，李顾清请谢、刘两家去参观已建成在运转的工厂、学校。他们边看边感叹。

谢老头脸上挂满笑容说："不看不知道，一看吓一跳。过去只有山里人晓得的山果豆腐，如今品种做得这么多，又是机械化生产。工人像护士一样的穿戴，产品还能销到全世界各地，仅是这一项，能给这里的人带来每年建一栋房子的收入，真是奇迹啊！"

刘老头接过话笑眯眯地说："山上能长树，能长花，能种果树，山里人都晓得。仅仅育珍稀树苗、珍贵花苗，就能使农民人均得到一万二千元的纯收入。"

刘劲道笑着说："我们山里人不要去外地打工了，今后在家里做事，也能人人成为富翁啰。"

的的确确，按樟洲的模式，重新把土地山林流转统一经营，因地制宜，把"山字经"念好，过上幸福和谐的生活指日可待。

罗霄山脉那么多山，层层叠叠似人类的兄弟姐妹。只要把山上栽上珍稀树、珍贵花，经济林，种上药材，正如有人讲的那样，人睡在床上也在长钱。

在一条河的两岸，建起了大型的制药厂。一项防蚊虫叮咬的药品，一经投入市场，就引发人们争相购买的热潮。

还有一种解毒的药物，是保人体健康的良药，也供不应求。

李顾清安排刘劲道去珍稀树育苗场工作，安排一个女技术员配合，让他负责管理、培植银杏树。

李顾清在安排刘正道和谢清子的工作时，征求他俩的意见。

刘正道望着谢清子，他目前心里有障碍，送了假茅台酒给未来的岳父喝，差点出了人命。虽然谢清子表面上原谅了他，但她是厉害女子，只能讨好她。

"李大恩人，我爸爸嘱咐我，要我永远永远记住您的大恩大德。我反复想过，请您安排一个平台，我和正道去努力拼搏，做出成绩，才对得起您的恩情，不知这样讲对不对？"

"是呀，你俩年轻，正是干事精力最旺盛的时候，说吧，你俩想去干什么？我尽量促成。"李顾清凭人生阅历，对谢清子很看好。这个女人稍加培养，能干成大事。

"我和正道想去承包种植药材，这是能让千千万万农民致富的事业，我俩有兴趣。"

"好！好！好！"李顾清连说三个好字，脸上笑得如花一样灿烂，又说："我带你俩去见林总经理，她与你俩的年纪差不多。相信，她会支持你俩的工作。"

谢清子和刘正道告辞李顾清，按照恩人的交代，先拟好方案，去已开发的药材基地考察，理清了头绪，由李顾清带他俩见林动姝总经理。

刘正道喜形于色，他对李大师更感激。如果能促成他天天陪着谢清子，利用集团的优势他肯定能干出成绩来。到那时，他就能抱牢谢清子在怀里。他的想法很简单，要与谢清子共同生育一两个儿女出来。生命科学家已经揭示了，遗传基因是制造优秀后代的重要因素之一。

他为什么要追求聪明漂亮的女人？就是看到书上这么讲的，一个家庭要有体面，不是凭想象，而是智商决定的命运。

记得包括大哥在内很多人讥笑他好高骛远，癞蛤蟆想吃天鹅肉。他只摇摇头，认为他们胸无大志。

在对谢清子穷追不舍的过程中，他也了解这个女人的个性。不甘清贫，不甘落后，不断在寻找机会。只是毕竟是小人物，机会不容易找到。

这次找到了，而且是因我刘家找到的。在这方面，刘正道还是有底气。

谢清子听了父亲的话，已做好了嫁给刘正道的思想准备。只是她认为，老祖宗"先立业，后成家"的话是对的。

她也长期做了研究，人的脸上天天挂着笑容，才是生活过得好的标准。吃不饱穿不暖能笑得开心吗？恐怕哭也没有力气。

她也看过樟洲一带的人，脸上的笑容成了欢乐的海洋，唱歌跳舞，穿戴上色彩斑斓，让外人看得眼花缭乱是一种精神享受。

这才是人们向往的美好生活，从人们脸上的笑容，可以窥视民众的心理状态。如果对生活质量定义，大多数人脸上挂着笑容，就是生活质量高的标志。

人是高级动物，要达到脸上天天有笑容，必然有引起笑的物质基础。

樟洲一带，就是有能人带领民众创造丰富的物质和精神财富，才刺激了那里人笑神经的发达。

我要炼就成为一个女能人，把刘正道的聪明才智发挥出来，共同把种药材的事业做大做强，才能把谢家光耀起来。这是谢清子目前思谋的立场和基调。

谢清子在对药材基地的考察上很认真，尤其是对药材的种植不是成片规模化的结构情况问得很细。

按她的理解，一种药材可以大规模种植还不好吗？至少采挖方便嘛。可是，这里的人们不管这些问题，他们只按技术员的指导，按部就班劳作，只要口袋里装满钱就高兴。

她想想也对，农民只要丰收了，心里就高兴。有人说是小农意识，有贬指的意思，可是，农民付出了同等的劳动，得不到同等的回报，还能高兴吗？高兴那就不正常了。

经过考察，谢清子笑着对刘正道说："我俩去我家乡种药材好吗？那里的人苦得也太久了。"

"好，你去哪里，我就去哪里。"

谢清子脸上又绽出一个笑容，给了刘正道一个吻。

谢家湾，十年九旱，农业基础薄弱，基本靠天吃饭。

因此，种地亏本在这里习以为常，见怪不怪。年轻人只好倾巢而去外地打工，留守儿童、留守老人几乎是每个家庭的特色。

谢清子在读初中时，曾对父亲说过，我家懂得风水地理知识，为什么选择这里居住呢？倒不如找个好地方搬出去呢！

谢老头摇摇头告诉女儿，这里也是一块风水宝地呢。谢家老祖宗四兄弟，选择这里定居。分东、南、西、北建住房，在村中央建了一栋祠堂，曾发达过嘞，出过一个状元，六十六个进士，当过省级官员的就有十八个呢……

既然谢家湾是块风水宝地，我身上也流着谢家的血液，更需要利用这次机遇，把刘正道哄好，从种植药材起步，争取把制药厂引来这里。嘿嘿，谢清子在心里笑了。

林动姝看过谢清子开发谢家湾种植药材的方案，觉得很有见地。加上李顾清的推荐，她批准了谢清子的方案，拨款五百万，配套十六个药材种植技术员，下发文件，任命谢清子担任谢家湾药材种植基地总指挥；任命刘正道为收购运输初加工药材部部长，还配了几个年轻人，一个中年人顾问。

项目建设很快启动，谢家湾如今热闹了，种植药材如火如荼。

按照集团提供的宣传资料，谢家湾大大小小的山包上都种上药材，平均每个人一年得到分红六千八多元。

谢家湾有人口两千多，在外地打工的中年人大部分都回来了，少部分年轻人也回来了。

谢家湾的老人脸上有笑容了，都说，谢家湾的风水又转了。

谢清子是本地人，土地流转很顺利。这样，使她可以腾出一部分精力来哄哄刘正道。

在她的意识里，刘正道必须哄好。就讲他家能分到罗霄山脉那个小城镇的房子，是一个保持家庭长期兴旺发达的风水宝地，也要哄住他。再说，自己有这次的风光，是刘家的转运带来的，这点，她不能犯糊涂。

她曾想过，给刘正道生个儿子，用孩子做纽带，也会拴住他。但是，她是总指挥，怀上孩子，怎么当总指挥？不是自己把前程丢了吗？看来，暂时使不得，还是要想个妥帖的办法才好。

谢老头在医院待不住了，听到女儿带着刘正道回老家开发种植药材去了，他也要求出院，回老家尽尽力。他看到了樟洲一带的人富得流油，让谢家湾有这里一半富，就是死了也能笑着闭上双眼啊！

李顾清经不起谢老头的软磨硬泡，问过医生，可以带些药出院回家疗养。就同意他出院，并亲自护送他回了老家。

李顾清顺便考察了谢家湾药材种植基地的情况，对谢清子的工作表现很满意，给予了充分肯定，便鼓励她再接再厉，就告辞了。

谢家在外地打工的另外两个女儿也回家了，一家人几年没有团聚过，谢老头俩老很高兴。尤其见到老三谢娟子的变化很大，一米七六的身高，满身都是肉嘟嘟，足有一百五多斤。她说在打工的地方当厨师，吃得好，才长得身高体胖。

谢娟子，今年二十三岁，在她二十芳龄时，据说追她的男人排成了长队，足有一个排的人数。

但谢娟子心如止水，不想过早地进入婚姻的坟墓。她与大姐有同样的个性，要为父母争气，要为自己争气，要为女人争气。不混出个名堂来，决不结婚。

她听到大姐当了谢家湾药材种植开发的总指挥，认为是个好机会，有了平台去实现自己的理想。

不知别人对平台怎么理解？谢娟子认为平民百姓家的子女，要找到发挥作用的平台，着实比较难。就说自己吧，凭读书，成绩每期名列前茅。尤其是作文，经常被老师当作范文在班上交流学习。可是，初中毕业那年，母亲大病了一场，父亲东借西凑，送母亲去医院，才把母亲从死神手里抢回来。很自然，家里没钱供她读书了，只好辍学去外地打工。

她做过很多事，如果评先进，她年年有。那些单位只欣赏她做事很认真，没有一个单位让她当个头发挥她的本事。久而久之，心凉了。正是长身体的时候，饭食需求量很大，一次一个单位招厨师，她去了。胃口还是满足了，但身上长的肉影响了她原来苗条的身材。

回到家里，她把自己的想法和抱负跟姐姐讲了，姐姐甚是认同。

"好！有志气。你暂时帮我去管理一千亩药材种植分场，多积累经验。"

谢娟子高兴地蹦跳得很高，表示决不辜负大姐的厚望。

谢娟子工作热情很高，把一千亩药材管理得井井有条，显示出组织领导的才华。

刘正道自见了谢娟子后，觉得此女子与老三刘厚道很般配，有意从中撮合。

重阳节，大哥刘劲道打来电话，请二弟回家一趟，他一个人便回到父母身旁。如今，谢清子是事业狂，除了睡觉以外，醒来时，每时每刻在设想事业。周边村很羡慕谢家湾，谢清子想扩大种植场地，这样，就可以把制药厂引过来。

她对罗霄山脉的制药厂很羡慕，工人像穿着白大褂的医生在工作，

124

机械化程度很高，能解决很多人工作。

制药厂很多，但罗霄山脉的制药厂有特别之处，就是能拯救很多人的生命，是特别针对难以用其他药物治愈的有传染性疾病的药物。但是药材种植很特殊，除了掌握配方的人，别人很难弄清楚药材的组方。这是引起谢清子特别感兴趣的一点。因此，她想探秘这个药方。

她的想法是，这么好的药物，不能失传。人类需要保护，就要有保护的措施，这个药方是保护人身体健康的好药，如果因保密失传，她认为是人的悲哀。

她听年长的人讲过，很多奇妙的东西失传了，说是人心不古导致的。

人情、人义，讲起来很复杂，但细细想起来，又是很简单的意识问题。

人生苦短，生命规律的使然。这是人人都不愿接受，但又不得不接受的客观事实。只要别人尊重、理解、宽容自己，这是强盗逻辑，是不能成立的。只有互相尊重、理解、宽容，人与人才能和谐相处。把这个事实弄明白了，中国的瑰宝技艺就不会失传。谢清子对自己的思想、理念以及为人之道还是清楚的，她想探秘防蚊虫叮咬的药方，首先应该具备资格。

她把设想形成路线图，先把药材种植扩大，至少让周边民众走上富裕的行列，解决了老年人晚年尊严的问题；再把制药厂引到这里来，解决大部分年轻人、中年人的就业问题。

想事容易做事难，但她已想好了，只要脚踏实地去做，挖掘人才，就能做好每一件事。这不是臆想，罗霄山集团已有现成的模式。

这次没有陪刘正道回罗霄山脉老家，就是按照自己的路线图在布阵，正是关键眼上。

世界的任何事情有利有弊，谢清子注意了这头，那头就出问题了。

刘正道回到老家，大哥带他去看珍稀树、珍贵花育苗基地。

大哥是听了恋人的话，把刘家三兄弟都招来研究珍稀树、珍贵花行业。只要把珍稀树、珍贵花的技术掌握了，带头致富就是顺理成章的事啦。

在这方面，刘劲道深信不疑。

他的恋人吴凝芳是培植珍稀树、珍贵花的技术员，中国林业科技大学毕业的高材生，对珍稀树、珍贵花研究已有造诣。虽然长得不漂亮，但有高雅的气质，把刘劲道像磁石吸针一样吸住了。

隔行如隔山，懂行的人，对城镇化、现代化领悟颇深，也就能审时度势，把握机遇，带领刘家率先致富，刘劲道自然言听计从。

专家型的人才培植出来的珍稀树、珍贵花，像美女一样吸引刘正道。听吴凝芳讲，一棵珍稀树，只用三年时光，至少可以卖到两三万元；一株珍贵花，如蓝色妖姬，可以卖到一两万元……

从此后，刘正道留在珍稀树、珍贵花育苗基地，把全部精力倾注在培植珍稀树、珍贵花的研究之中。

只是时间久了，见到大哥和吴凝芳有时在工作中打情骂俏，还当着他的面接吻，笑得格外欢。

刘正道也是正当青春年少时，又有与女人求欢作乐的经历。大哥与吴凝芳的调情，刺激了他的情爱渴望，弄得晚上睡在床上受煎熬。

尽管如此，他还是控制住自己的感情，用创业致富的欲望来缓解对感情的渴望。

刘正道在这里忍住，谢清子在那边忍不住了。

三个月不见刘正道的踪影，除情感渴望外，更重要的是不能离开刘家的庇荫眷顾。

明白人一想就晓得，谢家和谢家湾还是原来的样子，如今能转运，是刘家带来的。刚起步，很多人不是总结过吗？桥还没有过完就拆板子，有几个不是失败的呢？

她不能做这样的人，就是今后发达了，也不能做无情无义的人。问题是，目前出现这种不正常的情况，怎么办？

谢清子似热锅上的蚂蚁，想得头昏脑涨。

谢娟子打来电话，请大姐去她那里一趟。

谢娟子管理一千亩药材种植的分场，她创造性地在药材中培植花卉，把残障人员请来，聘任有经验的老人指导他们做事。如盲人，由双眼明亮的智障人员代替盲人的眼睛，做着搅拌花卉肥料的组方，由健康的老人统一调配。

他们培养的兰花、报春花、牵牛花等几十种花，在一个退休的老花工指导下，通过电商的操作，销路很好。这就解决了长短结合，又能见效快的大问题。因为药材的周期长，花卉周期短。

更能显现的好处是，提高了民众的信心，解决了老年人、残疾人、智障人员的就业大问题。

民众的信心，只要有看得见摸得着的好事充实，众志成城可以如此诠释。

谢清子欣赏小妹的工作能力，但还是对刘正道一去不复返忧心忡忡。听过小妹的工作汇报，脸上还是没有笑容。

谢娟子沉浸在自己取得成功的喜悦之中，滔滔不绝在阐述民众脸上笑容的内涵，人世间，最美的景色是大多数民众的笑容。民众的笑容，是改造世界、创造世界的源泉，是任何花不能媲美的……

谢清子打断小妹的话，皱着眉头说："小妹啊，你晓得你有这个发挥才智的平台是怎么来的吗？"

"我大姐是这个世界最优秀的女强人，是金子总会发光的嘛。"

谢清子苦笑着说："我谢清子在人世间经历了快三十个春秋了，讲优秀，在读书的时候已显现出来了，贴在家里墙上的各种奖状，足以表明不是王婆卖瓜，自吹自夸。可是……"她嘘了一口气，摇着头。

在这方面，谢娟子也有同感。她望着大姐，笑着说："大姐嘞，过去的事让它过去吧，再感叹，于事无补。现在有平台了，让二姐也去管理一处药材种植场，你当好总指挥，首先让我们三姊妹把形象立起来，把事业做大做强，带领谢家湾人民奔向致富路。"

"小妹啊，做事先做人，就我们谢家湾能有今天的风光，不能忘了刘家。"

谢娟子惊愕地望着大姐，有一个现象本来早就想告诉大姐，只因工作上的事忙得不亦乐乎，一直没有讲出来。

"大姐，姐夫来过我这里好几次。说我和他家的老三刘厚道很般配，要我做他的弟媳妇呢……"

谢清子听后先是一惊，之后想想也是一件好事，婚姻这事最终还是要看两个人的缘分了。

她与妹妹交谈了一会儿，突然想起有一件急事要去处理，便回总部去了。

谢家三兄弟在吴凝芳团队的带领下，专心培植珍稀树、珍贵花，也取得了初步的成果。

闲暇之余，谈起了老三刘厚道的婚事。刘厚道，个子高挑，单瘦，一表人才，正如其名，为人厚道，诚实勤勉，学习力强，三兄弟中，掌握培植珍稀树、珍贵花技术是最快、最扎实的。

刘正道想起了谢娟子，不仅人长得漂亮，而且很聪慧，做事情有板有眼，弟弟跟她很般配，可以让他俩多多接触，培养培养感情。

大哥在这里主管，有了吴凝芳的协助，事业得心应手，事业越做越大。

平台，还是平台。为什么说民间藏龙卧虎？就是有才华的人得不到平台，不能展示才华出来。

谢家刚刚得到一个平台，可以这样形容，像刚搭好的一个戏台子，只能容小戏班子上台表演。要想请大戏班子来表演，得重新搭个大台子。而这个大台子，是谢清子日思夜想要得到的。可是，搭个大台子，凭一句话吗？

刘家这棵大树，是谢家乘凉和靠背的大树。如果忽视了刘家，谢家就有打回原形的可能。

谢清子有一段时间没跟刘正道联系了，也不知他在老家学习培植珍稀树、珍贵花技术怎么样了。加上刘正道跟她讲过要把自己的弟弟介绍给妹妹谢娟子，并传授培植珍稀树、珍贵花技术给她，于是她决定带着小妹去刘家。

八月桂花香。罗霄山脉花卉公司培育了漫山遍野的桂花树苗，郁郁葱葱，花香飘十里。

谢清子带着小妹来到珍稀树、珍贵花育苗基地。刘劲道、吴凝芳热情地接待了两姐妹。

刘正道见到谢清子，一个深深的拥抱后，向心爱的人汇报了这段时间的学习和掌握新技术的情况。随即叫来弟弟刘厚道,将他介绍给谢娟子。

刘厚道见着谢娟子,两眼都直了,两个年轻人目光对视,瞬间擦出了火花,这就是人们常说的一见钟情吧。

吴凝芳观察到了,她释疑了,难怪刘厚道对她介绍的女子不来电,原来在他心中渴望这么一个不一样的女子。女人看女人,比男人的视角更有不同的探索。这个像唐朝以丰满为美的女子,确实有吸引男人眼球的特别之处。她胖得恰到好处,该长肉的地方就长得如花一样有欣赏价值,加上皮肤白皙,水灵灵的似长在肥沃土地上已成熟的水蜜桃。

大家客套地说着话,用喝茶掩饰自己某种只能意会不能言传的动作。

谢清子在观察吴凝芳时,只是在喝茶时用一只手做掩护。她研究了一些有本事人的心理,不愿别人像看稀有动物一样目不转睛望着她。当然,她也很反感别人像饿狼一样的眼神。

凭在打工时积累的经验,这个吴凝芳不是等闲之辈。精明的双眼能透视与她打交道人的一些心思。她点点头,刘正道返回坐到她身旁。

她频频端起茶杯优雅地喝茶,和大家拉拉家常。

谢娟子闻到几种熟悉的花香。这盆兰花与她在谢家湾培植的兰花天壤之别,让人见到,像磁铁吸针一样吸住了。

刘厚道站在谢娟子身后已多时了,谢娟子根本没有觉察到。而刘厚道与她相反,一种特别的香气几乎把他熏醉了。他未曾闻过女人身体上散发的这种香气,这使他欲罢不能。只是这个谢娟子,她身上散发的香气把他醉得有戏剧舞台上塑造唐伯虎倾心秋香的效果。

"谢娟子,你也喜欢兰花吗?"刘厚道突然开口道,把谢娟子惊得一下子站了起来。

"是啊,我在谢家湾也培植了兰花,看到这盆兰花,我才认识到兰花真正高贵的内涵。"

"好啊!我在这里研究培植珍稀树、珍贵花。这里除了兰花外,还有很多珍贵花品种呢。你晓得吗?这盆兰花能卖到五万元哩。"

"我没有听错吧?五万谁买得起?"

"银行、电商有本事销出去嘞,还供不应求呢。"

真是闻所未闻，谢娟子惊愕地望着刘厚道，仿佛着了魔似的。

"千真万确，育出这样一盆人见人爱的兰花，技术含量很高嘞。"

"你掌握了培育兰花的技术吗？"

刘厚道满心欢喜，他带着谢娟子去了育苗大棚里。

一望无际的大棚，内有色彩斑斓的兰花，香气四溢。

谢娟子在谢家湾培植的花，都是在露天进行。培植的几十种花，最贵的只卖到一千元，绝大部分是几十元一盆。同样的花卉品种，还有那么大的差异吗？她质疑。

刘厚道指着大棚里的一种花笑眯眯地说："娟子，这是蓝色妖姬，培植出来后，一盆能卖好几万元。我已入门了，你有兴趣来研究吗？"

"有，有啊！果真按你所说的话，老百姓还能让贫困欺负吗？"

刘厚道像牵牛一样拉着谢娟子，感觉似拉住柔和的高级海绵，有道电的触动。他愿永远拉住她的手，才是一个真正的男人。

谢清子心里暗自高兴，小妹和刘厚道出去了，这么久还没有回到她身旁。两个年轻人在一起，是不是碰出了爱情的火花？要真是那样，也不枉一桩美满姻缘。

很显然，小妹喜欢刘厚道。她见了刘厚道就不记得亲姐姐，除了能使女人昏头的所谓爱情，再没有其他解释了。

刘劲道、吴凝芳也觉得很有意思。一个男人对一个女人这么上心，也太快了一点吧。

尤其是吴凝芳，认为自己煞费苦心，倾尽心力，带领刘家三兄弟发家致富，也算有一定的说话影响力。唉，不想谢家的两个女子，这么快就抓走了刘家两个男人的心，心里不免有点酸楚楚的，决定设一个小小的障碍，为难为难姐妹俩，提高一下自己的威望。

一桌子香喷喷的菜肴摆满了圆形桌子，还有红酒、橙汁等饮料。

"劲道，把厚道兄弟和那个小妹请来吃饭好吗？"吴凝芳指示刘劲道，只见这个男人一出门就小跑的背影。她笑着说："谢总指挥，这次来我们这里，也给我们作个指示吧。"

谢清子似乎听出来了，有点火药味，话中带话。心想这个女人不一般，不给一颗定心丸，自己的颜面无存。

"是这样，我小妹在培植花，她听说这里的技术好，就缠着我陪她来参观学习。"她望了一眼吴凝芳，见她的情绪缓和了，接着说："我承蒙集团领导瞧得起，已在我家乡种植药材，可以说，我对情感心如止水，不做出一点成绩来，就是用炸药炸我，也不会对任何男人伸出橄榄枝。"

"你是事业型有志气、有抱负的优秀女杰，我已看出来了。"吴凝芳从谢清子坦然的表情上，确定她表述的真实性。"我家老二不是对你情有独钟吗？你们俩真是天生的一对，地造的一双呢。"

老远听到嘻嘻哈哈的笑声，刘劲道陪着刚刚失踪的两个年轻人回来了。

大家斯斯文文吃饭喝酒，各怀心思。只是谢娟子忍不住，大大咧咧地说："吴专家，您传授我养花的技术好吗？"

吴凝芳莞尔一笑，右手优雅地撩了一下头发笑着说："看得出，你已对培植珍贵花上心了。这不是一天半日能学会的技术，我们在学校接受了四年的正规教育，毕业后又在实践中磨炼了五六年，现在还只懂得一点皮毛。花卉技术，博大精深嘞。"

谢娟子还想说什么，让谢清子轻轻地跺了一下她的脚，笑着说："小妹啊，我俩已有缘认识了吴专家，来日方长嘛，你想研究花卉，以后再说嘛。"

谢清子再次摸清了吴凝芳的心思，她想给我们出出难题，从而树立自己的权威。

小妹毕竟还年轻，初生牛犊不怕虎，也懒得去揣摩别人的心思。

谢清子也是永不服输的性格，尽管吴凝芳要出难题，但总是拦不住她的。毕竟自己和刘正道的关系，小妹与刘厚道正发展的关系，这都是影响到谢家和谢家湾的大事，恐怕由不得吴凝芳了。

就拿小妹谢娟子和刘厚道来讲，屁股还没有坐热，刘厚道就让小妹吸引住了。说明任何阻碍都是徒劳，她对这个推断深信不疑。

吃完饭，谢清子与刘正道依依惜别，便拉着小妹的手，笑眯眯回到谢家湾。

在路上，谢娟子嘟着嘴问大姐："特意来刘家一趟，为什么匆匆忙忙回家呢？"

谢清子站立在一旁，抬头望着蓝蓝的天穹，久久不说话。她在思谋，怎样对小妹说呢？每个人都有懵懵懂懂的过程，把自己对人和事物的认识讲给她听，不讲听得懂听不懂的话，就是浪费口舌，牺牲了脑细胞，还会产生不好的效果。

"大姐嘞，你望着天上干什么？我在问你话呢。"

"问话？问话？"谢清子自言自语又像说给小妹听。

对，试探一下小妹，再做决定。

"小妹，你对刘厚道怎么看？"

"刘厚道人还是不错吧！今天，他讲到在这里研究珍稀树、珍贵花。说一盆兰花能卖到五六万，我听了大吃一惊，不过这里培植的花，与我们培植的花完全两个样。他带我去了培植花苗的大棚，见到了很多珍贵花卉品种。"

小妹被罗霄山集团花卉公司培植的高档花吸住了。

"小妹，你安安心心回家等着吧，刘厚道很快就会来传授给你培植花卉的技术。"

谢娟子小跑跟上姐肩并肩，侧着头好奇地问："大姐，你什么时候学会了预测事情啦？"

"小妹啊，大姐比你早几年出来在社会上闯荡，自然比你见识多一点。看今天刘厚道让你吸引住了，就已窥见他的心态。"

"你们刚才出去的时候，我和刘正道谈论到了你们俩，觉得两个人还是蛮般配，刘正道愿意全力撮合。"

谢清子还说，"我们两姐妹都能与刘家兄弟结为秦晋之好，一起带领父老乡亲致富也是人生一大喜事。但是，从刚才吴凝芳说话的表情来看，她似乎心中还不悦，生怕我们姐妹夺走他家两兄弟似的，还要设限为难我们一下。"

于是，谢清子与妹妹谢娟子讲起来谢刘两家的交往故事，她从在刘家看到责任山起，爸爸的嘱咐，以及谢家和谢家湾的时来运转，都与刘家有关。而且还讲到后面的趋势，必须不能离开刘家的庇护。

谢清子沉默了一会，才慢条斯理地说："我们姐妹一定要争了这口气。"

谢娟子听过大姐一席话，坚定了学习好培育珍稀树、珍贵花技术的决心，更何况自己对刘厚道也有好感呢。

在振兴谢家、谢家湾上，谢娟子与大姐的思想高度一致。

她在外地打工经受的苦难，穷人家的孩子，无论多么能吃苦，都摆脱不了让人看不起的事实，立志要在家乡干出一番事业来。

吴凝芳掌握着培育珍稀树、珍贵花的核心技术，并以此来为难谢清子姐妹，不愿随便将技术传授给谢娟子。

大姐预测刘厚道会很快来传授自己养花技术，是真是假来了便见分晓。

想起一盆花能卖到一两万，五六万，甚至七八万，老百姓脸上的笑容，无疑会是世界上最美的笑容，无疑会是世界上最美的花朵。

人是世界的主宰，只要大多数人天天脸上挂笑，这个世界是任何人都阻挡不住的文明社会。

谢娟子想到这点，似乎心里有明镜一样的坦然。自己已下定决心要好好学习和掌握珍稀树、珍贵花培植技术，带领乡亲们致富奔小康。

大姐为了振兴谢家和谢家湾，让父老乡亲过上好生活，已起步了。像一艘扬帆的船只，只能顺风而上，才能驶向光辉的彼岸。

彼岸的风光无限，已有现存的模式，只要把握风的机遇，就能心想事成。

刘厚道在谢娟子走后，竟有点魂不守舍，有点失魂落魄的惆怅。吴凝芳笑嘻嘻地问："三弟，你喜欢谢娟子吗？"

"听二哥说，她是个女能人，在谢家湾那里管理种植药材的分场工作，成绩斐然，深受民众的爱戴。我与她交流了几个小时，就被她吸引了。"

吴凝芳听过刘厚道的表述，证实了她的判断。

"三弟啊，谢娟子把一个分场管好了，是你看重她的价值？我们在这里研究的珍稀树、珍贵花的价值有多大？不知你想过没有？那是能惠及千万人的大事业。恐怕一个小小的药材种植分场不能相提并论吧！"

刘厚道听了汗颜，老祖宗早就总结过：人比人，比死人。同时，他读书不多，肚子里没有多少货，表达水平实在是令他难堪。这点，他早就意识到了。

谢清子在她家乡把药材种植启动起来了。不怕不识货就怕货比货，种植药材与培植珍稀树、珍贵花比起来，可以说是小巫见大巫。

刘厚道对谢娟子，说得上是难以忘怀，对她是那样的期盼。

谢娟子对他的胃口，而且是惬意难忘。尽管这里的美女也长得漂亮，但与谢娟子比起来，在他心里就无法比了。

谢娟子的容貌、身材，是绝配。天老爷太眷顾她了，五官端正，尤其笑起来的一对大酒窝，能把他的魂也吸到她身上去了。

水蜜桃似的皮肤，丰满不肥胖的身材，女人的第二特征凹凸有致，大屁股，是老祖宗总结生孩子的最良母体。

制造优秀的后代，是男人最大的心愿。所讲后继有人，没有良好的母体，也是臆想。

刘家祖祖辈辈脸朝黄土背朝天，如今遇上了好时代，遇上了一个好机遇。作为刘家子孙，如果不好好把握的话，老祖宗的状态，永远不能改变了。在这点上，刘厚道在潜意识里早有思虑。

他也观察到，吴凝芳厉害，她有把刘家人控制住的野心。大哥对她言听计从；二哥在潜心学习研究培植珍稀树、珍贵花技术，也不敢贸然得罪她。

刘厚道冷静地、反反复复权衡过。要做一个新时代有作为的人，首先要学好技术，带领父老乡亲致富，再就是要给心仪的女人谢娟子长脸。

七、江山多娇，倾注深情

中国的自然景观和人文景观是世界上最多、最奇的。

如今的旅游大国、旅游强国，在中国人的意识里、行动中，风生水起。节假日，那么多人涌向各景观点，实属世间旅游奇观。

桂林的山水，张家界、九寨沟、黄山、泰山、庐山等的风光，把全球人的目光吸引住了，天上的飞机像聚会的蜻蜓一样把各地的游客送过来了。快速的火车，有时一票难求。中国的有钱人越来越多，干脆买各种小轿车，带着一家人自驾游，满足了心愿，再精神饱满地赚钱。

中国地形如一只雄鸡一鸣天下亮的形态，北方雪花飘飘、银装素裹时，南方骄阳似火、百花争艳。

这样冰火两重天的风水宝地，是养人的好地方。

自盘古开天地且有文字记载以来，中国的人口稳稳当当坐上第一把交椅。而且人口质量优良，创造了四大发明，推动了社会文明和进步。

到了现代，中国人培育了杂交水稻，解决人口快速增长后需温饱的大问题。

联合国授予袁隆平——"世界杂交水稻之父"的最高荣誉，现已引种到包括美国在内的五十多个国家。使世人不担心饿肚子的问题，因为杂交水稻是本种的遗传，不会像转基因食品那样使人产生惧怕心理。

中国还有很多奇特的、待在那里能长寿的好地方，广西有个叫巴马的地方，百岁老人很多，最奇的是这些寿星还能上山砍柴；湖南省茶陵有第四冰川期留下的冰臼，那是人类诞生同期形成的产物。让人看了不担心地球快要爆炸的传闻。其实，科研人员早讲了，地球还有四十五亿年的寿命。第四冰川留下的奇观，是安定人心理的见证，这是全世界少有的遗存。科研人员早就发现了，茶陵境内有条地下阴河，国家单位曾用大功率的抽水机也抽不干，还抽出了丝草。有人大胆地喝过，是淡水。从某种意义上讲，人们不要担心二〇二五年后全球闹水荒的预测了。

举几例可见一斑，中国是块神奇的土地，东方明珠。从二十一世纪初开始，很多外国人开始申请中国绿卡。如今，来中国定居、工作、旅游的人很多。尤其是在战乱的国家，很多人第一选择是来中国，认为这里人纯朴善良。以色列早在第二次世界大战时就体验到了，几万人逃到中国的上海等地，与中国人和谐相处，躲过了灭顶之灾。

随着中国城市化的快速形成，如今的乡村游风起云涌，到处莺歌燕舞，农民可以把种地创作成生态园，让城里的人们带着孩子来体验，粮食是怎样种出来的？花生是地里长出的还是树上结出的果子？

世界上曾出现过几亿人同时跳广场舞的盛况吗？如今中国广袤乡镇的男女老少，跳得欢快无比。这种现象，体现中国土地上发生的巨变，也反映这个多民族的国家是一种什么状态。

科研基地的科研人员越聚越多，已在民用产品上创造发明了很多新产品，给罗霄山集团带来丰厚的原始积累。

这些快速形成财富的高科技发明应保存下来。胡香妹读过这方面的书，世界上至今还未解开的谜，如埃及金字塔，那么重的石块，是怎样堆垒的，是如何达到缝隙恰到好处？在当时没有起重机械设备，究竟用什么手段达到如此效果的？很多学者、科研人员作了长期的探索研究，至今还没有定论。还有很多古人的遗迹，也给今天的人类留下了谜。

胡香妹认为，造成很多不能破解的谜，主要原因是没有留下原始资料。

把今天的高科技创造发明形成的人文景观和利民的产品，存留到一百年、一千年后，没有资料记载，同样不也是一个谜吗？

从上世纪开始，人类已登上了月球。人们对月球揣摩想象的桂花树、嫦娥、玉兔、吴刚什么的，都是猜想而已。

月球上没有树、草、花，更没有水，没有氧气。

登上月球上的人，轻轻跳一下，就能蹦几丈高，人没有重力。

中国创造发明的深海探测器，可以探明海底哪里有钻石，哪里有金子、银子等的功能。还有很多保护环境的工具，使人类享受现代化的文明生活。

仅一个地球，百分之七十一的土地被水盖住了，只有百分之二十九的土地露着。其中高山、冰川不能长植物，不能用作养殖业。

大海、大洋地下藏着很多秘密，人类还没有搞清呢。

客观上，人的寿命短暂，真正成熟时，又受生命规律的制约，都逃不过生老病死。

每个时代，都有先进的创造发明成果。可是，很遗憾，有学者经过长期研究得出结论，一部人类史就是一部战争史。

战争，是毁灭人类社会文明的罪魁祸首。除了生灵涂炭，还把很多科技资料都毁掉了。

谁都知道，人的生命受生命规律制约，但知识只要保存下来，是永存的啊。

因此，胡香妹苦思冥想，花了几个月时间，决定把保存人类文明的资料分两个地点收藏起来。

她把设想细化出来，写成方案，反复修改，才送去林动妹那里。

林动妹办事雷厉风行，召集包括总顾问在内的智囊团，研究方案的落实措施，并请示立项批准实施。

她把这件事办好了，才心安。

张朱仔对胡香妹的心愿落到实处有纠结。女人毕竟受生育规律的制约，不能拖得太久了。他理解胡香妹的心思，这对她是个压力，不能等闲视之。

他决定与田树林谈一谈，希望师弟能给点好主意。

"师弟，近段心情好吧？用事业换年龄的认定，你在实践中可以说顺风顺水。如果身心还出问题的话，那就是自寻烦恼。我啊，就是这么一个人，性格问题啰。"

"师兄啊，我现在的心情是人生最好的时候。沼气工程的经济效益和社会效益超出了我们的想象，保护环境，让人过得舒服，多好。胡香妹主持的两个大工程，做好了的话，我们的寿命会延长嘞，难道你还不高兴吗？"

"师弟啊，谈到胡香妹，已近四十的人了，难道她没有心愿和想法吗？最近，她又出台了一个方案，对保护科技创造发明永久保存的大事，引起了林动妹的高度关注，已在部署实施她的方案。"

田树林听明白了张老头的话外之音，经过沼气工程的实践，他已悟出了这个师兄的良苦用心。胡香妹也老大不小，需要解决她的个人问题了。

他曾也想过这个问题，胡香妹确确实实是个奇女子，她的优秀令许多男人望而却步，自从撞见胡香妹去许先生家那次的情景，他就明白胡已经钟情于许祥盛了。在他心中一直觉得胡香妹和许先生的结合是最理想的了。

"师兄啊，有个事你可能还不知道，咱们的胡香妹有心上人了！"

"啊！是谁啊？是谁啊？"

"是许祥盛许总顾问。"

"咿呀！确实不错，两人很般配！"张朱仔笑嘻嘻地说道。

"咦！你是怎么知道的？"张朱仔有疑惑地问道。

于是，田树林将路上偶遇胡香妹的情景绘声绘色和师兄一一道来。

同时他对胡香妹的思维方式，有点不可思议。一个弱女子，脑壳里藏有那么多智慧，真让他感慨万千。除了佩服外，还汗颜。历史上有个花木兰，是中国女性的骄傲。她是本村人，他没有发现还有这么一个瑰宝。原来还自我感觉良好，现在面对这样一个奇女子，就足以冲淡男人们的自我感觉良好了。

张师兄的良苦用心，他已感受到了。对徒儿的感情密切关注，胜过对自己的关注。对自己以事业换时间，就是针对自己而言提出来的。在他的感受里，通过沼气工程的实践表明，确实能鼓舞人心，老骥伏枥，志在千里。可以说，他现在心情极佳，而且对红石岭休闲工程和水利工程很感兴趣。

这两项工程如果做好了，他和张师兄至少可以长寿二十年。

这个二十年，价值无法估算。

他曾想过，罗霄山脉的水利工程，能解决自然灾害对人类的危害。一是天旱，可以利用水库的水发电的同时，利用管道解决喷灌，滴灌树、花、草、农作物的大问题；二是能解决水灾问题，利用宽阔的水库面积，建立调节系统，就不会大水冲了龙王庙，洪水冲垮民居、田土、水坝等危害民众生命危险的灾难。

男人自推翻母系社会以来，一直是主导社会的主角，但一把手的意识已形成了遗传基因。实话实说，大多数男人喜欢小鸟依人的女人，受不了强势的老婆。

张朱仔师兄的用意，他心里已明白，相信只要他们多接触就能达到心愿了。

"师弟啊，你是否可以叫许先生关注一下胡香妹在主持操作的两个工程？她毕竟是女人，有局限性。许先生走过的桥，比她走的路还多嘛，也让他们多深入了解嘛！"

"师兄你说的极是，我知道了。"

张朱仔点点头，相互间会心地笑了笑。

一阵优美动听的电话铃声响起来，打破了短暂的宁静。

"师父，我来你家。"电话是胡香妹打来的。

"师弟，胡香妹来了。"张老头只告诉田老头一声，他还没有想好，怎样加快徒弟心愿实现的好办法。

不一会，就听到敲门声。张老头去开了门，胡香妹提着大包小包笑眯眯地进来了。

她叫了一声田老师，就把两个小包交到了胖傻女人怀里。

胖傻女人笑着从精美的包装袋里拿出两个像扇子一样的棒棒糖，自己先送一个进嘴里，另一个递给在写字的儿子。

"田先生，你说谁嫁给胡香妹合适啊？"胖傻女人从嘴里抽出棒棒糖，作古正经说出了这句话。她仿佛在完成任务似的，又赶紧把棒棒糖塞进嘴里。张老头听到这句话，吃了一惊。

田老头听了，也很吃惊。胖傻女人怎么突然说出这样的话呢？

田老头摇摇头，望了胖傻女人几眼，见她吃棒棒糖吃得分外欢快。

"田师弟，红石岭的两个工程，你真的要投入精力嘞。"

田树林点点头，垂勾着头，用双手支撑脑壳。

胡香妹坐在凳子上，笑嘻嘻地说："田老师，师父，报告你俩一个好消息，在开挖红石岭时，发现了金矿，而且品位很高。我接到报告后，思索了几天，特来请示，并报董事会研究。是开采出来，还是不开采出来呢？"

张老头听了心喜，笑呵呵地说："好啊！天赐之财，民众之福，开采出来，正好扩大事业，等下就向田谷清董事长报告。"

田树林沉默不语，他有自己的一套想法。胡香妹已显示超凡的智慧，她得到了发现金矿的消息，已经有想法了。她只是出于尊敬，想听听我和师兄的意见。按他的想法，还是请她把想法说出来，再做商议。

"田师弟，说说你的意见吧。"

胡香妹何等聪明，她已观察到田树林的神态，似有不好说话的难色。于是，她笑眯眯地说："师父，两个制药厂的经济效益很好，新城镇的门面租金也颇丰。我的意见呢，是暂时不把金矿开采出来，留作可持续发展，有硬货币的保障意义。"

田树林豁然开朗，抬头望着胡香妹，满脸挂笑。硬货币保障，世界经济通行的思维。

一阵优美的电话铃声响了。胡香妹按了接听键，是李顾清打来的，说有急事相商。她答应一句"马上就到"，就告辞了。

两老头继续在一起品茶，对胡香妹的敬业精神很赞赏。"师弟啊！胡香妹刚才的意见，你还没有说出高见嘞。"张老头喝了一口，笑眯眯地问道。

"她说的硬货币保障，对保持集团的可持续发展有重要意义。从目前各事业运转的情况看，用好的政策调动了社会资本的介入，使各项事业发展顺利。只要把社会资金，科研人员的积极性调动起来了，一切都活了。"

张老头沉默不语，心里不爽。等于说，他们两个的意见一致，自己等于白说。按他的想法，罗霄山集团重视科研人员，用特殊的政策、措施、理念，把科研人员的积极性调动起来了，这就是可持续发展的保障。他对硬货币保障研究不多。什么叫硬货币？金子，经过长期检验的货币，如美元、欧元。

科研人员是创造世界、改造世界的先锋。创造发明前沿高科技成果，难道不能换来金子、美元、欧元吗？

田树林了解张老头的性格，自尊心特强。晓得他提出的意见否决了，心里不舒服。

"师兄，目前有一个问题值得我们认真探讨。人的心理平衡问题，是今后过好生活的稳压器。浮躁导致的诚信危机，自我感觉太良好，只许别人尊重、理解、宽容自己，个人英雄主义，自私自利、贪得无厌、雁过拔毛，铁公鸡式一毛不拔，这样的心态存在，那就麻烦了。"田树林说出一番话，见张老头还在生闷气，就笑眯眯地又说："我想睡觉，你自个儿喝茶吧。"

"一个人喝有什么味，不喝了，我去外面走走。"

后来，田树林把发现金矿的事以及他和张朱仔、胡香妹探讨是不是进行开采的意见都向田谷清董事长进行了详细汇报，董事长与胡香妹的意见一致，暂不开采。

胡香妹很快赶到红石岭，李顾清坐在一块巨石上，见大恩人来了，便站起来相迎。

来到一间洞里专门接待客人的办公室，胡香妹请李顾清把情况先详细讲一下。

"我们注意到，一些来历不明的人在红石岭出没已经很久了。"

"是一些什么人呢？他们的目的是什么？"

李顾清从口袋里拿出了一张纸，因为有些国家的名称太长了。他讲有几个国家籍的人，还带了一些仪器。目的，是金矿。

"你们准备采取哪些措施？"

"收集他们的证据，因为地下矿藏归国家所有,并有完善的法律法规。

他们一旦动手开采，我们就请公安部门配合，遣送他们回国。坚决维护我国的权利，再不能让任何势力欺负我们。"

胡香妹点点头，嘘了一口气。

"大恩人，您放心。我了解您的思想、理念、志向、抱负，决不辜负您的厚望。集团也对维持社会的安定采取了措施，决定在培训学校成立一所武术保安分校。"

"好，好，好，安定的社会环境才能干大事，才能让民众过上安康幸福的生活。"她说后站起来，脸上挂满笑容。

李顾清了解大恩人的习惯，就告辞了。

胡香妹回到她住的洞中，躺在床上沉默着。

从这次外国人来探金矿的事件上看，可以想到其他事业。今后有很多高科技成果，还有两种特效药的配方都是要认真考虑的事。

听李顾清讲，集团已考虑了这个事，这就好了。中国人在近代史上受尽了列强的凌辱，如今站起来了，再不能吃两遍苦，受两遍罪了。

最近，胡香妹集中精力，对两项工程的实施进行全程跟踪。

对发现金矿的消息，她进行了反复思索，还是认为不开采的好。她在小时候见到民间开采钨矿，由于有巨大的利益，满山遍野到处有人乱采乱挖，还死了不少人。

保护红石岭的原始风貌，对两项工程有序的建设来说百利而无一害。大小水库储水综合利用工程，在这里示范成功了，对延伸的意义非常重大。利用水位落差发电，这种清洁能源，解决了原来以煤充做燃料的火力发电造成环境污染的问题。同时，也能带来巨大的经济效益。

金矿资源有限，因此，她认为还是让金矿藏在地下好一些。想不到，师父想开采出来。她了解师父的性格，自尊心特强。

老人家的想法她理解，目前急需资金来充当事业的血液，挖出金矿，就能保障资金不断链，免得导致事业的夭折。

她已观察到，田树林也同意自己的意见。无疑对师父他老人家的心情有刺激。

胡香妹目前要想的一件最紧要的事，是另外再启动一个有意义的项目，来稀释师父不爽的心情。

她为什么特别关注师父的心情？

年纪大了的人，最容易心慌气堵。因为心脏脆弱，心慌气堵导致心脏不跳动，意味着要去阎王府报到。

师父可不能死。

于公，现在是非常时期，各项事业如火如荼在快速发展。师父是罗霄山集团的灵魂人物之一，就像战场的旗帜，见到旗帜，战士才能冲向前。

于私，师父对自己恩重如山，在师父有生之年还想报答师父知遇之恩。

她走出深洞，在风景旖旎的山谷游荡。花香、草味等芳香扑鼻，五脏六腑仿佛经历了洗礼一般，感觉神清气爽。

她站在红石岭东边的一块石头上，眺望远方，层层叠叠的山峰，各具其形态；有的似竹笋，有的像奔驰的骏马，有的宛如一尊罗汉，有的……千姿百态，光怪陆离的奇山异峰，给她一种仿佛欣赏山水画的感受。

心情好，主意来了。

利用山脉将江黑猗的小黄牛养殖场扩大规模，年出栏量由原来的五千头发展到一万头。罗霄山脉的小黄牛是一种特殊的品种，只能长到一百公斤左右，其肉质细嫩，销价比其他牛肉高。

罗霄山脉的特点是山多，用野外放养和圈养相结合，在深加工之上做足文章，经济效益自然就蹭蹭蹭上去了。

这是一项快速致富的工程，不但能解决老年人的问题，还能解决残疾人、智障人员的就业问题。因为养小黄牛是个经验性很强的事，野外放养，只要把领头牛训练好，就不会走丢；圈养是割草，清理卫生的事，有身体健朗的老人指导，那些残疾人、智障人员的也能按部就班做好。销售方面，交由营销学校培训过的学生组成的销售公司去完成。

深加工厂的工作，已有成熟的经验和强有力的人才队伍。

方方面面想好，她打电话给师父。张老头听了，欣喜若狂，心结顿时打开，心舒气畅。

田树林听到这个消息，联想到沼气工程。养那么多小黄牛，粪便又能通过沼气发出巨大的清洁电能出来。

田树林也释怀了，这下张师兄的心结无疑解开了。

胡香妹的这个方案，可以延伸其他产业。如养其他品种的牛，以及猪、羊、鸡、鸭、鹅、野鸽子、野斑鸠等家畜野禽。

田树林越想越兴奋，把罗霄山脉的几件与"山"相联的事业搞成功了，中国其他山村地区也就有了现成的发展模式可供借鉴，那么，把中国建成人间乐园就指日可待。

中国人口的老龄化已显现了，只要把老年人的余热发挥好了，就不是人们担心的社会负担问题。

田树林在沼气工程上就体会到了，老年人指挥残疾人、智障人员收集垃圾、粪便、树枯叶、农作物秸秆上得心应手，每月得工资奖金五千元以上，生产积极性空前高涨。

就是那些因身体上不适还在治疗的老人，也为他们感兴趣的事业出主意。因为集团早制定了政策，叫点子效益。对好的创造了经济效益的点子，建立档案，终身受奖。

老人一生经风雨见世面多，经验、教训丰富。如在养殖、种植业上，有丰富的经验，大部分还有创造性劳动的建树。

在山果豆腐、种药材、小型的养殖场方面，已有五百多名老人出过好点子，建立了档案，见了经济效益，获了奖。可以说，已形成了出金点子的氛围。

身体健朗的老人，在指挥残疾人、智障人员的工作中，口袋里的钱越来越多。他们脸上天天挂满笑，活得有滋有味。

目前在罗霄山集团创办的事业中，老人们已被视为宝贝，根本不需要社会负担他们。

田树林晓得，小黄牛养殖这篇文章做好了，老年人、残疾人、智障人员的一切问题就迎刃而解。

李善忠最近也在反复思考胡香妹的两项工程。一个是水利工程，日后对集团公司更深层次持续发展是大福音。还有一个就是红石岭原始森林的休闲工程。就这两项工程，他想听听许祥盛总顾问的看法。

"总顾问，您对红石岭的两项工程怎么看？"

"李顾问，你是从事科技把关的老领导，我想先听听你的意见。"

"在科研人员的奖励机制上加大力度，充分发挥为科研人员服务的作用，在奖励上也要有配套的政策。因为这两项工程，涉及很多专业学科，只有用集体攻关的措施，才能加快成果的形成。"

"很好，林静妹在这方面有成熟的经验，应该不是难事。"

李善忠听明白了许祥盛所表达的意思，与自己的想法不谋而合。只是他站的高度不一样而已。

是啊，大自然有些自然灾害，到目前为止，人类只能受欺负。如洪灾、旱灾、风灾、雪灾、地震、海啸等。

在一些领域战胜了大自然对人类的袭击，就有里程碑的意义。给人类转换了全新的思维方式，不仅能主宰地球，还可以驾驭宇宙，到那时，人类的生存空间无边无际。

李善忠不知想了多少遍，想和胡香妹深谈一次，他对这个女人仰慕已久。只是不敢下这个决心，为什么？他自来到罗霄山集团，看到听到对胡香妹的赞扬声如同大型轻音乐乐团，弹奏的乐声让他陶醉不已。

她想出的事，想一个成功一个，也令男人汗颜。这样的女子，称神女恰如其分。

许祥盛曾多次感叹："这样的女子能够出现，说明中华大地确确实实是块风水宝地，能育出这样的女子出来，太不可思议了。"

据李善忠了解，连许祥盛很少与胡香妹接触，自然，他更不敢轻举妄动。

但他有个逆反心理，不试，怎能得出结论？

阳光明媚的八月二十日上午，李善忠去了一趟红石岭。

他站在一块巨石上，模仿很多鸟的叫声，把很多鸟吸来他身旁。

如同在召开一场音乐会。鸟的歌唱飘落山谷之中，胡香妹在洞内看书，听到鸟的歌唱，好奇心勃发。很久没有听到那么多鸟在一起唱歌的声音了。

她站在洞口，见到一个人在不远的一块巨石上，伸展双手，嘴里吹出如鸟一样悦耳动听的歌声，在唱歌跳跃。

这是什么人？知鸟性，懂鸟语。

她听着，看着。无数的鸟在那个人周围，头顶上飞翔欢唱，仿佛在举行人鸟音乐会。

突然，那人收拢双手，长吹了三声，鸟儿们纷纷散去。

胡香妹感到奇怪，好好的，怎么散了呢？

又见那人向四周望了一遍，像一根木桩慢慢地移动着，站定后，再坐下，双手抱着头，垂勾着。

胡香妹站在洞口的一棵杨梅树旁，她能看见别人，别人看不清她。

她观望那人约十分钟，转身进洞去了。这是她十八岁那年决定的铁律，不管什么男人，她都不主动接触，就是万不得已时，也尽量回避。

她进入洞内，坐在办公室转椅上，望着一幅维纳斯出浴图出神。这是她特意准备给心上人看的，是一幅世界名画。

目前，她把红石岭两个工程建好，再请师父帮忙解决终身问题。

看来，师父的心结，要用看得见摸得着的真家伙才能打开，听了舒服，没有做好，师父就会生气。这点她十分清楚，师父生气了，意味她的心愿有推迟的可能。

她站起来，在洞内转了几圈。决定请李顾清去主持这件事，他有个大团队，什么人才都育。

打了个电话，请李顾清过来。

她把小黄牛的规模养殖进行了详细的讲解。

李顾清笑眯眯地说："大恩人，我一听就是个好事。这样吧，我组织人马上去办，一定不辜负您的期望。"

"好，好，我信任你，先请专家把可行性报告弄出来，再去找林动妹，她会调兵遣将，你放心大胆去干。"

李顾清急匆匆地走了。

张朱仔还是认为田树林要加紧撮合胡香妹与许先生的好事。

田树林最近对小黄牛大规模养殖来神了，过去他养过小黄牛，晓得能获得巨大的经济效益和社会效益，是能引发其他养殖业发展的大好事。

前段事业获得成功，锻炼了一大批实干家。这是干好事业的前提，只要组织得好，是个前途无量可持续发展的好事业。

他对胡香妹的这个设计，像注入一支兴奋剂，越想越高兴。

胖傻女人的两句话，又在脑海里滚动起来。加上张师兄的热心，看来是胡香妹和许先生的终身大事快要成了。

张师兄打来电话，恐怕又要谈到胡香妹的个人问题。

"田师弟，你问过许先生了吗？"这次张老头不再转弯抹角，单刀直入发问。

田树林举起茶杯，与老伙计碰了一下，一饮而尽，用舌头卷了几下嘴唇，笑眯眯地说："我与许先生已谈过了，他对胡香妹确有爱慕之情。"

"师弟啊，既然这样，还说什么呀？"张老头讲到这里，筷子伸到炒花生米盆里，十几粒赤色的花生米粘到筷子上，瞬间送到了嘴里，噼啪噼啪的响声，香气四溢。他决定话不能讲多，点到为止。

田老头也夹了几块卤味牛百叶放进嘴里嚼着，他听懂了张师兄所表达的意思，便说了句："好的，我去请示田谷清董事长，让许祥盛去红石岭帮助胡香妹。"

确实如此，经过几十年的打拼，甜、酸、苦、辣都尝过。如今，他把住了一次机遇，但真正落在实地上，还是胡香妹的山果豆腐产业，才势如破竹般开发其他产业。当前扩展的几大产业，能达到经济效益和社会效益的双重丰收，深受胡香妹的教育理念和重视科研人员的理念影响，如果没有她挖掘、发现、推出林氏姐妹，能有那么快的高速度么？而胡香妹的个人问题不解决，她的人生也不完美。

张老头点点头，他放心了。如果没有特别的情况，安排许祥盛去红石岭山洞应该没有阻碍了。

也就是说，许祥盛是最佳人选了。红石岭的两项建设，关系到罗霄山集团的可持续发展。两项相加，许祥盛无论从哪个角度上去思索，都是相配套的。

中国戏剧舞台上演了千百年的《白蛇传》，说是千年修得同船渡、共枕眠，在如今的许祥盛和胡香妹身上真实地体现出来。

张老头真的很高兴，自己充当了一回牵红线的媒婆，后来又会演绎个什么故事出来呢？

红石岭这里有欢乐奇特的姻缘，谢家湾的故事也有些感人。

谢清子回到谢家湾，精心耕耘着她的药材基地。有时刘正道也会来陪她一起看月亮，互诉衷肠。

月光泄在乡村的林荫道上，一阵清风吹来，树叶发出悉悉的响声，远处传来狗吠声。

他俩十指相扣，坐在村头石板墩上，望着天穹，星星闪烁，像六一儿童节的孩子们在欢笑跳跃。

他们也经常展望未来的生活，立志要做乡亲们发家致富的领头人。

话说刘厚道也按捺不住对谢娟子的思念，他来到谢娟子身旁，闻到一种让他心跳的芳香，神清气爽。

"娟子，我传授你培植珍稀树、珍贵花的技术，让这里的民众快点赶走贫困。"

"好啊！你就是我们这里的财神爷。"

"要当财神爷，我俩一起来当，才有味道嘞。"

谢娟子听到"我俩"二字，想起了大姐的话来，耳角感到热乎乎的。

一对热恋中的人，如胶似漆。那晚，她陪刘厚道说笑到十二点多，安排他去一间房睡。

她简单地洗漱了一下，倒在床上，翻来覆去睡不着。

那边刘厚道也睡不着，便轻轻敲响了谢娟子的房门。刘厚道用他坚实的臂膀抱住了谢娟子，舌头伸进了谢娟子的嘴里。不知是谁发明了让男女搅舌头的方法？两个舌头一搅和，什么都忘记了，只晓得快速地脱光衣服。

次日十点多钟才醒来，刘厚道还侧抱着谢娟子的腰。

谢娟子坐起来，揉了揉双眼，阳光把房内照得五颜六色，她用双手绕在一对大乳房上，有些难为情。保守二十几个春秋的身体秘密，就这么快暴露无遗，她摇了摇头。

"亲爱的。"刘厚道也坐起来，双手绕在谢娟子的脖子上，脸贴在她的脸上笑着又说："我告诉你一个好消息，天老爷啊，昨天晚上把小孩子送进了你肚子里咯。"

谢娟子惊愕地问："你怎么晓得有小孩进了我的肚子里？"

刘厚道把舌头伸进谢娟子的嘴里，搅动起来。抱起雪白的她去了厕所，小解后，又抱着她上到床上，伏在她身上一个多小时才侧翻下来，笑眯眯地说："你正值排卵期，像小孩吸奶一样把我的精子吸去，不就形成了小孩。"

谢娟子听后全身颤抖，此时脑海里乱糟糟的。刘正道说是我吸了他的精子才形成孩子的。那也就是说，我和他的小孩很快就可以出生了啰。

刘厚道侧着头在谢娟子的肚皮上，笑嘻嘻地说："亲爱的，我要当爹啰，你要做母亲啦！"

一阵咕噜咕噜的响声，刘厚道才知道肚子饿了。他给谢娟子穿上衣服，自己快速地穿好衣裤，拉着谢娟子洗漱后，去了一家餐馆，请老板煮了一只几斤重的大鸡婆，才填饱肚子。

两人手拉手，在一条弯弯曲曲的小道上漫步。

"亲爱的，我把育珍稀树、珍贵花的技术传授给你。凭你的组织能力，赶紧组织人实施。这是高利润的产业，能很快让这里的老百姓富裕起来。"

谢娟子听到能让老百姓快富起来，心中的迷乱仿佛一扫而光，她高兴得舞动双手跳起来，脚让一块凸石绊了一下，倒向路边的乱石堆。刘厚道仿佛让人推了一下，让谢娟子倒在他怀里，双双倒在乱石堆上。

约十分钟，谢娟子先站起来，见刘厚道起不来，她用力拉住他的双手才勉强站起来。

刘厚道觉得腰部很痛，摇摇晃晃又要倒地，让谢娟子扶住。

"亲爱的，我的腰恐怕摔坏了，你叫人来，抬我去房里。"

谢娟子打了个电话，来了两个中年男子，用担架把刘正道抬到她的睡房。

刘厚道痛得头上流汗，赶紧给李顾清打了个电话，请他来治腰。

李顾清很快来到刘厚道身旁，看过刘厚道的腰，摇摇头说："老弟啊，你昨晚太用功了，你的腰坏了，要躺在床上一段时期啰。"

谢娟子听懂了李顾清的话，昨晚太用功了，晓得是怎么一回事。但刘厚道因她而受的腰伤，不是他挡住，受伤的是她。这点，她很感动，泪水溢满双眶。

"大师，请您帮我忙，日后重谢。我要帮助这里的老百姓早日摆脱贫困。"

"你的腰多方面损坏了，神仙也没有办法让你一两日得到全面的恢复。我给好药帮助你尽快治好，但也要百日啊！你指挥吧，也就是只动嘴，不动手。"

李顾清给了擦的和吃的药，说了要注意的事宜就告辞了。

头几天，刘厚道很急躁，好在谢娟子温柔体贴，帮他擦药，喂他食物，有时嘴对嘴，接吻安慰他。

只能躺在床上，实在受不了。刘厚道怪起自己来，那晚与谢娟子也确实连体太久了。自他钟情于谢娟子，那么好的身板，身为男人，不伏在女人身上时间久一点，还是主宰世界的男人吗？

谢娟子是事业狂，她征求刘厚道的意见，是否把培植珍稀树、珍贵花放在房里来，以调剂心情。刘厚道想想同意了。

按刘厚道传授的方法，包括肥料的组方，都在房里进行。

刘厚道告诉谢娟子，有几道工序必须保密，他说这是吴凝芳交代给他的秘籍，不可外泄。

按刘厚道传授的技术，珍稀树、珍贵花一天一个样，与谢娟子原来培植的树和花相比有天壤之别。谢娟子兴奋难以，更对刘厚道倾注真情。

已两个多月了，刘厚道感觉腰伤日见好转。

没想到的是，谢娟子真的怀孕了，妊娠反应强烈，有时出现呕吐现象。刘厚道高兴得像喝了蜜糖般呵护谢娟子，把学到的好话说尽了，慰藉怀孕辛苦的谢娟子。

他几乎天天晚上用耳朵贴在谢娟子的肚皮上，说他听到宝宝在嬉笑。

并展望，待宝宝来到人世间，就请最好的老师来教导他们。让孩子上世界一流的大学，成为大科学家，谢娟子听了自然高兴。

三个多月稳定了，只是肚子鼓得很大。本来女人怀孕第一胎肚皮紧，如果是一个孩子，三个月不明显。这就不是一个孩子，至少有两个。

谢清子本来想看看小妹，但她忍住了。她晓得刘厚道早已到小妹的身旁，公不离婆，秤不离砣，连打电话都不太方便了。

姐妹情，血浓于水。

谢清子决定派一个最得意的女助手去小妹那里，探探情况再作决定。

谢娟子的事业心特强，组织能力也十分了得。她也培养了几个能打硬仗的好帮手，除几个关键技术，按刘厚道教她的方法，采取分开人操作的方式，加大力度培植珍稀树、珍贵花。

她要干出一番事业来，遇上了这样的好机会，绝不能错过了。

谢清子的助手见到了这里育出的珍稀树、珍贵花苗，耳目一新，十分惬意。她把看到的情况汇报给谢清子，请示下一步干什么？得到指示，找机会单独见谢娟子，要她派人来大姐药材基地培植珍稀树和珍贵花苗。

谢清子从助手反馈的情况上分析，小妹已怀孕了，决定请父母去照顾小妹。

吴凝芳对刘厚道去了谢家湾一去不复返，确实有想法。她看好刘家，对老三的做法多次显露抱怨之情，便想着法子，将刘厚道的心收回来，为刘家多做点事。

方案之一，又育出了几种珍稀树、珍贵花的品种，以她招来那个美貌女子为主，成立一个攻关小组，决定进行大规模培育。

技术很快攻破了，投入市场受到热捧。大有超过前段经济效益的趋势。这样就等于制造了一个钓鱼的诱饵，专等刘厚道来上钩，把他钓过来。

方案之二，动员刘劲道、刘正道，动之以情、晓之以理劝服老三，共同来振兴刘家。

方案之三，实施美人计，让刘厚道和吴凝芳找来的女子快速连坨，怀上孩子，用爱情的结晶捆牢刘厚道。

谢娟子的肚子像充气的皮球，日渐长大，连站立都有困难，只能天天坐在沙发上。

女人的肚子凸得那么大，刘厚道也帮不上什么忙，只好上网打发日子。当他看到吴凝芳团队又培育了珍稀树、珍贵花新品种，受到市场的热捧，前景无限。他就慌了神，为什么慌神？自己快要成为人父了，凭原来掌握培育珍稀树、珍贵花的技术，有淘汰的危险。他拿什么来养活老婆和孩子？不行，识时务者为俊杰，他要把培植的新品种技术学过来。

谢娟子在父母的精心呵护下，尽管身体不好使唤，但精神上很亢奋，除派出技术员帮助大姐那里培育珍稀树、珍贵花外，自己基地也如火如荼加大生产力度，并取得了理想的经济效益和社会效益。

刘厚道不想破坏谢娟子的好心情，决定扯个善意的谎言，装模作样当着谢娟子的面，与大哥通电话，说父亲摔了一跤，昏迷不醒，他答应马上回家。

事业心特强，又年轻的谢娟子听到未来的公公摔伤了，只好同意刘厚道回家尽人子之孝。

刘厚道回到家，立马加入吴凝芳团队，全身心投入珍稀树、珍贵花新品种培育。看到新品种未来发展前景，脸上堆满笑。

刘厚道的大哥，陪着三弟喝茶聊天，谈到刘家过去的不堪回首的经历，以及现在和将来的前景。目的只有一个，要三弟马上与这里的一个女子连坨，壮大刘家的队伍。

刘厚道如同坠入云雾之中，找不着东南西北了。

他痴迷于谢娟子的容貌、身材，认为是天下最完美的女人。谢娟子多好，伏在她身上如同睡在高级弹簧床上，还唱跳配合，享受无与伦比的男欢女爱的乐趣。更让他不能忘怀的是，她怀了他的骨肉，不是一个，而是两个。这样的女子，如果抛弃她，他不舍得，他与大哥表明了自己的态度。

吴凝芳按她的谋略，与那个女子密商，用计谋逼刘厚道亮剑。

刘厚道想得晕头转向，但有一点他是清醒的，就是想学到培植新品种的技术。

他去了那个女子的攻关工作间，她热情地给他泡茶，谈论新品种的前景。

两人越谈越晚，越谈越投机，加上女子有意勾引，刘厚道望着那个女子，穿着薄如蝉翼的衣服，双乳像两座精致的山峰，刘厚道身上如同燃起烈火，热得难受，想把身上的衣服脱掉。尤其她翘起下身，更把他刺激得火烧火燎，难以自持。

男女对接，无师自通。那女子把衣服脱了，刘厚道也不讲客气，快速脱掉衣服，伏在了那个女子身上，不一会啊啰啊啰一阵……

刘厚道和那个女子，像猫吃鱼吃甜了嘴，一个星期里，几乎在床上唱跳没有停息过。

他感到奇怪，原来认为谢娟子是人世间最好的女人，现在与这个女人连垞，也很惬意啊，还有不同的味道，难道自己的看法错了？

吴凝芳的计谋一步一步地得手了，但有一点她很敏感，就是不能让刘厚道把培育新品种的技术学到手。这是教训，上次让他轻而易举学到技术，导致他跳出了她的掌控。前事不忘后事之师，她得多个心眼。

刘厚道搞得筋疲力尽了，休息了几天，摸摸自己的腰，没有问题。他百般讨好那个女人，要她传授新品种培育的技术。

"亲爱的宝贝，这次新品种的技术，是吴大姐在控制。她说现在盗技术的人很多，所以慎之又慎，加强了保密措施。你急什么，自家的技术，迟早会学到嘛。"

刘厚道只是点点头，没辙了。

不知不觉，两个月就这样过去了。

谢清子不见刘厚道回到小妹的身旁，又听说刘厚道与别的女孩子打得火热，晓得烦恼事要来了。

她晓得这又是吴凝芳在其中作怪，怎么办？不能坐以待毙。

小妹的肚子天天见长，两个孩子在小妹肚子里闹得欢，只是他们万万想不到，爸爸去哪里了？

没有爸爸的孩子，人世间稀奇古怪、光怪陆离的悲剧还少吗？

孩子还没有来到人世间，就把父亲丢了，能怪孩子吗？

谢清子找来刘正道，问明了详细情况，认为吴凝芳的这种做法是极其荒诞的。

刘正道召集刘劲道、刘厚道、吴凝芳、谢清子等商讨问题的解决办法。

刘正道说:"刘厚道已与谢娟子建立恋爱关系,而且谢娟子已有了几个月的身孕,刘厚道一定要对娟子负责,对娟子肚子里的孩子负责。我的意见是刘厚道马上终止与那个女子的关系,不能一错再错。"

这下就狠狠地打了吴凝芳的脸,她本来也是想为了刘家的好,由于自己的自私,不晓得就捅了这么大的娄子。

刘厚道也对自己犯下的错误懊悔不已,也不知所措,耷拉着脑袋,一言不发。在大哥刘劲道的催问下,表示要与谢娟子重归于好,要对自己未出生的孩子负责,并希望嫂子吴凝芳帮助做好那女子的工作。

解铃还须系铃人,吴凝芳也认为要对自己荒唐的做法负责,由她来做好那女子的工作,另找如意郎君。

女子姓戚,名钰佩,农家女,牺牲了两个哥哥的学业,才让她读大学。她立志学好本事,报答父母,回报两个哥哥。曾拒绝很多男人的求爱,一心扑在学本事上。她是学园林花卉专业的,吴凝芳跟她是同样的专业。吴凝芳邀她来罗霄山脉,她就来了。

他们培育的珍稀树、珍贵花品种,获得了很好的经济效益和社会效益,受到集团多次嘉奖。

戚钰佩喜欢刘厚道,人很聪明,学技术有天赋。

吴凝芳要她抓住他,说如今找个好男人确实比较难,像厚道这样的好男人错过了,就落在了"离了这个村,就没有那个店"的老话上。

怎样抓住刘厚道,按吴凝芳的说法,只有快速与他连坨,早日制造孩子出来,才能抓牢刘厚道。她接受了吴凝芳的办法,用计与刘厚道连坨。可是,他今天还是说要回到谢娟子身边,这日后怎么过呀?

吴凝芳看出了戚钰佩的心思和顾虑,并与她谈了几个小时的心。对自己的荒唐做法深表歉意,经多方开导,征得了她的原谅。戚钰佩表示要集中精力潜心研究珍稀树、珍贵花新品种培育技术,早日忘掉对刘厚道这段畸形的恋情。

话说，谢清子团队也招到一个大学研究生毕业的男生，此人姓闻，名三多，一个英俊魁梧的帅气小伙。

闻三多除协助谢清子管理药材种植基地外，还负责大棚里培育珍稀树、珍贵花技术推广，这样一来就有了与吴凝芳团队交流学习机会，经谢清子和吴凝芳的撮合，闻三多很快与戚钰佩建立了恋爱关系，后来还成为了培育珍稀树、珍贵花新技术推广的一对伉俪。

刘厚道在吴凝芳团队跟班一段时间，总算学有所成，他想起了心爱的女人。一天清早，他轻轻起床，穿好衣服，告别大哥大嫂，如飞一样回到谢家湾谢娟子的身旁。

"老人家没事吧？"谢娟子见到刘厚道就问这句话。

"没事，那里有医术顶尖的医生。"

"没事就好，我见不到你，天天惧怕呢，孩子们在我肚子里调皮捣蛋，我好辛苦啊！"

刘厚道侧着头，用耳朵贴在谢娟子的肚皮上，听了一会，脸上挂满笑。

根据公司的规划，在离谢家湾一里见外的一个村子，把农民全部的土地重新流转，采取山顶栽珍稀树，山腰种经济林，山脚下全部培育新品种珍贵花。由刘厚道担任主管，大规模建成一个基地。

在山顶珍稀树木栽种区，分区分片栽种有几十种珍稀树木。一到秋天，远望山际，各式各样的珍稀树木一行行、一排排、一片片，别有一番情趣和风景。

罗霄山集团大做特做"山"的文章，开创了全新的思维方式。千万年来，被视为穷山恶水的地方，如今成为花果山、聚宝盆、摇钱树。

也怪，罗霄山地区大部分是青石、麻石山，泥土很少。

怎样解决石壁山长树植花的问题，科研人员起了关键作用。

抽泥机、挖沟槽机、挖树坑机，都是自动的，用电脑操作。

林静姝领导的科研团队，很快把那些机械设备创造发明出来了，投入改造大山的行列。

许多原本光秃秃的山头，都已郁郁葱葱。

保护青山绿水，就守住了金山银山。

在山上栽上树，种植农作物，就有一倍落泥万倍收的结果。尤其是栽上经济树木，更是能给农民带来可观的收益。

集团旗下的珍稀树、珍贵花的培植基地，一年创收更是不可估量，有力支援了其他事业，形成一个保障事业的链条。

当然，科研人员在珍稀树、珍贵花的培育上，功效独具，独领风骚。

把树培植成人见人爱的艺术品，是卖价高的秘密。如今生活在城市里的中国人，除能在众多的公园里欣赏珍稀树、珍贵花外，还能在主要街道上见到赏心悦目的树和花。以及各家的阳台上各种各样的花，有了花和树的装扮，世界都变了个样。

新的思维方式，决定人民生活质量的提高。完全可以展望，二十一世纪的中国人，成为人类长河中生活质量品味的新坐标。

把"山字经"念活了，提供给城市的物质享受就有了保障。

穷山恶水变金山银山，罗霄山集团在实践中的探索有了好的成果和经验。

胡香妹在"水经"上做文章，好山好水，天赐绝配。

从目前边建设边出效益的实践来看，仅开发的清洁能源——电，不仅能为集团带来经济收益，更重要的是对环境保护也有着重要的意义。

加强水利建设，建设大小水库，也是一项利民惠民的民生工程。

天旱时，用滴灌的方式，保障树、花、农作物不受烈日的欺负。

雨水下多了，把水引入水库和人工湖泊，并利用水位落差进行发电。

这种思维，说起来很简单，利用高山的落差，让水为人类只作贡献，不造成危害。

罗霄山集团用事实充分证明，只是转变理念，把山上搞活了，把土地整合好，有了好的政策配套，只几年时间，不但使本地区的人富起来了，还通过办学校的手段，从外地招来有文化有知识的劳动者就业，实力不断强大起来了。

人多人才也多，有了人才，就能创造财富。这种思维，奥妙无穷。

其中无非就是就业的岗位问题，罗霄山脉用六个小时、四个小时的工作机制，很好地解决了岗位问题。

其他时间干什么？就是读书，学知识。

大家都基本同意，知识智慧就是钱，就是软实力。就讲一棵珍稀树，原来卖价一棵一千块钱，通过知识和技术渗透，将树养得更好，同样一棵珍稀树卖价一万块钱。就像整容师塑造的倾国倾城的美女，是抢手货。

软实力还有一个想不到的效果，不但把年轻人的就业问题解决了，还把老年人变成了宝。

因此，什么时候抓住教育的牛鼻子，就一通百通。

科研人员创造发明的前沿高科技成果，是积累财富的重要来源。

科研人员从哪里来？谁是天生的科研人员？

毋庸置疑，科研人员的成长，教育是前提。

至于读书、识字、知识竞赛举措，是智者充电的有效手段。就像人拥有健康的身体素质，才能干出名堂。否则，就是对事物认识的浪漫主义者。

没有文化，没有知识，科研人员能长成吗？

提高人的综合素质，才是过好生活，提高生活质量的源泉。

对读书、知识竞赛不重视，是错误思想。

胡香妹在读书上体会颇深，她如果早嫁人了，就没有如今的成就。因此，坚定不移加大对教育的投入。

在山的开发上，在水利工程上，知识的力量威力无比。

每一寸土地，都能产生财富。这个理念，如今人们认同了。经过千万年的风风雨雨，山还是那个山，人还是一样的人，对这个理念的态度为什么前后两个样？就是全民注重教育的结果。

青山绿水变成了金子银锭，这就是人民群众整体文化知识提高的结果。

八、沧海桑田，山乡巨变

好山有好水。罗霄山脉天赐的山，早以独特幽静而闻名天下，白雾在连绵起伏的山峦中缭绕，犹如万条长龙在其中穿游嬉戏着，忽隐忽现，古色古香。神奇美妙的亭台楼阁、古塔，以及美丽诱人的花，红的像火、粉的像霞、白的像雪、蓝的像海洋像天空。

瀑布形成的潭水，清澈碧绿，明净如镜。

那满山郁郁葱葱的青松、翠柏和浓荫下的条条小溪、清涧，色彩斑斓的小鱼时而跳出水面，时而游弋形成一条线、一朵花。

气势磅礴的山脉，像一幅雄伟壮观、色彩绚丽的画卷。

田谷清带领集团公司高层领导俯瞰山山水水，感慨万千。

改造世界原来可以用这样的模式。

前几天，他又收到胡香妹一套水利改造升级的开发方案。

罗霄山脉毗邻四个省——江西、湖南、广东、福建。胡香妹在方案中提出向四省接壤向外延伸，以扩大水利工程惠及的范围。她还考察过，江西省红土壤多，可以利用这一优势，建造一个优质粮食种植基地。

利用罗霄山集团科技优势，将红土壤吸附到石壁山上，彻底改造狰狞的石壁山。尤其对海拔不高的红页岩石壁山，可采取挖沟槽的办法，形成梯田，在亿万年光秃秃的红页岩山上栽树，种上粮食作物。

这样，等于增加上千万亩能产出金银的土地，还可以提高绿色植被的覆盖范围，改善周边地区的环境质量。

水是生命之源，从红石岭边建设边出效益的实践上得出的经验，完全可以大规模实施了。

田谷清按图察看了四省接壤处的地形地貌，心中有底了。

张朱仔听过胡香妹的汇报，认为再不能犹豫，赶紧促成许祥盛和胡香妹结为连理。

许祥盛近来经常往张朱仔家跑，他心中有疙瘩和困惑，他自己对胡香妹有感情，可自己年龄确实也大了，他想在张师傅这里找找答案。

许祥盛父亲是个小手工业者，上过私塾，略有文化，其家庭还算殷实，也懂得文化知识的重要性，所以，一直倾注其所有培养许祥盛。

许祥盛天性聪慧，后天也十分勤奋，从小学到大学学习成绩一直名列前茅。大学毕业以后一直在政府部门工作，由于业绩突出，早在二十五岁那年就当上副乡长了，次年还娶了一名漂亮的女教师为妻，二十七岁那年小家庭添了个女儿，小日子正过得十分惬意，谁知一场意外的车祸打破了平静的生活。

就在三十岁那年，他刚被提拔为副县长，老婆却在家访途中遭遇车祸意外身亡。

这一突然的变故差点把许祥盛击倒，但天生就是从政之料的许祥盛强忍失去妻子的悲痛，把女儿安放在爷爷奶奶身边，自己全身心投入工作之中，用高强度的工作来稀释对妻子的思念。

就这样一晃几十年过去了，自己的职位倒是升迁了不小，个人的问题却被耽误了，直至从副省长位子上退休下来还是单身一人。直到接受田谷清的邀请，前来罗霄山集团公司担任不拿薪水的总顾问遇上了胡香妹，才改变了他对生活的态度，经过慎重考虑并征得女儿理解同意才接受了胡香妹的感情。

当许祥盛拜再次访他时，张朱仔直接拉着许祥盛的手，径直到红石岭胡香妹早已布置好的洞府。

喝过茶，由胡香妹陪着，来到一个支洞，那里已形成了开发四省接壤处的模型。

"许先生，师父。"胡香妹手拿一根木棒，指着开发周边地区，"我认为，只在江西境内开发一千万亩以上的优质粮食种植基地，其他地方以种植、养殖、工业为主。"

许祥盛望着立体感很强的模型，一山一水很逼真，像浓缩的一个实体，他看得入迷了。

"许顾问，你曾多次讲过，迟发现了胡香妹。她已想好了，只差实施的过程了。我的意见，由你来亲自指挥。"

张老头这番话再明了不过了。直白一点说，你送出制造人的材料，由胡香妹去孕育，把她解放出来，了她的心愿。

"张师傅，具体实施，还是由林动妹去当总指挥为好。"许祥盛已经想好了，他今后的主要任务，尽心尽责保护好胡香妹。

他的依据是，只要把胡香妹保护好了，就会按设计的意图步入正确轨道。

实践证明，胡香妹缜密的谋事能力，不是她谦虚，而是自己的确望尘莫及。有了这样一个特级宝贝，只要把她的心情调理好，就顺风顺水。

在这个问题上，许祥盛苦思暮想了几十年。为什么人与人之间的生活差异那么大？很多哲学家、专家探索了很多原因，也做了许多有意义的实践。可是，似乎没有得到根本性的改善。究其原因，一时半会也讲不清。

许祥盛想到一个方面，除自己身体力行为大多数人谋利益谋福祉外，还要承认人与人的差异，也就是通常讲的智商差异。

许祥盛在人世间活了六十多个春秋，经历的风风雨雨，得出一个基本结论，尊严、理解、宽容人才不能纸上谈兵。

他对胡香妹想要他当丈夫为什么想通了呢？就是符合他几十年探索尊重、理解、宽容人才，才能保障大多数人的利益和福祉的想法而想通的。

许祥盛对胡香妹的心愿存在心理纠结，认为不是正常的，而是错误的。一个年轻的女子，应找一个年龄相当的丈夫才合情合理。

男女一旦结婚，就会有爱情的结晶——儿女。那么，当父母的就有责任抚养儿女长大成人。

你一个年轻女子，嫁一个六十多岁的老头，就是当父亲的有责任和担当，生命规律也不能由着他。

问题和矛盾就出来了，如果孩子生多了，一个母亲就能担当得了吗？

许祥盛认为胡香妹存在错误的思维，犯了导致儿女受罪的错误。满足了自己的心愿，损害了子女的前程，这样的错误大不大？

最让人难以理解的是，当事者不认为自己的行为是错误，而是正确的追求。

这就扯不清，理还乱了。怎么不是个错误？历朝历代有不少流浪街头巷尾的孩子，让一些别有用心的所谓聪明的人利用了，把他们培植成为盗贼、扒手、战争狂人。凡有思想的人，还见得少吗？

一个有父爱母爱的孩子谁愿当坏人呢？

仅就年龄悬殊太大的婚姻，许祥盛认为是个大错误。

可张师傅标新立异，不但不认为是错误，还极力赞成他们。甚至认为他们郎才女貌，来稀释他的心理纠结。

胖傻女人主动扑入张师傅的怀抱，很快就造成了一个轰动效应，七十多岁生一娃，像珍稀动物一样让很多人来观赏。

日月如梭，如今张师傅和胖傻女人的儿子已经上学读书啦。

张师傅越活越年轻，真是返老还童了。胖傻女人如今也不待在家里，按她的说法，要好好看世界。理由充足，张师父也不好阻拦她。

生命科学家计算了，说人最长可以在人世间活一百五十岁，只是目前人类的平均寿命还达不到这个水平。如果这个讲法真实的话，那么人到一百岁就只能界定为中年人。

许祥盛有时候想得自然而然发笑了。

"许先生说得对，具体事，还是由林动妹去实施。我在研究探索人类的经历时，好像个人英雄主义已形成了遗传基因和意识。我想改变，发挥各自的长处，发挥集体的作用好一些。"

胡香妹最近也春情萌动。如果去担任总指挥，哪有心思做男欢女爱的事情。

她认为如今条件成熟了，培训学校培养了源源不断的干事人才，只要把事业设计好了，前段的实践经验表明，人家不是干得好好的吗？

心有灵犀一点通，胡香妹听出了心仪男人的话外之音，她也顺势表明自己的态度。

张朱仔放心了，他高兴地回到了家里。

胖傻女人不在家，她去哪里了？张老头躺到床上，想起与胖傻女人的邂逅，思绪万千。

那时，他几乎每时每刻在想一个问题，死后阎王老子会怎样处罚他？

自己干过几件蠢事，凭脾气、意气用事，伤害了不少人。

一个连生五个女儿的中年男人，为了想生个儿子，偷了张朱仔一件祖传的宝贝。抓住他后，问他为什么偷他的宝贝？回答是："我生养了五个女儿，想生个儿子。没有钱，连五个女儿也难养活，还能生儿子吗？所以，只能偷你的宝贝。"

"这就奇怪了，你想养活女儿，还想生个儿子。这是你衡量的事，怎么可以侵犯别人的利益呢？再说，女儿不好吗？为什么硬要生个儿子呢？"

中年人叹了一口气："这点你就不明白了，儿子才是传香火的，女儿是赔钱的货。"

张朱仔一听就火了，用手指着那个人的鼻子骂道："我怀疑你脑子有问题，道理很简单，你认为生儿子是传香火的，生女儿是赔钱的货。那么我问你，假使你后段还生几个女儿，什么时候才能停止不生了？"

"那我去另找一个女人，直到生出一个儿子为止。"

张朱仔听后火冒三丈，思维里马上映现一个江洋大盗，为了生儿子，到处偷别人财物，搞得人心惶惶，了无宁日。

愤怒之下，一拳打到中年人左脑上。这一拳下手不轻，只见那人倒在地上，如同蚯蚓一样蠕动了几下就不动了。

他这一拳，把那个中年人打成了一个废人，从此只能躺在床上。

尽管张朱仔给予中年人家里经济补偿，但害得人家的女人成了守活寡的怨妇，含辛茹苦扶持五个女儿。

还有几件蠢事虽然没有这样严重，但也给人造成了伤害。

浑浑噩噩活到六十岁，老虎想把胖傻女人吃掉。他听到了，从老虎嘴里抢到了一个老婆。

有老婆多好，仿佛换了人间，胖傻女人在性方面给他带来了无比的欢乐，还给他生了个儿子。他把胖傻女人像宝贝一样呵护着，万事依着她。儿子很聪明，三岁能背唐诗宋词，一家人相处其乐融融。

当儿子长到五岁那年，胖傻女人想学武术。张老头想想也好，免得她一天到晚无所事事。

没有经历过的人，是搞不清年龄悬殊夫妇房事的尴尬。年岁大的男人毕竟精力有限，根本不能满足青春年少女子的性欲渴望。

真的，自传授胖傻女人武术以来，房事少多了。

因为胖傻女人学会了一点武术，可以到处跑了，有时还能猎到野味尝新嘞。

大约深夜十二点钟了，胖傻女人才笑嘻嘻地脱光衣服，把张老头抱得紧紧的。她自己唱跳起来，好兴奋、好满足。

休息时，张老头轻声笑着问："怎么这么晚才回家？"

"宝贝爷，我也要为别人办点事嘞！"

"你能办事？"

"小看人嘛，伴着你，再蠢的人也会学聪明嘞。"

张老头听到这话吃了一惊，她还能说出这样有水平的话呀。他沉思了一会，摇了摇头。

胖傻女人也不管这些，舌头伸进心爱男人的嘴里，拥抱了一会，抱住连成一坨。

许祥盛天天去模型馆，在思索胡香妹的开发设计，越看越兴趣盎然。这是一颗什么脑壳呦，谋划得那么完美无缺。

根据山型的不同，在那个点栽什么树，种什么花，都像画家一样，让人一看赏心悦目。

珍稀树、珍贵花、经济树、药材的种植，都是按一百年的经济走向在安排。连森林防火墙也种上了矮秆经济作物和花卉，从远处俯瞰，宛若电影和电视之中描绘的神仙住地。

更绝的是，利用山多的优势，布局山果深加工的种植，除山果豆腐之外，已有一些其他的山果也受到了人们的青睐，她在这里设计得井然有序。看得出，这里是范本，对开发中国众多的山可做借鉴。

这是决策者的缜密杰作，做什么事要思前想后。种什么，养什么，盲目凭兴趣，往往带来灾难性的后果。曾经一时，有人鼓动农民一下种这个，一下栽那个，看到柑橘卖价高，就一哄而上种柑橘。结果种多了，没人要，烂在山上，臭气熏天。据报道，有一个农民看着烂了那么多的柑橘，竟花了一千多块钱，通过电视台，说他们那里的柑橘不要钱。这下真灵了，有不少的城里人开着小轿车来摘不要钱的柑橘。

这样的后果，农民再也不听别人瞎指挥了，宁可去牌桌上上班，也不愿在山上种什么了。

抛荒，成为有一段时期令人心痛的事实。

其实，见怪不怪。农民手上本来没有多少钱，种地还亏本，谁还愿意去种地呢？

胡香妹深懂农民的心思，在开发山的设计上，抓住本地的特色，根据人们的需求来设计种植结构，实在是布局高手。

这样高智商的女子，如果不保护的话，就是他许祥盛的失职。怎样保护她？也需要好好谋划。

胡香妹也在揣摩许祥盛的心思，他为人严谨，有坐怀不乱的品质。尽管孤男寡女共处一室，他也没有非分之想。

"许先生，我想利用丰富的水资源发展渔业，您看要得吗？"

"很好，你想好方案了吗？"

"我想先听听您的意见。"

"我认为你拿出方案来就行，可以说，你想出来的方案别人望尘莫及。"

许祥盛还想表达什么，胡香妹的手机响了。

听过电话，胡香妹笑眯眯地说："许先生，我的助手请我去看野生豹子，您去吗？"

许祥盛跟着胡香妹来到一处高坡上，见到好多摄像机对准一群豹子。

只见一头雄豹，在雌豹的屁股上嗅了嗅，雌豹就跑了。

雄豹跟着雌豹跳跃着，似乎在显现雄性的本事，取悦雌豹。但雌豹还是往前走，在一丛茅草旁，用屁股在雄豹鼻子旁停留了几秒钟。

雄豹爬在雌豹的背上，用嘴咬住雌豹的脖颈，雌豹侧卧着，雄豹快速地迎合上去……

后来才知道，人类很少见到豹子的交配过程，说是豹子的交配不想让别的动物瞧见。

见多识广的许祥盛也是第一次见到，原来豹子的交配方式很特别。像狗一样交配时间长，与狗又不一样，它们是侧卧交配。

胡香妹为什么对豹子的交配感兴趣，自然有她的用意。虽然有想象心爱男人伏在身上的情景，但想象并不代表现实。动物们交配能给人观赏，它们交配前一些过程，完全可以给人启示。

突然，另一只雄豹跑过来咬交配的雄豹，打得乌烟瘴气。打了很久，交配的雄豹被打败了。从此后，打败的雄豹失去了交配权。

许祥盛接到一个电话，是田谷清打来的，请他去商量一件大事。他告诉胡香妹田董事长要见他，就去了。

胡香妹有些失落感，不看豹子交配了，回洞去研究方案。

田谷清精神饱满，弄来一桌子特色好菜。边吃边谈，田谷清满面堆笑说："许先生，很多人关心您，希望您尽早与胡女士结为秦晋之好。你俩是特级宝贝，圆满解决你俩的婚姻大事，是我们的心愿。"

"田董事长，您是高人，三农政策了解很透。我确实对胡香妹有些顾忌，也很自责，像她这样优秀的女子，自己老之将至不合适。你讲到希望我和她早日联姻，田树林、张朱仔竭尽全力，我理解。谈到我和她联姻的作用和价值，我就有不同看法。中国是个人才辈出的国土，离开了谁，地球照样会转。过去，很多人把自己看得太重了，以救世主的面目招摇过市，结果怎样？还不是昙花一现吗？我不否认胡香妹的天赋，但我接受了张师傅的撮合，只是尽一个男人的保护之责。"

田谷清巴掌拍得啪啪响，哈哈大笑了起来。

"许先生揭示了一个错误意识，把一个人的作用确实看得太重了，结果导致思想混乱。是呀，班长确是有其特殊的作用，但班长应有虚怀若谷的胸怀和眼光，发挥领导层集体的作用，包括制定发挥各种人才作用的好政策，才是当好班长的最佳人选。"

许先生点点头，若有所思地说："我为什么接受张师傅的好意？其中有一点是溶解剂。胡香妹给自己定位，不当班长而心甘情愿当绿叶，这种思想、这种境界难能可贵。"

两人品尝着可口的菜肴，谈兴大开。

"许先生，您谈到心甘情愿当绿叶的话题，说到底，绿叶也要有人扶持啊！您和张先生等一大批默默无闻的精英，可以说是造成绿叶的肥沃土壤，才影响了胡香妹。我同意您提出课题，并列入教学大纲，培养后代子孙的绿叶意识。"

田谷清为什么特别关注许盛祥和胡香妹的联姻大事？因为他也是久经沙场历练的高手，对罗霄山集团已形成的可持续发展事业，似乎有一根红线值得特别重视，只要把这根红线搭上，所产生的经济效益和社会效益是巨大的。最近，他研究过胡香妹报到集团开发与四省接壤的地方，使他越想越回味无穷。早就谈论过胡香妹了，这样的女子，难得出一个。可她有一个心愿，与许先生结为百年之好。

按照爱情是人的核动力的说法，核能的裂变所产生的能量无穷无尽。那么，只要把胡香妹的心愿满足了，改天换地就不是一句空话。

两人还谈了其他有关的事，都认为有益的谈话是精神享受。

张朱仔心里还是有些担忧，估计只有见到胡香妹的肚子凸起来了，他才能彻底放心。

他晓得集团的各项事业如日中天。但问题和矛盾也层出不穷，最让人忙得不可开交的一件大事，每天有成千上万的人涌来这里，包括一些让他们感到头痛的人。

胡香妹设计开发四省的接壤处，是促成来这里人安居乐业的好措施。最使人感到意外的一件事，有一些人来找父母要钱。因为很多老人陆续来到这里，他们如今的确手里有钱。那些好吃懒做、游手好闲的不肖子孙，吃甜了嘴就经常跑这里来拿父母的钱。

刘利清，今年三十号岁，只在学校读了六年书，就显示了他的本事，嫖、赌、偷、扒都能做了，欠了赌债，让人抓住打得半死，他的父母帮他还清了债务，治好病。就是心病没有治好，心态扭曲了，总认为别人有钱不合理，破罐子破摔，只要手里有钱，就按自己的心愿生活。家里的钱让他拿光了，气得父母差点口吐鲜血。出于无奈，一个亲戚才把刘利清的父母弄到罗霄山集团的一个养殖场工作，每月有几千元的收入。

刘利清像狗一样嗅觉很灵，经常来父母这里拿钱。毕竟是亲生的儿子，父母也就只好给他了。

像刘利清这样的儿女虽然不多，但影响很坏。很多老人愤愤不平，反映到集团。

经过智者的讨论，决定成立一所特殊的教育学校，给一些像刘利清这样的人，送他们去特殊教育学校，首先从思想上灌输"劳动最光荣"的意识，让他们认识到啃老、好吃懒做的错误，然后实地去参加各类体力劳动。

实践证明，通过强化教育，挽救了一批人，有的后来成为了干事的带头人。

张朱仔望着胖傻女人良久，总不能释怀心理的纠结。朝夕相处十几年的老婆，平时学文化、写字按部就班，说话很少，吃棒棒糖是她的最爱，她什么时候开始转变关心时政、关心集团大事呢？

在他的心目中，她是傻得可爱的胖女人，除了对棒棒糖记得牢牢的外，就是笑的时间多，而且笑的响声特大，有时把躲在旮旯的蚊子和蜘蛛笑得乱飞乱撞。如今，她频繁地往外跑，在干什么呢？一个胖傻女人，会不会受到男人的骚扰？

"宝贝呀，你天天在外面跑，有人欺负你吗？"

"宝贝爷嘞，你传授了那么多本事给我，谁敢欺负我？再说，我的心思集中在办好事上，也不会与一些混混去纠缠嘞。"

"只要你安全，我就放心。"

胖傻女人听了感动，抱住心爱的男人亲吻。有时，在她半醒半睡的时候，想起师父，老人家从小带着她，走南闯北见识了不少。

她与师父的关系不是母女胜似母女，师父是尼姑，从外表上看是个大麻婆，让男人一见就避开的女人。师父乐施好善，用化缘得来的有限财物救济帮助贫穷的人。在胖傻女人的眼里，她有个谜很久没有解开，为什么农民脱贫致富步履怎么这么艰难?

直到师父送她来找张朱仔，见到罗霄山集团用活了好的政策，用"公司＋农户＋土地"重新整合规模生产，统一经营的机制，彻底解决了生产生活的风险问题，她才释怀了，原来可以用这种办法赶走贫困。

她回想起自己最大的本事就是能吃能睡，她吃一餐，相当师父吃三餐的量，每天不睡十个小时不起床，有时睡少了边做事边哈欠连连。

她笑得特响，有时吓得师父打哆嗦。

张朱仔突然心血来潮，想起一个事来，待胖傻女人睡沉后，他去了红石岭。

许祥盛在模型馆越看越心花怒放，只要在罗霄山脉周边地区实现了胡香妹的设计，就可向四处辐射，向全国扩展。

有了先进的水利工程，种什么有什么，养六畜兴旺发达。加上工业配套，小城镇建设就顺风顺水。

就是有一个问题需要认真探讨研究，那是拉动的资金问题。银行、电商的介入，是拉动扩大发展的重要力量，但中国幅员辽阔，人口众多，如果全面拉动，不是银行一家能解决得了的事。那么，可从两个方面可以去探讨：一是民间资本的介入，让全民参与投资；二是发动真正的有钱人、富豪介入投资。不知胡香妹注意了这两个方面没有?

来到红石岭就不能三心二意了，保护胡香妹是重中之重的大事。怎样保护?他已思考了千万遍，满足她的心愿，是对她保护的一个重要举措。他相信，胡香妹一定也想到拉动的资金问题，说不定她早就想好方案呢。

胡香妹在回家的路上走得很慢，脑海里在想一个问题，鉴于心爱男人的性格，必须破解谁主动的问题。这个问题不知想了多少遍，其实，再简单不过了，不就是人为地造成一道不可逾越的鸿沟，让人跨不过吗?两情相悦，谁主动，谁被动，目的还不是一个吗?

她决定主动扑入心爱男人的怀里去，这是她观察了很久的判断。心爱男人对她不排斥，只是性格上的束缚。

几十年的心愿，都坚持了。这个坚持，她还是赢了。

许祥盛这样的政治家，一辈子一心一意为大多数人谋利益谋福祉的品德难能可贵，不是一般意义的物质宝贝可比。

师父良苦用心，极力撮合他们俩，她很感动。

大恩不言谢，师父的心愿，为大多数人做点事，尽点心，已一目了然。老人家重视人才，救助一个李顾清，给集团创造了巨大的财富。如果当时没有这种胸怀，罗霄山集团的历史就要改写了。

胡香妹的思想意识里，感恩的方式是设计几项大事业、好事业。宁可推迟个人终身问题，先把事业搞起来。她是这么想的，也是这样做的。

如今，几项大事业有的已在实施，有的已立项，很快能显示她的设计成果出来。至于继续扩展的设想，已酝酿于心。

看得出，许祥盛这次来红岩岭，按师父的说法，是来协助自己。从他对四省接壤处开发的设计模型上的关注，就可以看到他接受了师父的理念。

胡香妹站在一棵高耸入云的樟树旁，停下望着树顶，心中还是有胆怯感。扑进心爱男人的怀抱，他会有认为我轻浮的看法吗？

许祥盛在几十年的人生经历中，帮助救助过很多人，其中也有不少有姿色的年轻女人，想在感情上报答他应该是有的。可是，他守身如玉，这是大家公认的。

他知识渊博，对轻浮一词应该有独特的理解，我扑进她怀里，应该与轻浮风马牛不相及，而是真情实感的流露，他能这样理解我吗？

是呀，他的形象是高大的，很多人只能仰视他。

一个女子，仰视了他这么久，这是什么概念，人生忠贞不贰的典范，这种界定应该是客观的。

相信，她也是这样界定的。他来红石岭，就佐证了这个界定。

许祥盛已想过了，这次来红石岭，再不能多愁善感了。人世间的事，想多了，也有坏事的时候，有句话讲得好，叫当断不断。胡香妹的心愿，不是太过分的心愿，是基本心愿，她想找一个男人和她共同生育后代。

自己过去在认识和理解上钻了牛角尖，为了大多数人的利益和福祉，没有理由拒绝她的纯情，只能主动去抱住她。

怎么抱得住她？他倒是经验不足。她毕竟从来未与男人接触过，如果我像狼一样扑向她，不是反而吓着她吗？

这事能不能与张师傅讨论一下呢？他反复想过，觉得说不出口。"中国人的情感是含蓄的"，男女被窝里的事一般不能给别人说出来。

男主动，已形成中国传统的定律，标新立异的很少。

用煽情的语言挑逗，什么是煽情的话呢？

许祥盛摇摇头，对人生经历有丰富经验的人，倒是遇上了新问题，一个令他一时半会难以解决的问题。

中国含蓄式的男女对接，历史的戏剧舞台上演了很多节目：《唐伯虎三戏秋香》《天仙配》《牛郎与织女》《梁山伯与祝英台》等，不胜枚举。

一个社会经验丰富的老头，职业政治家，他还不能用轻松浪漫的方式方法去抱住一个爱他爱了这么久的女人，那么，完全可以理解人家胡香妹了，她已做了主动扑向心爱男人怀里的决定。这是理性的臆想，真正在实践行为上，能达到她理想的效果吗？这个问题说来说去，还是含蓄式姻缘对接的固定思维，本来很简单的问题人为地搞复杂了。

旁观者清，当局者迷。这个让许祥盛、胡香妹感到困惑的事，让胖傻女人一下子解决了。

她有实践经验，把一个想死的人，很快当宝贝一样呵护，还制造了儿子出来。

当然，许祥盛和胡香妹是人才，不能套用她的模式，得变动一下手法。

张朱仔把许祥盛和胡香妹的手机都藏起来，也就是暂时中断他俩与外界的联系，解决他俩一心两用的干扰。他只能做到这一点，完全不相信，干柴遇上烈火，难道不能燃烧起来吗？

他的这个判断，来源于对当事者的了解。许祥盛，他思想不通的话，就不会来红岩岭与胡香妹相处；胡香妹不用再讲了，多年来只盯住一个男人，也是罕见的一个女子。

胖傻女人像在观看心爱男人耍把戏，心思花了不少，就是忽视这对男女的特殊性。

为什么经常听到用教条主义的词汇来表述一些事？因为教条主义害死人。用一个模式思索某事的决定，结果导致失败。

胖傻女人有时捂着嘴笑响了，张老头问她笑什么？她摇头笑得更响了。

在张朱仔的意识里，已形成一个印象，弄得张老头在许祥盛和爱徒姻缘对接上伤透了脑筋，黔驴技穷了。

是金子总会发光的，胖傻女人，老尼姑最了解她，像猴子一样鬼精得很呢。在别人眼里，认为是胸无大志的普通女子，甚至定型为傻女子。

只有老尼姑知晓她的心里秘密，她跟着师父考察了很多人，听过老人家对大人才的评价。尽管青春期的骚扰弄得她上跳下蹿，但在选择男人上，独具慧眼，不会轻易让泛泛之辈的男人伏在她身上。

老尼姑早就思谋好了，她要实现心中的理想、抱负，赤膊上阵不现实。于是，她选准一个角度，重点在保护人才上发力。

顺水人情，爱徒想飞，让她飞吧。老尼姑云游四方，特别关注人才遇到的困难和麻烦，就召唤爱徒去实施解决。

胖傻女人趁许祥盛和胡香妹不注意，把催情药放进了他们的茶水之中，让他俩喝到肚子里，产生强烈想连坨的渴望。男女的身体如同连上了火，只好把身上的衣服脱掉。

直视的煽情，如同在沙漠中渴望喝水，胖傻女人的办法，为高智商的男女解决了双方第一次连坨的尴尬。

许祥盛也感到惊诧，怎么出现这么急切想抱女人的渴望呢？仿佛饿得慌的饿汉，想吃饭的意念分外强烈。

加上胡香妹的身材，女性第二特征，是那么的完美无缺，如同画家画出来的美女出浴图。又似一块无瑕疵的玉，让他有轻微的颤抖和惊喜。

这次伏在胡香妹身上，是在柔和的灯火下进行男欢女爱。近距离直视胡香妹的脸，似国花——牡丹，绽放灿烂。

胡香妹抱紧心爱的男人，仿佛不抱紧，他会飞走似的。一旦对接连坨了，许祥盛经验老到，给胡香妹心满意足的欢乐，让她自唱自跳起来，宛若轻音乐在播放。

　　胖傻女人欣赏了一会，受不了，就跑回家抱住心爱的男人，也唱跳得欢。

　　她为什么欣赏许祥盛和胡香妹情感对接的过程？她怕临时出状况。

　　因为她和张老头的第一次也出了一回笑话。那是一个黑咕隆咚的晚上，她抱住张老头，由于心慌意乱，抓住他的小弟差点插错了地方。不是张老头及时发现，找准位置，她还搞不清呢。

　　当她见到许祥盛和胡香妹没有出现她担心的场面，就像兔子那么快地跑了。

　　胡香妹沉浸在无与伦比的幸福欢乐之中，体味着心爱男人的百般呵护。

　　许祥盛感到全身似在改变，精神焕发，思维敏捷，仿佛回到了年轻时有使不完的劲。近十天了，他在胡香妹的陪伴下，观看了红石岭原始森林休养工程和水利升级工程，看得他心花怒放，心情愉悦。

　　这是他这个年龄能做到的事吗？他不但做到了，晚上在床上的劳动积极性更高。

　　他见胡香妹在谈笑之中也像喝了兴奋剂，思维活跃，亦激活了他的思维。在谈到今后向全国扩展开发拉动的资金时，果真谈到了民间资本和有钱人的投入。

　　她叫许祥盛为儒博，小鸟依人挽着他的手散步，轻声细语笑着说："只要把民众的参与积极性调动起来，历史的车轮谁也挡不住。"

　　"是的，你论断正确。民众才是创造世界的主体，我们在罗霄山脉拉动的事业，充分佐证了这个论断。"

　　胡香妹把头贴进许祥盛怀里，又深情地说："保护青山绿水，就是保护了金山银山。从罗霄山脉的开发所取得的经济效益和社会效益上的实践体会，什么叫真理？这就叫真理。"

　　许祥盛更是感慨万千，一个过去名不见经传的农村女子，经过实践工作的体验，晓得什么叫真理。自己却在真理的探索中，历经风霜雪雨。新中国成立之初，把几亿民众组织起来，走合作化，大集体劳动的社会变革，他认为是真理。

把民众的力量集中起来，起到抵御自然灾害的能力，保障有饭吃，有衣穿，有安居乐业的场所和条件。

上世纪八十年代下叶，提出让一部分人先富起来，许祥盛认为是真理。榜样的力量无穷，树立富裕的标杆，像旗帜一样，引领民众奔小康。

改革开放以来，各项事业成绩斐然。城市建设、交通建设、科技呈几何式提升发展，国防力量大大地加强，经济总量跃居世界第二。

许祥盛望着似一朵艳花的胡香妹，她的思想、胸怀、眼光，在认识真理上不空谈，用行为体现风貌。她甘做幕后英雄，这无疑是女杰精英的风范。

"儒博，我有一个问题思索了很久，在等着与你讨论。"

"宝超。"许祥盛见胡香妹给他一个尊称，觉得也要回赠她一个尊称，日后谈话方便一些。

胡香妹用双手吊在许祥盛的脖子上，脸贴紧心爱男人的脸，轻声说："亲爱的儒博啊！我给你的尊称名副其实，你还是叫我芙蓉吧，我师父也叫我芙蓉呢。"

"很好。今后就叫你芙蓉好了。"

许祥盛带领顾问团队，协助林动妹全面启动四省与罗霄山脉相邻接壤的土地开发。

对江西境内的红土壤丘陵群，按规划设计，按标准农田的规格，建成一个粮食基地。

南方的水稻，在全国占的比重很大。因此，这个粮食基地，对稳定民心至关重要。

手中有粮，心中不慌。今后小城镇布局星罗棋布，保障粮食安全，才能使民众安居乐业。许祥盛经历过上世纪六十年代三年困难时期挨饿的可怕日子，对粮食种植有独立的思考，特别留意江西那块种植粮食高标准的基地建设，经常给予指导。

对临近福建、广东、湖南地区的开发，具体问题具体分析。对小垅口山下的土地，以种植经济作物为主，用工业、农副产品深加工业、种植业、养殖业改变传统的经营模式。利用山高山多的特点，重点利用落差以清洁电能为重，形成一个巨无霸的清洁电能输出基地；利用山沟大办养殖场，通过深加工，增加附加值，提高人民收入。

土地、山地的生产经营方式流转，重新调整了罗霄山脉的布局。经济林木基地、楠竹基地、农产品基地、养殖基地、工业分布、旅游观光、小城镇建设，组织各行业专家学者，对未来发展进行结构上前瞻性的整体布局。

所讲的前瞻性，是对二十一世纪上千年的社会演变和发展趋势进行种植、养殖、工业、商业的布局。如民众在生活上，不能以上世纪那个年代的模式一成不变，要有新的引领标示。以民居住房为例，山区，以小城镇建筑风貌为主；丘陵，以河道两岸别墅建筑为特色；平原，以环球型的建筑充分利用地下空间为主。

罗霄山脉的经济林，大部分是珍稀树种，大规模成片的栽种，等于让老百姓睡在床上也在长钱。

一些千万年光秃秃的麻石头山，如今用科研人员创造发明的挖沟垅、挖坑的机械设备，用管道把泥巴运输来山上，都栽上树，种上花和农作物。

楠竹只要地表层有些泥土，就可以长成郁郁葱葱的一片。罗霄山脉有种楠竹的传统习惯，依据宜种的地方，形成了几处上万亩的竹海，演化很多对竹产品的深加工产业。

山果是罗霄山脉的特色，因势利导，对民众喜欢的山果树种，也进行规模种植，建成以山果豆腐等山果深加工众多的工厂，源源不断供应市场。

把整体山搞活了，无疑刺激了养殖业。小黄牛是罗霄山脉特有的珍品牛种，像山羊一样的小黄牛，能在悬崖绝壁上行走自如。只能长到百把公斤，肉质细嫩，深受民众的喜爱。

如今，森林覆盖率达百分之九十，为养殖小黄牛提供大方便。据匡算，仅小黄牛演化的食品，每年就能给集团带来高额的利润。

绿色，也给猪、鸡、鸭、鹅的养殖提供了美味佳肴。针对吃饲料把原来六畜的原味改变了的严峻问题，科研人员以野生六畜的食物为蓝本，研究了新的饲料，以草、树叶、花瓣等天然食材为主，给老年人、残疾人、智障人员提供了劳动就业的大门路，大力发展养殖业，进行规模化分类养殖。再进行深加工提高附加值，使一只鸭子，由原来一只卖几十元，一下子提高到一只卖一百多元。

这不是天方夜谭，而是依据民众生活个人爱好运作的。如有人喜欢吃鸭脖，有人却喜欢吃鸭翅膀、鸭板、鸭肝，针对这些部位进行不同口味的特殊配方，各部位口味不同，价格也就不同。就一只鸭的价值衡量，卖价自然而然就提高了。

其他六畜同理，奥妙是恢复了本味，迎合了人的舌嚼之需，也就形成了舌尖上的文化，像阳光一样温暖人心。

把地表面的土地经营好了，在机制上有配套的好政策好措施，民众的劳动积极性调动出来了，就能创造丰厚的物质财富。过去，老百姓的口袋是空的，如今，老百姓口袋里装足了钱，最显著的变化，人们的笑容天天挂着，心情好了，自然就少了许多病魔。

罗霄山脉的工厂，能制造世界民众喜爱的产品，是综合培训学校培养的高素质劳动者的功劳，是意识的转变，是决定产品质量好的重要前提。产品质量是生命，在过去人们的意识里，认为只要把某件产品生产出来了，就是完成任务的标示。至于质量好不好，与自己无关。这种意识，被西方人称为粗制滥造、不负责任的行为。一件产品的形成，有的工序多达几百上千。每一道工序就像人的神经，一根神经出了问题，就会牵动全身的神经。

理论上称素质，没有高素质的劳动者，就不能制造好产品出来。

素质从哪里来？说到底，是教育。

罗霄山脉人人享受教育的权力，而且读书也有工资发，还有重奖拿。用这种措施，大大提高了劳动者的整体素质。

胡香妹在提高劳动整体素质上功不可没。

她自己在几十年勤奋读书的体味中，认识到要提高人的素质唯有在教育上加大投资力度。

许祥盛认真研究了罗霄山脉所取得的震撼性成绩，得出一个结论，加大教育力度起了不可替代的作用。

他转变对胡香妹的态度，有几个方面的因素。一是前瞻性，不是只看眼前的急功近利，而是看到可持续发展的高度。二是有宽广博大的胸怀，推出优秀人才站前台，自己甘当绿叶。这是罕见的胸怀，是真正为人民服务的诠释。三是创造性的构思设计，严谨到科研人员的前沿高科技的发明创造。

综合上述事实，他才转变观念，决定来当胡香妹的保护神。

罗霄山脉的产品，受到了全国各地许多人的欢迎，甚至部分产品还销往海外，得到了外国民众的认可。

就是一个常见的茶杯。从外观上看，能养眼，就像高素质的俊男美女，一见面就让人喜欢。

如今，除电商销售产品外，集团还在全国各大城市的中心地段设立专卖连锁店，让消费者体验新产品。这样电商与实体的结合，解决了过去人们对电商不信任的矛盾。

别小看这个矛盾的严重性，由于信任的心理作用，往往导致一些物廉价优的产品，还卖不赢同类高价产品呢。

据报道，有些中国人跑去日本花高价买马桶盖，听了让人尴尬，但事实上有这回事。

有人指责去日本买马桶盖的人，说他一定是贪官。也有人反驳，每个人花钱消费，买到伪劣产品谁也心里不舒服。这点与是不是贪官应该风马牛不相及。虽然有牵强附会的嫌疑，但人们对花钱要买到好产品的心理是一样的。

在罗霄山脉的工厂运作模式中，采取与全国同类产品的工厂合作，这里只设核心部件工厂，其他只出产品质量标准，输送管理模式。

这样，产品质量就有保障了。只要解决了销售问题，产品的销售量一上来，利润自然就上去了。

在种植结构上，用订单经营的方案，把生产基地视为第一车间。避免今年某作物行销价格高，明年一拥而上，导致种地亏本的怪现象。

市场经济，要对市场供求关系了如指掌。比如搞种植，首先要了解其他地区的种植情况，包括种植习惯等，才能决定好本地的种植布局。

在养殖上也一样，今年的猪肉价钱高，明年就特养大养。这样的结果，造成供需失衡，给养殖户也造成巨大的经济损失。这种失了夫人又折兵的事，相信谁也接受不了。

罗霄山集团的养殖业也是订单经营方式，有固定收购的专业公司。

种植、养殖结构非常重要，劳动者辛辛苦苦生产出来的产品，如果付出同等的劳动得不到同等的报酬，只能出现一种情况：去牌桌上上班的人就多了。

罗霄山集团非常重视地方特色产品的开发。如小黄牛是这里的特色，利用山多的优势，养出来的小黄牛，是皇帝的女儿不愁嫁。

陈超光和江黑猗，在师父的指导下，在小黄牛的养殖上立了大功，为集团的原始积累发挥了很大的作用。

依据罗霄山集团已启动的事业，用局部性的小股权套大股权的方法，人均存款已达五十万元。

对比现有中国近十四亿人口平均拥有的财富，这里人均财富应该很高了。

在局部地区与全国大部分地区的差异拉得太大了，就会导致人往高处走，水往低处流的现象。怎样破解这个难题，恐怕只有在股权上做文章了。

胡香妹提出一个建议，对原籍居民，采取土地、山地的股权不动，只是在人口变动中调剂，对外籍新人口，有技术的用技术参股，没有技术的，用劳动工资一部分参股，这样避免了吃大户的矛盾。

如今，所有定居这里的民众都有钱，这就出现了局部与大多数地区的差异。

按照许祥盛与顾问团队以及林动妹的意见，临时或叫过渡方案，暂停罗霄山脉股权分红三年，视为拉动其他地区的启动资金。

还有一个特别方案，保持基地科研人员的政策不变，享受福利待遇不变。

科学技术是第一生产力，也被大多数人认可了。

很自然，罗霄山集团能如此快速发展，赶走贫穷，与科学技术的超常发展密不可分。

民众体会更深，从穷光蛋到富人，没有科研人员的前沿高科技成果积累财富，教育、农业、商业、牧业、渔业能取得如此大的成果吗？大多数人的声音，绝对是真理。

集团的方案出来了，引起了强烈反响。

有人反对暂停三年股权分红，理由是支持别处发展，应尊重个人意愿。

有人提出质疑，凭一个地方的支持，能拉动其他地区的开发吗？

有人提出，原来比我们富裕的人也要拿出钱支持别处开发才合情合理。

总之，众说纷纭，意见很不统一。

奇怪的是，人们对不改变科研人员的政策和福利待遇表示支持，没得话说。

胡香妹听到民众不同意暂停分红的方案，笑着问许祥盛："亲爱的儒博，你对那个方案怎么个态度？"

"我亲爱的芙蓉，还是谈出你的看法吧。"

这是尊重，是许祥盛的意识里早就定好的基调。

"我事前找很多人征求过意见，核心理由是一个人富，不算富；局部地方富，也不算富；整个中华民族富了，才算富。从全局来讲，理由充足。我当时没有想好，也就没有发表意见。可是，这里的民众反响那么大，我细想了一下，觉得可以换种思维方式来达到这个目的。"她讲到这里，脸贴在心爱男人的胸膛上，幸福感尽显。她与心爱的男人已经制造了爱的结晶——孩子在肚子里已经三个月了，她去医院检查过了，已经确定有两个儿女跑到她肚子里。她已感受到当母亲的伟大，她确信自己能孕育出她认为的人类精英出来。

她感激这个男人，他倾其真情实意呵护她，除男欢女爱的事外，时常让她睡在他宽大的胸膛上，她像在摇篮中一样享受惬意，享受高质量的睡眠。

"另一种思维方式，怎么个说法？"许祥盛感到新奇，钱是拉动事业的血液，没有钱，怎么表达呢？

"用高新技术无偿支援，应该不比拿钱的方案差。还有自愿捐款，也能表达民意的倾向。"

许祥盛心里有些不同的看法，一个新地方的开发，没有钱寸步难行。如果先捐款，后支援前沿科学技术，那就通了。假使捐款在后，就无从谈起新地方开发。

他不想让胡香妹因某事的原因导致心情不好，也就不想把不同意见说出来。

胡香妹已观察到心爱男人的细微表情，晓得她说用前沿高科技成果代替暂停股权分红支援其他地区开发的资金，有些表述上的误导。

罗霄山集团起步时，是银行拉动的，其他地区要快一点开发，依靠银行是不够的。那么，用民间资本，有钱人投资就是最好的模式。

"亲爱的儒博，思维方式有多种表达，在拉动其他地区开发上，可以启动民间资本，有钱人投资的预案。"

许祥盛听了很高兴，可是，凭他的人生经验，民间资本的注入，有钱人的投资，必须处理好利益分配关系，也就是股权的占有比重问题。

就这个问题，胡香妹用前沿高科技成果的价值占比解决了。

也就是说，按照罗霄山集团的成功经验，前沿高科技成果占了半壁江山。这样，股权的大头维持了大多数人的利益。

许祥盛不得不佩服胡香妹的思维敏捷不知要超过自己多少倍，刚才自己的决定是对的，认为前沿高科技不能代替钱。这就是思维方式不同，是智慧不高的体现。

同时，这种思维方式值得探讨。什么是哲学家的思维？用理论和看得见摸得着的事实来服人的，才能让人心服口服。

是呀，经济演变和发展，贫富差距似乎伴随着整个过程，导致社会出现无穷无尽的矛盾。富的富得流油，穷的穷得吃不饱穿不暖，无论从哪个方面做出牵强附会的解释都不能在人的心理上求得平衡。

说话容易办事难，这是实业家共同的感受。罗霄山集团的实践表明，在几年的光阴里，能使上千万人由贫转富，一个不落共同致富完全指日可待。

胡香妹思谋用民间资本，有钱人投资，全面推动其他地区共同致富奔小康的步伐，又用罗霄山脉科研基地科研人员的前沿高科技成果保障大多数人的利益，实在是高智慧的结晶。

共同致富，用主要生产资料倾斜的模式，是人类生活过好的重要举措之一。

中国共产党在探索人类的幸福指数上，可谓是全心全意的。

胡香妹有时与心爱男人谈到领导权的问题时，认为权力只有在阳光下运作才是最大的民主。有人说西方三权分立的制度如何如何好，试问，决定干一件利国利民的大事，还要通过几道关卡，能办好事吗？

中国在改革开放的几十年摸索了一个经验，先干再说，只是先试验后再全面推开。一种新生事物，没有现存的模式，凭什么你想出的办法就是正确的呢？

胡香妹认为，中国不能套用西方的办事模式，只能学习他们创造的好东西。我们等不起，只能在探索中大踏步前进。

这不是大话空话，更不是浪漫色彩太浓的思维。改革开放四十几年所取得的巨大成果，充分佐证了她的认识是正确的。

只有民族的好东西才是世界的好东西。老是跟在别人的屁股后面走，不是中华民族的禀性。

我们能使十几亿人富起来，已见端倪。为什么还要仿照别人的做法呢？

中国特色社会主义制度是在实践中形成的科学制度体系，如果还陷入意识形态争论不休的话，她认为是错误的。

主要生产资料向大多数人倾斜，就是保障民众共同致富的法宝。

许祥盛同意胡香妹对社会制度的看法，认为是明智的思维。他越来越坚定自己的意念，保护心爱的女人就是正确的思维。罗霄山集团不能有折腾的思潮，把握正确的方向，就是为大多数人谋利益谋福祉的定海神针。

九、乘风破浪，圆梦罗霄

东方红日，冉冉升起，像炼金炉里的金子喷出来，铺满了整个大地。

罗霄山脉的崇山峻岭，像画家精心构思的画作，青色是树林、竹林，在百花的点缀下，宛若神话故事中的神仙住地。

鸟在天空飞翔，动物们在树林花丛中奔跑跳跃，它们仿佛是天生的歌唱家、舞蹈家。可以说，人世间任何大型音乐、舞蹈，都不能与它们媲美。

罗霄山脉的几条主要河道上，有几个大型的舞场。随着山型的九弯十八拐，垫着平整的石块的舞场上，有青年舞群、中年舞群、老年舞群，他们在音乐的伴奏下，翩翩起舞。人一旦舞动起来，形象前后判若两人，更重要的是，跳舞要有好心情、好身体，不然的话，是跳不起来的。

林动姝谈恋爱了，白马王子是秦儒星博士，社会科学院的高材生，在研究社会科学上有独特的见解，在很多核心刊物发表了不少论文。

他从校园里起就一直喜欢林动姝，追了她整整八年，不久前才确定了恋爱关系。

可是好景不长，两人的感情正面临危机。

导火索是最近秦儒星发表的一篇论文，争议很大，是关于观念影响人思维的论文。

这篇论文的核心论点是观念与观点的影响。

有学者读后提出不同看法，认为观念与观点没有必然联系，是两个不同的概念。

林动姝看了这些学者的讨论，心情有些不好。秦儒星安慰道："亲爱的，你不必太过纠结。学术争论是正常现象。"

林动姝却不为所动，指责道："你怎么连概念也混淆了，这不是闹笑话吗？"

秦儒星忍不住为自己辩驳，"亲爱的，你未免下定论太早了。春秋战国时期还有百家争鸣呢，我和他们的观点孰对孰错，还需要进一步地论证。"

"谁不晓得你是我未来的丈夫呀？你现在闹出这个事，可不是让我跟着丢人吗？"

这话刺伤了秦儒星，联想起来，难怪不少男人不敢找女官员，尤其是闻名遐迩的女官员呀，她们把爱情、婚配与政治联系紧密，把正常的学术争论视为失败，上升到损坏她高大形象来看待，这就让他难堪了。

两个人最后不欢而散。

论管理才能，林动姝确实是一位不可多得的奇女子，是一位天生的领导者。可是在感情方面，她也习惯了站在强势地位上，忽略了男女间的相处之道，也没想过可能会给自己的恋人造成压迫感。

如果秦儒星能够迁就、宽容她，也许事情也就过去了。但秦儒星也是个要强的人，所谓"一山不容二虎"，两个要强的人碰到一起，那就跟火星撞地球没什么区别了。

由于沟通不畅，林动姝执著地认为，还没有结婚，秦儒星就是个备受学术界争议的男人，将来怎么办？想了几天，她决定对秦儒星冷处理一段时期。

而秦儒星也被林动姝的话刺伤了自尊心，见林动姝怎么都不搭理自己，决定让两个人冷静一段时间也好。

见秦儒星也不搭理自己了，林动姝更加不爽了。

一连几天，林动姝躺在床上翻来覆去怎么也睡不着。她决定去找妹妹林静姝，想听听她的意见，再作打算。

林静姝目前的工作很忙，科研基地正在制定一个前沿科技课题的研究计划。

姐姐的突访，她热情相待。

"妹妹，秦儒星最近发表的一篇论文，你看过吗？"

"没有，最近我在忙着储备高科技成果的计划嘞。"

"科研人员的反响如何？"

"热情很高，尤其是对集团高度关心与重视他们感动。他们表示，一定要多创造发明前沿高科技成果来作为回报。"

林动姝听后点了点头，这点她深信不疑，只要把科研人员的创造性、劳动积极性调动起来，罗霄山集团今后的扩展就会所向披靡，势不可挡。

跟妹妹说了会儿话后，林动姝突然又觉得烦躁不安起来。她目前的心情，似乎像春天的天气，上午阳光灿烂，下午就下起了滂沱大雨。天气变化难以使人适应，更难适应的是身体上受到干扰。干扰到什么程度呢？食不甜、睡不香，有时还烦躁不安。

这段感情，到底该怎么处理才好呢？林动姝看着妹妹，若有所思。

"妹妹，你想男人吗？"

林静姝惊诧地望着姐姐，在情感的问题上，姐姐从未问过她这样的话。今天突然这样发问，让她怎样回答呢？

女大十八变，想男人可以说是青春年少女人的本能，就像人要吃饭穿衣一样。

从姐姐的表情上观察到，既然她问了，不回答就有伤她心的可能。

"姐呀，我们已为父母争了气，争了光，按理，可以考虑个人的终身大事了。你问我想不想男人，不容置疑，有想呀。"

"妹妹嘞，想与做，很难定夺呢。秦儒星，你讲他不优秀，他在社会科学领域又小有名气，可是，他最近写了一篇论文，发表后引起很大的争论，我觉得他是一个有争议的男人，他不服气。我们因为这件事情，已经冷战一段时间了。"林静姝听明白了姐姐所表达的意思，她觉得两个人有些不合适，但又对秦儒星有点留恋，毕竟他们认识了很长时间了。面对姐姐的这个矛盾心理，她能提出好的建议来吗？

林动姝接了一个电话，说她马上到，就走了。

电话是许祥盛打来的，他答应过林动姝，一定落实好她谋划的事业。顺便告诉年轻的总经理他要和胡香妹结婚了。

林动姝听过许祥盛工作上的汇报，当听到他要和胡香妹结婚的事时，大吃了一惊。

她这种表情，许祥盛自然观察到了。

"总经理，胡香妹多年的心愿，相信你早听说了。"于是他把他和胡香妹的心路历程讲了，核心一点是，他要当胡香妹的保护神。

"祝贺你俩喜结良缘，永结同心。"林动妹此时只能这样表述，心中太多的感慨。早就听说了，胡香妹守身如玉，非许祥盛不嫁。时代演变到可以试婚的年代，身为高智商的女人，还能对感情如此坚实，实属罕见。

年龄悬殊，结过婚，一生对女人慎之又慎的男人，确实有他的独立个性。有一种说法，女人找年龄大的男人，一般对女人像保护珍贵花一样珍惜。

许祥盛告辞很久了，林动妹还坐在转椅上发呆。

"亲爱的芙蓉啊！我们的林总经理目前陷在情感的泥沼里不能自拔呢。"

"她向你倾诉了吗？"

"从她听到我俩要结婚的反应上推断出来的。"

胡香妹有醍醐灌顶的触动，林动妹俩姐妹，是她推荐出来的。集团取得震撼世界的成就，她俩立下了汗马功劳。如果在情感上影响了工作，其损失无法估量。不知心爱的男人是怎么看的，从他回到她身旁就讲这个话题，说明已引起他重视。

"亲爱的儒博啊，林动妹的情感纠结，需要尽快解决。我讲这个意思，相信你也考虑到了吧？"

"我的芙蓉，我要当好你的保护神，自然对你最担心的事要做好，让你安心培育我们的宝宝。"许祥盛把他早已考虑好的方案讲了，胡香妹抱住心爱的男人眉开眼笑。

张朱仔如今放心了，全心全意培养儿子。他制定了几个方案，首先教导儿子如何与人相处的窍门，以尊重人、理解人、宽容人为契机，传授他一些武术，只限于别人欺负时防范，不示强。告诉他，强中还有强中手。你有这样的武术，别人有相克的武术，一搞对抗，就会影响学习。打好扎实的文化基础，才是立身之本。因此，帮助需要帮助的人，你自己永远不吃亏。

他的儿子很聪明，给他取的名，其中也有个聪字，叫张聪环。张聪环从小对父亲很崇拜，印象最深的一点，他在控制自己和母亲吃棒棒糖上有绝招，一般情况下，他们娘儿俩找不到棒棒糖藏在哪里。因此，他有一口洁白的牙齿，有父亲控制适量吃棒棒糖的功劳。在学校里，见到不少男女同学的牙齿残缺不全，带黄色，很不美观。

他觉得母亲至今还是个谜，在父亲面前显得傻乎乎的。只要父亲外出了，变了个样，精明得很呢。

记得在他五岁那年的一天，父亲不在家，她竟在厅堂唱歌跳舞，舞姿优美极了，就像电视里的唱歌明星，跳舞皇后。

她还告诉儿子，不要把她唱歌跳舞的事告诉爸爸。理由是爸爸是干大事的人，我俩读好书写好字就会让爸爸高兴，就会让娘儿俩吃棒棒糖。

他很听母亲的话，读书写字很认真。唐诗宋词元曲只要学会了，就背诵给父亲听，有时得到父亲的表扬，就会有多吃一个棒棒糖的奖励。

张朱仔撮合了许祥盛和胡香妹情感的对接后，在家里的时间多了。就发现了一个问题，老婆在家的时间少了，引起了他高度的注意。

她去外面干什么呢？

七月十七日那晚，他吃了晚饭后，说有些不舒服，就躺在床上去了。

晚上，他喝了不少酒。躺在床上不久，就响起了鼾声。

胖傻女人赶紧去刘家湾，她要去看看谢娟子和刘厚道。

谢娟子生下一对龙凤胎，刘厚道高兴得跳起来。

张老头一路跟随胖傻女人的行踪，大吃一惊，老婆哪里傻呢？

胖傻女人，她来自哪里？张老头原来还真忽视了这个问题。

张老头不撞破老婆的行为，她在干对大多数人有好处的事。她想干的话，让她去干吧。

许祥盛也看出了林总经理的感情事，为了落实老婆尽快解决林动妹情感困惑的问题，打了个电话给张老头。俩人约定在红石岭原始森林已建好的一座八角亭里见面。

"许先生，你从此紫阳高照啊！"

"彼此彼此。"

两个老伙计一见面，第一次说起了客套话。这也是人生的一个转变，如今的心情都可以用艳阳天来形容。也是的，老树发新芽，有几个男人能得到如此的光环呢？他俩的新芽，不仅仅是两个人的光环，而是罗霄山集团的更大光环。如今，每天来这里旅游观光的人络绎不绝，有白种人、黑种人、棕色皮肤的人，更多的是黄种人。

他们都有一种共同的感受，山被改变了一种形态，变成一种造福于大多数民众的形态。

对高山，利用落差引水能发出清洁能源——电，让山上生长树、花、草、农作物，让山为人类作出奉献，让树使大自然做出改变。而不是在有的地方看到的光秃秃的山、赤裸狰狞的山、难以逾越的山。李白的蜀道难，难于上青天的描述在这里被改写了。

对秀水，不是让其白白地流向大海，而是让其循环成为万物生命之源，并转化成金矿般的财富——清洁电能出来。

对树、花、草的综合开发，产生巨大的经济效益和社会效益，使居住在这里的老百姓享受衣食无忧、空气新鲜、身心健康的幸福生活。

对蓝天，开展全面治污，实现工厂零排放；对垃圾、枯叶等变废为宝。

改造世界，在这里有看得见摸得着的行动，而不是一句口号。

这里的变化，与许祥盛和胡香妹有千丝万缕的关系，张老头是这么认为的。

人民是创造世界、改造世界的主体。这个概念永远不能混淆，但在张老头的意识里，核心人物形成的集体智慧客观存在。

"张师傅，你是有功的人嘞。你促成我和胡香妹的情感对接，她会思谋更多的好事业出来。目前，她对林动妹的情感纠结，指示我尽快解决。张师傅呀，我对女人的事历来不在行，你有好办法吗？"

"许先生，我老婆很能干，原来我忽视了她。如果我推断不错的话，她来应该是有高人指点来加入我们团队的。你提到落实胡香妹的指示，尽快解决林动妹情感纠结的问题。我对这个问题也是不在行嘞，倒不如让我老婆去解决吧。"

"你去说，还是我去谈？"

"最好让胡香妹给她说，我俩不掺和算了。"

胡香妹听过心爱男人的汇报，也吃了一惊，师母还有秘而不宣的能耐，让她始料不及。

按照心爱男人与师父的讲法，她只能用一种巧妙的方法与师母对话，请她去解决林动妹的情感纠结问题。

许祥盛按胡香妹的吩咐，买好了棒棒糖等物品，陪她走到张师兄的住地，他说一个小时后来接她。

"亲爱的师母，我来了。"胡香妹挺着大肚子，提着大包小包进屋来。

胖傻女人跑上来，接过礼物。笑嘻嘻地说："你不要再送礼了，保护好肚子里的宝宝是头等大事。"

"师母啊！孝敬您和师父是我永远不能忘的一件事。只是有一件事，我来请教您，林总经理对目前的男朋友既不满意又有留恋。她是集团发号施令的关键人物，如果在情感纠结上弄昏了头，那就有问题呢！"

胖傻女人边吃棒棒糖边笑嘻嘻地说："感情这回事，很正常嘛。她对原来的男朋友不满意，两个人的性格志向要是硬是合不来，可以考虑结束这段感情，双方好聚好散吧。"

"好聚好散？如果那么简单，她也就不会纠结了。"

"你还是找个机会分别找林动妹和秦儒星谈谈，看看两人还有没有挽回的余地。"

后来，林动妹和秦儒星两人还是和平分手，互祝幸福。

林动妹结束了一段八年之久的恋情，不免有点失落和莫名的惆怅。胡香妹看在眼里急在心里，又来到师母家，急切地说："师母呀！这段时间我观察了林总经理，她的情绪极其低落，还说什么找不到志同道合、心仪的男人终身不嫁，哪里去找她心仪的男人呢？"

"我去找，只是找什么类型的好呢？你提提看法吧。"

胡香妹心中大喜，过去真的忽视师母了。真应了真人不露相的老话，刚才与师母的对话，让她吃惊不小，她能找到林动姝想要的男人吗？至于什么类型？当然是文武双全最合适。

"亲爱的师母，你对师父的感觉如何？"

"林动姝要找个你师父一样的男人呀？除了许先生外，人世间有几个男人与你师父比肩？"

胡香妹笑着拉紧师母的双手，把她上下望了一遍，听她对心爱的男人和师父如此高的评价，说明她对这两个男人早就研究过，从她表述上看是真诚的，不是信口开河的话语。

这里就有联想了，一个如花似玉年华的女子，既然有研究，为什么扑进一个老男人的怀抱呢？至少说明，师母在选择男人上是有眼光的。

"师母嘞，林动姝有您给她找心仪的男人，是她的荣幸。"

"不是我吹牛，世界上的男人很多，真正懂女人的心思有几个？为什么有那么多夫妻的关系搞不好？尽管我们女人也有责任，但男人花心的毛病，最伤女人的心。"

胡香妹越听越是感慨万千，凭她对社会的研究，家庭是社会的细胞，以夫妻为核心组成的家庭，应是社会和谐发展的重要因素。据一些学者研究，战争狂人的心态扭曲，似乎也与家庭不和谐有关。师母讲到男人的花心，她也有同感。多数男人见一个爱一个，把女人视作玩物，让妻子守活寡，过着生不如死的生活。试想，这样的家庭育出的孩子，有健康的心态吗？

胡香妹赞成师母对许祥盛和师父的评价，确实是凤毛麟角的好男人。她相信，师母一定会找到一个好男人介绍给林动姝。

许祥盛利用胡香妹离开一个小时的空当，去了一趟祥瑞山。

根据张师傅对胖傻女人的推断，她来一个具有高智商的团队，凭他几十年的人生经历，也是一次偶然的机遇，认识了一位很神秘的漂亮尼姑。她对老子、孔子的学问有独特的理解，认为老子的天人合一思想，孔子的礼义廉耻儒教思想，是推动人类走向文明的指路明灯。她不是说在嘴上，而是在行动中有榜样的风范。帮助需要帮助的人，几乎从来不让当事人知晓。尤其对处在低潮有大本事潜质的人，从不自己出门，派人不知不觉让遇难的人渡过难关。

许祥盛跟踪观察尼姑很久，觉得她这种为人处世的方法有哲学思想，解决了一些说不清道不明的心理尴尬。

凡有思想的人，在遇到人生低潮时，能得到别人无私的帮助，世界观、人生观的认识就与一般人不一样，表现一个要富大家富的意识，非常注重自己的人生定位。

许祥盛就是受到漂亮尼姑的影响，坚守自己的信念。决心为大多数人走共同富裕之路尽点心，出点力。

胖傻女人一定出自尼姑的团队，她能发现人才，解决他们所遇到的困难，符合尼姑一贯的指导思想。

他去祥瑞山尼姑庵，不见尼姑的身影，询问得知她又外出云游四方了。

仔细想来，不要问尼姑了。完全可以判断，胖傻女人就是来自这里。

在历史上，老子、孔子对天人合一的认识，和对人的行为的引导，让世人敬仰，几千年的风风雨雨，尤其是近代史上，过去曾对中国朝贡的小国家，他们富裕了。开着坚船利炮，像蝗虫一样杀入古老的文明古国，随心所欲抢财宝，还输入毒品——鸦片，把中国大部分人抽得病快快，毫无斗志。

日月如梭，往事如烟。中国共产党领导人民推翻了压在中国人头上的三座大山，成立了新中国。从此，中国人民站起来了。

站起来干什么？伟大的复兴提到议事日程上，像大海中的航灯，再不会迷失方向。

尼姑是先知先觉者，她在中国人的面子观上探索了一条修复心态的诊治疗法，真是功德无量的大好事。

许祥盛站在一棵据说有三百多年的樟树下等着胡香妹。

一年一度的公司年会又召开了，这一年田谷清董事长回顾了几年来公司的发展，形势喜人，公司被评为国家级休闲农业与乡村旅游五星级企业、全国农业产业化龙头企业、全国农业科普示范基地。同时又提出了新的发展理念和发展规划，在原有的种植、养殖、农产品加工的基础之上，在五年时间内建成三个主题公园，实现以农业、旅游为主题，以科普示范、推广、自然教育为依托，以农业产业为载体的国家农业龙头企业，全面打造"罗霄山"农业品牌，使之实现专业化、品牌化。

三个主题公园分别是现代农业综合园、远古农业文化园、未来农业科技园。

现代农业综合园：以种植各类蔬菜、水果、花卉及农产品加工、销售、采摘、观赏、自然教育、科普、现代农机示范推广为主题，占地面积五千亩。

远古农业文化园：以体验、感知、弘扬炎帝农耕文化、中华民族五千年历史中农业生产方法、农业生产工具的演变简史为主题，主要以自然湿地为载体，以无墙农业博物馆形式进行展示和体验，占地面积三千亩。

未来农业科技园：以立体农业、精准农业、白色农业、生物农业、室内农业、动漫意境体验为主题，以科技研发为依托，实现室内绿色与室外绿色相结合，占地面积两千亩。

蓝图绘就后，分班行动，并外聘了一批高材生。

其中有一个人姓徐，名大成。现年满三十五岁，博士生，研究农业发展方向的专家，由他具体组织实施三大主题公园建设。

徐大成自幼爱学习，在专业钻研上小有成就。

这几天，徐大成住在爷爷、奶奶家养病调理，同时也来陪爷爷奶奶散散心。

一群鸭子嘎嘎的叫声，从外面收工回家了，两位老人去找喂鸭子的食物。

"爷爷、奶奶，我来看望你俩来了。"一位亭亭玉立的少女提着大包小包的礼品，在屋外娇滴滴地大声说话。

这个少女是林动姝，她昨晚刚躺在床上准备休息，胖傻女人来到她身边，告诉她一个好消息，有一个研究生，是个研究农业发展方向的博士，将被公司聘任重用。

林动姝很感兴趣，按照胖傻女人的指引，她来到两位老人的家，老奶奶接待了她。

这户人家不是很富裕，没有几样现代化的家具用具。但收拾得很干净，使人有宾至如归的感受。

徐大成在内房看书，听到声音如同播音员音质的女人在与奶奶说话，感到惊奇。

"奶奶，听人说，你培养了一个博士，有大本事，能请来一见吗？"

徐大成轻步站在内房门口，望着厅堂的林动姝，坐在椅子上像一尊精美的雕像，举止优雅。

"博士，什么博士？我听不懂你的话。"老奶奶摇摇头。

林动姝想想也对，老奶奶年岁那么大了，搞不清博士是什么意思，很正常。于是，她笑着问："能请您的孙子来和我见见面吗？"

老奶奶望了一眼内房，似乎有点犹豫。在她的记忆里，只有男人找女人，哪有女人要找男人的道理呢？

"奶奶，我有让您长寿的好食品。"林动姝指着一个包说道。

"长寿，我和我老头早晓得长寿的食物嘞。"

徐大成听了，感到新奇。从身体状况看，爷爷奶奶不胖不瘦，精神饱满，除了岁月在铜紫色的皮肤上留下稍许皱纹外，从外表看不出有病态和痕迹，耳聪眼明，走路像中年人，稳健有劲。在三餐吃饭上，以素菜为主，很少吃荤菜，而且晚餐只吃一碗粥。更有一个现象，二老说话轻声细语，似乎有永远做不完的事，除上床睡觉外，都在干着一些家务事，还把种的蔬菜制作成好吃的泡菜和卤味品。老奶奶负责家里的卫生，有时用一根长竹竿绑上润湿的布条，把墙上的旮旯擦得一尘不染。二老周而复始地劳动，从未发生口角，这是徐大成对二老的感受。

他站在内房门口，在想一个问题，这个气质高雅的女人来找他干什么？

林动姝来找他，是因为胖傻女人告诉她，徐大成是一个好男人，值得去追求。

她本着眼见为实、耳听为虚的原则，就决定来找这个男人。

可是，老奶奶看样子不想让他见到她的孙子，就只好告辞。

林动姝为什么对徐大成感兴趣？因为她对农业发展史和未来农业发展前景也颇感兴趣，这就叫做趣味相投、物以类聚。

而且，据胖傻女人说，自己的性格太过强势了，和同样要强的秦儒星合不来，而这位徐大成斯文儒雅，也许自己和他更加契合嘞。

徐大成躺在床上浮想联翩，有这么一个女人来找自己，我要做出反应才对，错过了这个村，就没有那个店了。这是他第一次看一眼就难以忘怀的女子，应该叫一见钟情。

奶奶为什么不想让他见她？

晚上，爷爷从外面回来了，带回了几种野菜。按老人家的说法，多吃这种野菜能使人变聪明。

吃完饭喝茶，徐大成笑着问："爷爷、奶奶，今天有个女人来找我，如果再来的话，我还是见见她吧。"

爷爷笑道，"你身体刚好，静养一段时光要好一些。你是干大事的人，身体好才是最大的本钱。"

奶奶接过话严肃地说："哪有女人找男人的规矩呀。"

"人家来找我，也许是为了工作上的事呢？您老就别想太多了。"

"那就很难说了。我的孙子那么优秀，说不定她就是看上你了啰。"

爷爷只是笑，再不言语。

二老把一杯茶一饮而尽，又各自做事去了。

徐大成回房拿起书，看了几行，心里仍旧很乱。

林动姝心想，那个男人让老奶奶挡住了，得想个办法，绕开老人，直接与他对接才显我敢作敢为的个性。

夜深了，她去了老奶奶的房屋旁。在每个窗户旁听了听，很静，只听到几声蛙的叫声。"嗖"的一阵响，在月色映衬下，一条花花绿绿的大蛇扑向青蛙叫的地方。

林动姝对蛇很惧怕，飞跑回家，吓得全身瘫了似的。

胖傻女人听说林动姝欲与徐博士交朋友，并有意从中撮合。

一天胖傻女人找到林动姝，关切地说："林总经理，明天晚上十点整，你去一片树林里，我帮你约见那个男人。"

"我怕蛇，被蛇咬了，我还有命吗？"

"那里没有蛇，你放心去好了。"

次日晚上，林动姝按胖傻女人的叮嘱，来到了那片树林。

皎洁的明月把大地照得雪白，只是到了树林里，月亮被撕碎了，像银片一样散落在地上。

两棵高耸入云的樟树处，是胖傻女人给他们选择见面的地点。

徐大成早已站在一棵樟树下，望着一个女人朝他款款走来。

"你是徐博士吗？"

"你是罗霄山集团的林总经理吧？"

胖傻女人为了尽快促成一这对情侣，事前要他俩分别作了介绍。

俩人都介绍了姓名、身份，开始在树林里散步。

徐大成谈了他将受聘公司作为三大主题公园建设负责人的设想，以及三大主题公园建成后带来的经济效益和社会效益。

听到这些前景，林动姝全身热血沸腾，这样的男人，她要定了。

"徐博士，我们交往吧。"林动姝一激动就说出了这样的话。

徐大成有些不好意思，这个女子，怎么这么直接、这么主动呢？

"徐博士，罗霄山集团已形成了气候，有你的加入将更创辉煌。"

两人很快就手牵手走在了月光斑驳的林荫道上。

男女一旦捅破了情感这层窗户纸，后来就如鱼得水，一对渴望情感的男女，从此游弋在有波涛的情海里。

不久，徐大成就走马上任了。

一日，林动姝召来妹妹林静姝，把她和徐大成对接的过程讲了。

林静姝为姐姐找到了新的归宿而高兴，她也跟姐姐谈起了前些日子秦儒星找她谈话的情形，秦儒星的眼睛直勾勾地望着她，并表示对她有好感。

林动妹听后，先是一震，然后又理智的对妹妹说："妹妹呀，我了解秦儒星，他是一个思想型男人，虽然与我在性格上合不来，我还是蛮尊重他的。妹妹如果对他有意，也不妨进一步交往。"

林静妹见姐姐说到这个份上，也就不说什么了。

许祥盛已落实好老婆的指示，放心了。

只是他还有一个心结，就是怕自己哪一天突然死了，胡香妹怎么办？生命规律，谁也不能置身度外。延长生命，成为他目前关注的头等大事。

他对这个问题探索了很久，已有一种现象引起了他的高度注意。那就是年龄越大，与女性的性交少一点，能使身体保持良好的状态。最近，他与胡香妹的情感对接，在性关系上太频繁了，尽管没有大的变故，但眼睛似乎看东西有朦胧的感觉，吃了不少枸杞子，有所改善。

胡香妹怀了孩子，她好像也意识到了，性关系不能过频。

她与心爱男人的对接历程，只有她自己最清楚。可以说，这种结合，惯例不多。

心爱男人是她的天，保护他、爱惜他，才能保住他伴随自己的时间久一点。

"亲爱的儒博，我俩今后减少肌肤之亲吧。"

许祥盛望着面前的特级宝贝，心中欣喜万分。

"是的，孩子会一天一个样。但是，我会用我的方式让你保持愉悦的心情。"

最好的办法是适当地谈事业的设计，能稀释情感太强的渴望。为什么用适当这个词？因为谈多了事业的设计，脑细胞消耗过多，对俩人的身体也有影响。

人的寿命靠新陈代谢维持，任何事不能走极端，保持平衡，就像机器设备一样，使用的寿命会长一点。

罗霄山集团启动四省接壤处的开发，如火如荼，进展顺利。看到已形成的事业，农民纷纷将土地转让出来，促使流转土地的工作顺风顺水开展。

谢清子和刘正道，把谢家湾周边地区搞活了，除药材的种植获得理想的收益外，新品种的珍稀树、珍贵花发展形势喜人。目前，正在做延伸的方案。按谢清子自己的决心，她和刘正道开发周边县域获得成功后就生孩子。

吴凝芳的事业也越做越大，她的股权由于技术股占的比重大，已经上千万了。

刘劲道万万没有想到，自己一个穷得叮当响的家庭，在短短的几年之中，就成为了远近闻名的富裕家庭。二弟、三弟都是致富领路人，是什么促成的呢？

起初，有人讲，他家分得一块好山地，是块风水宝地，他信了，确实与那块山地有关。

后来随着文化知识的增多，尤其通过科普知识的学习，他又否定风水的说法，认为顶多是歪打正着，只是恰巧由于二弟恋人的爸爸是研究风水的才引起了集团对他家的重视，引起了吴凝芳的注意。

为什么否定是风水的关系使刘家发达的呢？因为没有好政策、好措施，凭一块地能自然而然富起来吗？他家的那块山地，原本固定在那里，几千上万年，还不是那个老样子。

也就是说，民众致富，好政府、好政策、好措施，社会安定，才能形成民众致富的"风水"。

他还认识到好的社会制度也是"好风水"的前提条件。

改革开放以来，我们建立了有中国特色的社会主义，在公有制的基础上进行私有比重的调剂，出现民营经济与国有经济双重发展，从而加速了经济快速发展，用几十年的光阴，成为世界第二大经济体，震撼了世界。

刘劲道有时感慨万千，改造世界，改变世界，原来还可以用这种办法。

林静姝那天刚从科学基地回到家，秦儒星就赶来了。

"静姝，见到你真高兴。我对你历来很敬重，科研基地吸引那么多顶级科研人员，你功不可没。我被你姐姐的闪电结婚给弄糊涂了，不过过去的事情就让它过去吧。你姐姐说你对我仰慕，希望我们结为秦晋之好。说句心里话，你愿意嫁给我吗？"

"好呀，我们相识也不是一天两天啦，大家知根知底。应把大好的年华用来为民众办点事，不要把太多的心思花在儿女私情上。你要是愿娶我，一句话，我同意。"

秦儒星很感动，抱住林静姝亲吻了一阵。

感情对接好了，俩人的关系就融洽了。

"静姝，我想研究集团的成功经验以及教训，供你参考。罗霄山脉的科研基地是推动集团的快速发展的发动机，更值得研究。"

"好得很，一个伟人讲过，没有正确的理论，就没有正确的实践。你想在两个方面研究，对今后公司发展大有裨益。"

他俩还谈了互相感兴趣的话题，从此后，人们见到的是一对恩爱有加的夫妻，令好多人羡慕不已。

胡香姝前天在医院里生产一对双胞胎，一个儿子，一个女儿，母子平安。

许祥盛兴奋得难以自持，硬是跑到山顶上，引吭高歌几曲，舞动了两个多小时，才平息了沸腾的心绪。为自己还能在晚年收获一段爱情，并有了爱情的结晶，兴奋不已。

有一点，他感到欣慰。晚年为社会尽到了心，使千万人把贫困帽子抛掉了。

许祥盛要做胡香姝的保护神，他伴胡香姝的时间已一年多了，越来越了解她的习惯、性格、思想。要她停歇下来几乎不可能，满脑子的国强民富意识，是她生命的辐射源。尤其是她把林动姝、林静姝推到干事业的前台，在罗霄山脉干事业的成功，更坚定了信心。

他现在已弄清了胡香姝为什么不早早结婚的原因，她的思想盯住目标不放松的坚毅，是非常罕见的特例。脑壳里装满了智慧，开发得早，像陈酿酒，时间越长，就越香。

很多人羡慕她想事的超前意识，大部分人认为是智商的彰显。许祥盛不是这样看，智商高低是智力开发迟早的问题。

女性，过早地坠入情感，有结婚生子的过程。结过婚生过孩子的人就知道，抚养一个孩子长大容易吗？

说话容易办事难，成功是为有准备的人设定的。让孩子拖累了，她还能想事业吗？

胡香妹想事办事能成功，是她酝酿的时间长，比别人智商开发得早，才达到在别人眼里心想事成的效果。

她的理想、抱负、志向，是为大多数人谋利益，谋福祉，实现共同富裕。

许祥盛探索人的思想在人生过程中的形成，很多方面只有模糊的概念，是胡香妹在实践中使他清晰地看到一种正确的指导思想对民众的影响。

共同致富，是大家一致的心理定势，是人与人和谐相处的定海针。

中国共产党带领占世界人口五分之一的中国人民走有中国特色的社会主义道路，谋求共同致富，是一条人类从未走过的正确之路，已引起了世人的高度关注。很多外国人蜂拥来到中国，只想永留住中国。辽宁大连有个混血漂亮女孩，父亲是英国人，母亲是大连人，都生活在英国。小女孩从小就坚持留在大连姥姥的身旁，如今已在读初中了，其他成绩很好，就是英语成绩不及格。她就是认准中国，不愿随父母去英国生活。

罗霄山集团的事业，已形成辐射源的态势。胡香妹的思想意识代表着中国广大民众的意愿，走共同富裕之路。

徐大成使用无人机对三大主题公园的选址进行了空中勘测，并形成了一整套可行性报告，上报田谷清董事长审阅及董事会讨论研究。

根据集团公司的设想，现代农业综合园以创新、协调、绿色、开放、共享的发展理念，坚持城乡统筹发展，以精品农业、高效农业、生态农业、休闲农业为开发理念，依托现代农业科技装备和先进管理理念，重点提升粮食产业，大力发展蔬菜、苗木花卉、中药养生产业，培育水产、畜牧、茶叶、果树产业，通过重点项目带动、多元招商引资、分期滚动开发，逐步建成集种养、加工、仓储、生态循环、旅游、休闲、采摘、体验、互动于一体的现代农业综合示范园。

现代农业综合园拟组建八大功能区块和三个中心。

绿色果蔬生产区，通过"示范园＋基地＋农户"的产业化模式，解决水果、蔬菜本地供应问题，成为农民增收的主导产业，同时发展果蔬现场采择。

现代中草药生产区，发挥前期药材种植经验，突出观赏、体验，集中区块种植不同品种药材。

花卉苗木生产区，集观赏休闲于一体，打造优质花卉苗木展示平台，向社会公众展示新品种、新技术、新成果。

优质产业生产区，根据罗霄山脉独特的山地气候，建立优质茶园基地，弘扬茶祖文化。

现代粮食生产区，推广优质粮食品种生产，打造优质粮食产销基地。

畜牧水产养殖区，在扩大小黄牛、山鸡养殖基础上，加快发展特色畜牧、水产养殖。同时，将养殖与种植紧密结合起来，实现动物有机肥料的循环再利用，实现示范园的有机化种植、生态化发展，无公害化产出。

农产品深度加工区，通过对农产品深度加工，不断提高农产品附加值，为广大农民朋友创收增收。

会议旅游休闲区，以家庭农场、游乐场、休闲山庄为基础，打造集会务、游玩、餐饮于一体的休闲功能区。

工厂化育苗中心，有效解决蔬菜、水果、药材、花卉、苗木等产业发展存在品种不统一，种苗质量参差不齐，出苗率不高的突出问题，发展工厂化育苗产业，并带动中小育苗经营户开展集约化生产。

产品展示中心，开展各类农业新品种、新技术的引进试验和示范推广，建立市内展示中心，带动主打产业的发展和升级，开展名、特、新、优农产品和农业生产发展的宣传推广，提升公司优质农产品的知名度和市场竞争力。

新技术培训推广中心，以培训学校为依托，建立农业生产高新技术和名特新优农产品培训推广中心，广泛开展针对农民群众农业科技培训，加强对农业知识的科普教育，不断提高农民群众的农业科技素质水平，促进农业生产力水平的不断提高，使示范园成为农民朋友的科普培训基地。

远古农业文化园，是以农耕文化为主题，集循环农业、创意农业、农事体验，融入观光性、娱乐性、休闲性、科普性与体验性于一体的绿色生态文化园。

园区保持原生态的环境，始终保持与自然和谐统一。按"记忆中的田野、曾经的家园、远古的回声"来规划建设，将引领参观者走进田园，回归自然，感悟人生。

园区内分为：农耕工具区、农耕生活区、农耕乐园区、乡土童趣区、户外拓展区、田园风光区等六大区域，以自然湿地为载体，从古至今，展现农业生产方法、农业生产工具的演变史，以无墙农业博物馆形式进行展示和体验，宣传和弘扬中华农业文化，彰显古代农业成就，揭示中华民族对世界文明的贡献。

在这里可观看或体验数百年前的水磨舂米、缭车提水、水车灌溉、牛车制茶、木榨油坊、古代织布等农耕过程，亦可在碧波中游泳划船。还可上亭观景，茶楼品茗，在水榭餐厅就餐，饮酒作诗，观茶艺表演，看民俗小戏，听方言小曲，其乐融融，如逗留在返璞归真的远古时空。

未来农业科技园，以提高农业综合效益和竞争力为目标，以培育和壮大新型农业经营主体为抓手，着力促进园区向高端化、集聚化、融合化、绿色化方向发展，依托科技优势，开展示范推广和进行产业创新，推进农业转型升级，促进农业高新技术转移转化，提高土地产出率、资源利用率、劳动生产率以及农业产业竞争力。

未来农业科技园建设理念是科技引领，展望未来。主动适应我国经济由高速增长阶段转向高质量发展阶段的趋势以及创新驱动发展战略和乡村振兴战略，积极推动农业农村发展进入"方式转变、结构优化、动力转换"的新时期。

未来农业科技园凸显立体农业、精准农业、白色农业、生物农业、室内农业、动漫意境体验主题，实现室内绿色与室外绿色相结合。

未来农业科技园将建成特色立体农业生产展示基地、农业核心科技研发中心、有机食品与康养医疗合作平台、文化艺术与生活方式交流窗口、动漫意境体验中心。

田谷清带领田树林、张朱仔、谷勤奋、胡香妹、许祥盛、林动妹、徐大成、林静妹、秦儒星等人视察已破土动工的现代农业综合园、远古农业文化园、未来农业科技园的三大园区建设，个个脸上堆满了喜悦的笑容。展望未来，他们信心百倍，一艘现代农业龙头航母正扬帆起航！

图书在版编目（CIP）数据

春风习习 / 肖江生著. —长沙：湖南师范大学出版社，2020.1
ISBN 978-7-5648-3787-7

Ⅰ.①春… Ⅱ.①肖… Ⅲ.①长篇小说－中国－当代 Ⅳ.①I247.5

中国版本图书馆CIP数据核字（2020）第003699号

CHUNFENGXIXI

春风习习

肖江生　著

责任编辑｜廖小刚　周基东
责任校对｜罗雨蕾

出版发行｜湖南师范大学出版社
　　　　　地址：长沙市岳麓山　邮编：410081
　　　　　电话：0731-88853867　88872751
　　　　　传真：0731-88872636
　　　　　网址：www.hunnu.edu.cn/press
经　　销｜湖南省新华书店
印　　刷｜三河市华晨印务有限公司

开　　本｜710 mm×1000 mm　　1/16
印　　张｜13
字　　数｜188千字
版　　次｜2020年1月第1版第1次印刷　　2025年3月第2次印刷
书　　号｜ISBN 978-7-5648-3787-7

定　　价｜52.00元

投稿邮箱｜14234638@qq.com